女红

程小莹 著

上海文艺出版社

程小莹

中国作协会员,
上海作协理事。
著有长篇小说《女红》
《温情细节》、
长篇非虚构文学《张文宏医生》
《白纸红字》《带球突破》等重磅作品,
并著有中短篇小说《温柔一少年》《初恋》等。

女红（nǔgong）：同"女工"，旧指妇女所作的纺绩、刺绣、缝纫等事。

——《辞海》1979年版（缩印本）

她们的身心，缠绕在机器上。她们用眼睛注视，耳朵聆听，手指扯动着棉纱或线，接头。纱卡和涤卡，是最多的产品；灯芯绒也很好。

下班回家后，她们被男人和小囡缠绕，或者缠绕男人和小囡。女人的身体，攀附在坚硬的机件和男人的肌体上；男人呢，用几滴机油，润滑齿轮，也润滑、柔滑、柔化女人。

在工厂，男人像一只螺栓，旋入一只螺孔里；女人像一只螺母，旋在一只螺栓上。当然，那只螺栓或螺母，旋在那儿，即使生锈，也仍然是生动的。

第一章

01. 锭子

天热有一点好,早上起床,省得一件件套衣裳。没有心相。一件连衫裙,从头上套下来;脚上跋的凉鞋,拔上搭袢就成。

日头上得早;人跟着早醒。秦海花睁眼,心里先吓一跳:天大亮,早班,要迟到了。她一骨碌起身。忽然静下来——现在没什么好急的。秦海花的身子一下子松垮下来。有许多时候,她一想到自己已经不再是这个纺织厂的厂长,用不着又急又忙的,身子便会软下来。四十几岁的女人,这个时候便会胖起来,肉头都是松松的。

不过,今早,秦海花有点紧张。她草草揩了一把脸,探身,取挂在南窗口的淘箩。淘箩里盛着冷饭。隔夜饭盛在淘箩里,悬空晾挂,不易馊;不晓得啥人发明的。一枝树丫杈,做吊钩。儿时,那枝树丫杈,是邻家男孩陈国庆的弹皮弓,绑着橡皮筋,弹射出来的泥蛋,打碎了海花家的玻璃窗。父亲秦发奋捉牢陈国庆,弹皮弓没收,扯了橡皮筋。丫杈的一头,绑上棉纱线,挂在自家窗框的灯钩上,另一头,便吊只淘箩。那时候,秦海花取淘箩,要踏在方凳上;后来踏在小矮凳上;后来,不要踏凳子了,跕脚;再后来,一探身,取下淘箩。每次取下淘箩,那树丫杈,就自个儿在窗前晃。有点风,便晃得长远些。夏天,一家人就看这枝树丫杈晃,感受到一点风凉。三十几年的凉热,便这样过来。

一把钢精饭铲,柄上缠着布头。钢精传热快,饭铲柄烫手。本白布头泛黄。不晓得换过多少布头。秦海花使饭铲,盛半碗冷饭,开水淘饭,第一潽开水,滗干;再倒一潽开水。饭就有了热气。一夜天,热得结棍。饭还是有点馊气味道。

吃过泡饭,秦海花顺手到水斗洗了饭碗。寻一只上班背的包,急出一身汗。要出门的时候,没有忘记拽了方手帕在身边。

"阿花。"父亲秦发奋叫住了她,手指了指旁边一只小矮凳——坐下来,"去做啥?砸锭子是么?有啥好看啊?"

秦海花立定。"要去看的。总归是我们的工厂。""你还晓得这是我们的工厂。蛮好。"秦发奋在女儿面前,更加像领导。做惯老大了。有对女儿掼爷老头子脾性的意思,又是一个退休工人对厂领导提意见的意味。她让父亲说。

"我是弄不懂,生活做得好好的,工人也好,干部也好,不是都有岗位责任制么?这些规矩,当初明明定得好好的。我还没有退休的时候,工厂每年还评上大庆式企业、质量信得过企业、爱国卫生先进单位、群众文体优秀集体,现在都没有了?都到哪里去了?这到底是怎么一回事?你告诉我。"秦发奋认真起来。

上海人叫干活为"做生活";生活,可以理解为"生计活儿"。秦发奋就是一口一个"生活"。"你是厂长,但你还是我女儿,我把你养大,看好你做生活,从工人做到厂长,都是做出来的。现在算什么?工人要做生活,要保护好自己的工厂,厂长要带领工人,建设好自己的工厂。你倒好,带头下岗。连我这个退休工人都不如。现在干脆,工厂也要关了。我弄不懂,我们工人到底怎么了?"

"现在是转型期。你不晓得的。再像过去这样做,是不行的,做不过人家,没有竞争力。"

"怎么做不过人家?"秦发奋不服帖,"我们工人阶级怕过谁?老子一辈子做工,只要是我手里的生活,电工,向来没有什么做不好、做不来的。当然,别的像木工、铜匠、机修工、管道工、保全工、空调工的生活,我不行,但不是还有别的工人么?这就叫工人阶级。我懂的。我一直跟你讲,我发明过绕线圈机、带电作业,还有你们细纱间挡车女工坐的幸福车上的小马达。我们中国工人连万吨水压机也能造,你晓得么?那叫争气机。钢铁工人炼过争气钢,造船工人在小船台上造大船,电力工人造过一二五发电机组,还有32吨平板车、气流纺机和无梭织布机。我实在不晓得,我们工人能做肯做,什么都会得做,怕什么?"

"没有生活做。"秦海花一语点破,让秦发奋心底里,好一阵子痛。这短促的痛楚,让他噎得慌。"做啥不让工人做生活呢？这个时候，用你们领导的话说，是困难的时候；就算困难，那也要依靠工人来做呀。工人别的不行，做是会的。但你们反而要工人下岗。工人没了工厂，还不是走投无路？现在正是要你们共产党走出来领工人做的时候，你倒好，党委书记、厂长，带头下岗。下岗还要带头么？共产党向来是领工人干的，大干快上，从来没有什么带头下岗的。这算什么呢？"

沉闷，天真是热。大清老早，两个人皆一身汗。秦海花往门口挪了一小步。"你不要走。"秦发奋喊牢。

"工人也好，干部也好，都是这家厂的人。再不去看看，以后就看不见这家厂了，厂里的小姐妹，也要不认得了。"秦海花用手帕抹一下额头上的汗。

"有啥用场？工厂没有了，工人还好做啥？什么小姐妹，老兄弟，皆完结了。"

秦海花晓得父亲是一肚子的火，没有人好说，就冲着她来。不跟他啰嗦。好像晓得女儿肚皮里的闲话，"我不跟你说跟谁说？"秦发奋还在嚷。秦海花晓得，今早父亲是要寻吼势，跟他怎么说得清。她想脱身，转身拔腿要走，迎面碰上母亲吴彩球买菜回来。

一看女儿穿戴好的样子，是要去厂里的；秦发奋一副气吼吼的模样，晓得老头子在光火。现在她也弄不清爽，什么是上下班的辰光。要去就让她去。吴彩球对丈夫说："老头，小菜场里有人说，厂里今天有许多领导要来，已经看到轿车开过去了。阿花总归也有事情要去做。"

"你晓得有什么好事情要做？砸锭。你懂么？就是把你们细纱间的锭子全部砸了。"秦发奋接过吴彩球手里的小菜篮子，将一篮子鸡毛菜倒出来，要拣，说话间，手举着菜篮子，朝工厂的方向挥着，"这在过去就是搞破坏。破坏生产，要捉起来的；现在倒好，像是过厂庆。你们这种人，有什么出息。"

转而，三个人一道沉默。秦发奋背过身子，到水斗里放水，冲洗小菜篮子。水斗落水口，昨日淘洗绿豆，落下几颗，嵌在缝隙里，今早发芽，蹿出几根豆芽，嫩相。秦发奋佝背，俯身，几颗豆大的眼泪水，顺着自来水龙头里的水，一起落在水斗里。

锭子，是一样物事。在纺织厂，粗纱纺成细纱的工序里，细纱机上的锭子数量和转速，是工厂生产能力的体现，也是女工生产能力的体现。

多少年来，女人的心相，都在锭子上。这种由锭杆、锭盘、锭胆、锭钩、锭脚、制动器等组成的细纱机锭子，细致精密，是女人和纺织厂的秘密。

秦海花做了厂长以后，还是对锭子有心相。在她心目中，对锭子的印象，融入在一些数据里，表示纺纱厂的设备规模和生产能力；锭子的好坏，又与纱线的质量、功率消耗、环境噪声、劳动生产率等密切相关。

锭子是纺织厂的精灵。秦海花十八岁进工厂，终日挡车，看护锭子。那时候，她一点没想到，二十几年以后，会"砸锭",并且被称之为"壮举"。

她和那些整天看护着锭子的女人和男人们,被叫做"挡车工"和"机修工"。他们与锭子交换过灵魂。这样的印象,凭借早年车间厂房的画面,可以在秦海花心目中再现。在工厂的背景里,一个工人,其实只是个别的占有着工厂的极小一部分——在几条车弄里,在一个班头上,白天黑夜地巡回;他们的眼睛,只看到自己的那几部机器,自己的那道工序,日复一日。在这些以外,他们一概不知。他们的灵魂,就这样机械地与锭子搅在一起,原地飞转一辈子,直到耗尽能量。

无数这样的女工,会烘托起一个女人,渐渐出来,往一个高处去。纺织厂就像一个庞大的女声合唱团,众多的女声,唱着唱着,就会烘托出一个领唱者。秦海花就像是这个庞大的合唱团里,一个略显疲惫的著名女歌唱家——一个劳动模范。从青春开始,她就唱起一首歌,唱到现在。那如歌一般的细纱车间噪声,整齐划一,反反复复;她沉浸在里面,慢慢找到其中的音律和节奏;她内心深处,无数模糊的记忆,就跟上了机器的节拍,变得清晰起来——

秦海花看着飞速转动的锭子,将粗棉纺成细纱,那锭子和机械运动,当然是经过精心打造的,精细,但还是会掺和着种种异物杂质。女人心相好,凭借声音,来辨析其中由粗纱到细纱的张力分布,棉与化纤的成分比例,线的捻度。那几乎是充满心机的。总是会有断头。她们接头——一种棉纱和线的重新连接和修补延续,是一种手艺。手里的动作,细致简洁,却严谨执著；一双双女人的手，认真地守着自己手艺里的一道工序，每一处细微都不放过。无论生活的时代如何变化，上辈人传承下来的动作，一成不变，并且成为一种教科书式的"操作法"。有电影科教片传下来。

细纱挡车工通常的说法是"心与纱线连接"。就像布机挡车工的"心贴布，布贴心"一样，成为纺织女工的"豪言壮语"。对秦海花来说，挡车就是要有心相。心思缜密。女人心相不好，棉纱的心情，也会不好，出来的纱，粗细不匀，不漂亮。女人会疲劳，机器也会疲劳，纱也会变得缺乏张力，松松垮垮，拉拉扯扯。夜班的下半个班头，女人打呵欠，机器也会打瞌睡。纱的疵品，就会多。总之，要用心思，强打精神，让机器发出好听的声音，让细纱细洁，均匀。女人在纺织厂，就为这些，花那么多时间。

挡车没有遍数，走过来，走过去，细纱机上没有断头就好，看上去纱都很好看为止。她挡车的时候，如果老远看到有一个断头，就先跑过去，接头；一根细纱联结好了，总会得到一些安心。

工作都是活生生的。棉纱就这样，跟女人互通了心思。

女人有一颗非常细致敏感的心。每天重复做一样事情，要细心地觉察出——今天与昨天的细微差别。心相真好。秦海花刚做工人的时候，母亲吴彩球这样对她说。此话平常，不过是工作认真仔细罢了。秦海花的意思是，这正是工作有趣的地方。秦海花做着细纱挡车工的生活，心思里，不只是单单在看着粗纱纺成细纱。纺织女工的挡车,接上断头,保持机器的清洁,诸如此类,在做一样物事,是手艺上的发挥,机器上的生产,维持着的,是工厂和工人的生存;包含着的还有,这样的生活,日积月累,可以成为一个人的信念、精神、操守,根本上,还有对技艺和工厂的热爱和虔敬。

她在这样单调和重复的日子里,不觉得很吃力。反而有些对她的关照,会让她感受到压力。她没有读过很多书,领导对她会重视和关照——二十岁出头,她就被送去读"七二一大学",以后还有青年工人政治培训,党校理论学习,诸如此类。她就有点吃力。不想让领导失望,几乎靠死记硬背,完成学业。这很像她母亲吴彩球。一个老工人,读不进书。可她才二三十岁,也像一个老工人一样读不进书。这让她有点难为情。她总是不声不响,用比挡车多十几倍的精力,花在读书上。别人做得到的,自己也应该要做到。这样的短暂学习,还是让她开眼,晓得工人是工厂的主人,工人除了挡车,还可以做一些其他的工作。但究竟自己还可以再做些什么,其实也是混沌懵懂,内心还是渐渐对这样的工厂生活憧憬。

她眼里的纺织厂,就是这样,在躁动、几近沸腾里,女人用心表达着一种纤细和有序。秦海花每天上班下班,心思都用在工厂里。以工厂的一个立足点,为圆心,慢慢扩大圆周,走出来,很多次,再回来,远远近近地,看自己的工厂,就像吃火锅,围在一只大煮锅的旁边,看锅底。1990 年代,城市开始流行吃火锅。工厂就像一只大火锅,它不断在消耗能源,加热；人是鲜活的——男人像荤菜，女人像素菜，荤素搭配着，进入锅里，男女调和着，形成各种各样的纠结，像上海菜里的百叶结，就是用百叶——一种像布一样的豆制品——打成一个结。工厂就是这样，搅和着各种形状的结头，做各种各样的产物，汤汤水水，和着高温、粉尘、棉絮，是料作和杂碎。总是开一锅，出一锅，再开一锅……热气腾腾，五味杂陈，同时脍炙人口。间或，有些新的、重要的产物升滚上来，带来一些新鲜感，摆脱一些陈旧感。可是，最初的工厂技术，还是简单的，甚至是愚蠢的。真的像火锅，不需要任何烹饪技艺。一个工厂，一部机器，便可以孕育几代工人。秦海花就这样，看见女工的灵魂，和锭子的心灵，纠结一辈子——这就是工厂的秘密。

这属于她和工厂的一种单独倾诉与聆听。秦海花从杨树浦纺织厂开始，建构她的故事，当她最初进入机器和棉纱的世界里的时候，她充满亲切和熟悉感——从父母那里，她赓续着一个工人的血脉，并且开始自己的学习和事业，革命，当然还有爱情……这些伴随于她的青春生活。从那时候开始，她在工厂，总是有一种要一点一点把事情做到自己心里去的意思。

灰色的世界里，有微弱的光，照见女人和她的脸庞，有些困倦；温和与缓慢，像一层薄纱般罩在她们中间。

青春永远是骚动的。那时候，她和工厂共处一个热烈的时代，这种时代感，让她亲近工厂和工人。在一个随意场景里，比如车间，会有许多罕见的乐趣令人陶醉。这是一种迷醉。她和工厂，便一起憧憬着自己的未来。

许多年过去了，她渐渐发现，工厂里，许多新的、老的，可行或不可行的思维和行为方式，不断地摒弃或者沿用，而最终留下的，也许就只有幻想时刻的温暖记忆。

秦海花在工厂，有过这样的意识：我们幻想的未来总是在远处闪烁着光芒，可是当我们一步步地接近目标时，却发现不知在什么时候，光芒消失了……工厂，也没有了。

她一直指望从工厂生活里得到乐趣，让自己显现得神采奕奕。为搜求到集体主义，革命或健康，甚至可以是悲情，她的心里，就听从了工厂的召唤，听工厂的故事，为工厂做事情，并且相信工厂的独特魅力。工厂把工人说得生龙活虎，充满姿色。多年挡车工的静态生活，同样可以使她感受亢奋，也会感到厌倦，因为她也感到生活的厌气，但总是会有一些新的东西，开始新的追求……

她内心孤独的青春生活，因为有了工厂，可以形成她的故事，并且进入到一种有序，像脚踏车行驶在平地——简单的人力与机械传动，踏脚板，链条传动，匀速前行。秦海花复现了工厂的灵魂。秦海花使原有的工厂，越来越清晰起来，是这样的立体感。秦海花从细纱车间挡车工开始，做班组团支部书记，然后出来，离开班组，做车间团总支工作，到厂团委，到厂长助理，到厂长……就像冬天从细纱车间出来，掀开棉门帘，有一股声浪，夹杂着热量，喷涌而出。秦海花被这样的气流，从一种饱和状态里推出来；一种来自基层和群众生活的真实感,她置身其中。这样的真实感,是日积月累的,往昔工厂生活的日日夜夜,都在一种生产和欢乐的期许之下,像日光灯一样光亮四射。白昼和黑夜,犹如白色和黑色的珍珠,被生产流水线串联起来,与时代、与城市工人阶级最精雅的情趣,打了个结头,成为女人脖子上最纯粹的一串项链。在确定的、再熟悉不过的、被高度重视和反复宣传的快感里,这个女歌唱家以其独特的姿态,继续在歌唱。

女人从来不觉得工厂会安静下来,就像女人的一颗细致的心。工厂需要搏动。歌唱在继续。

02. 母亲

女儿秦海花的眼睛里含着泪花儿。吴彩球晓得,老头的话,让阿花触心触肺。秦海花别转身子,出门。吴彩球小步跟着出去,在弄口叫着:"阿花。"

女儿回过头,看见母亲挪着胖胖的身躯,气喘吁吁地朝自己赶来。她驻足,眼泪一下子冒了出来。

"你阿爸,秦发奋,这个老头子,向来感觉好,说起话来是没有轻重的。他是乱说的。我说他是有点像讲反动话了。"吴彩球把秦发奋数落一顿,一边要跟秦海花一道去厂里。"你去做啥?""看看。我是细纱间出来的,做了几十年,这辈子怕就再也看不见自己的工厂了。"

工厂在黄浦江边的杨树浦。秦发奋指的方向是对的。从定海路穿过去,也不过就是两站电车路。这点路,却让秦海花和母亲吴彩球走得好吃力。一个心急火燎想心事,就像是要赶着上班;一个又胖又老,挪着步子,像是已经走了一辈子快要走到头了。这样一快一慢的,感觉比平常的慢还要慢——走快的更加急;走慢的更觉自己慢。

走近工厂的时候,吴彩球忽然激动起来,想想自己在这条道上走了一辈子,终于到了年老挪不开步子的时候,是应该端坐在太阳底下,想想过去的好辰光。

定海路一带,老公房,棚户区。脚踏车、黄鱼车来来回回。听得见车铃声,丁零当啷地乱响,晨风里,传得老远。

彩球虽然一辈子不会踏脚踏车,但喜欢听这样的上班路上的市声人气。有人,就会到处弄出声音来。杨树浦的闹猛,就是在这样的工厂上下班的辰光。现在彩球感觉吃力了,一路小跑跟着,就有点怕吵。

吴彩球向来不跟自己过不去。有多少本事做多少事情。做不来的事情,不去硬撑。这种心态,让她不同于丈夫秦发奋——不会老是这个看不惯那个不称心,光火。她的心很平。她不识字,没文化,但手脚是快的。就凭着这双灵巧的手,接头,落纱;就靠着这双脚,在细纱车间的车弄里,来来回回地走;就凭着强烈的翻身感和当家做主的自豪,堂堂正正地做工人。

彩球说秦发奋的感觉好,是真的。也就是彩球,可以这样说秦发奋。要说在这个厂里做生活,丈夫秦发奋也好,女儿秦海花也好,女婿高天宝也好,还有前几年就离开工厂的小女儿秦海草和小女婿马跃,跟她这个全国劳模比起来,都不好算什么。

彩球八岁的时候,就被人从淮北乡下领到这家纺织厂来,在细纱间里做童工,那时候叫"包身工"。还是在日本人的时候。她的小腿上,至今还留有日本工头"拿摩温"用打梭棒刮的疮疤。过去,只要有新工人参加工作,学生来工厂学工劳动,她就被请去跟他们做报告,要拉起裤腿,给学徒工或学生看疮疤,所以每逢要做报告,她用不着打草稿,但会注意穿条宽松的工作裤,便于卷裤脚管,忆苦思甜。那阵子,只要她一卷裤脚管,便会有一片口号响起来。口号响起来的时候,她就要擦眼泪,一边便不想再多讲了,拔腿就回到细纱车间的车弄里挡车。去看那些锭子。

她一辈子就做自己会做的事情。解放前,她就参加地下党了。党组织开会,要领导罢工或者护厂;她不会决定什么事情,连举手表决这样的事儿,都感到很不习惯,便望风。那是她在做"包身工"的时候便练就的本事——那时候,望风是为了女工夜班轮流打瞌睡。解放后,当家做主了,就要好好做生活了,不好再打瞌睡了。

她就凭着细纱挡车的生活,做出个全国劳动模范。1953年,第一次出远门,是到北京去参加全国劳模大会。那次北上，坐火车，七天七夜。彩球晓得，国家大得不得了；还看到，在田里劳作的农民，大多光着膀子，孩子们都衣衫褴褛。要好好做，多纺纱，让全国人民早点穿上好衣服。彩球的心相，就全在纺纱织布上。1955年，在上海视察的毛泽东，点名要见她。毛主席都晓得她，特为让人搬来一张椅子，让彩球在他身边坐下。毛主席对她说，纺织工人很光荣，让全国人民有衣穿，责任很重大。

女儿秦海花四岁那年，彩球作为中国首批援柬技术工人，被选送柬埔寨援建纺织厂。1960年的五一劳动节，周总理和陈毅访问柬埔寨，西哈努克亲王陪同来到了中国援建的纺织厂，吴彩球带教的两个柬埔寨徒弟，为领导进行了操作表演。过后，周总理走向彩球，专门来跟她握手，一起拍照。做工人做到这个份上，还要如何？

吴彩球便是想着这些，一步一步迈进了自己工厂的厂门。

"球。"有人叫她。喊她"球"的，都是过去她的小姐妹。吴彩球回过头，是范善花，过去的工会主席，接替退休的吴彩球的，前几年也退休了。"球。身体好么？"范善花问她。"不大好。有点难过。你呢，善花？"回答也是"不大好"。这些当年的小姐妹，难得碰上，问来问去，就是这么几句，回答也是差不多的。不会有什么新意。不是有意，确实是差不多，几十年下来，都是差不多的。

就有许多人看到了吴彩球，一连串的"球"，还有叫她"球师傅"的，是年纪稍许轻一点的。这个"球"的称呼，叫起来响亮，是要有中气的，且嘴型有点翘，是有点夸张的意思，很对纺织厂男人女人的胃口。便跟球的为人一样，是很可亲的，比较放松和随意。这一叫，就叫了几十年。

03. 暖热

马跃一个人重新回到上海杨树浦的工厂。那是1990年末，隆冬季节。

在工厂，马跃这只螺钉，旋进过好几个螺孔，似乎总是不贴肉，旋进，又旋出。后来，马跃又成了一只螺栓，被秦海草这只螺母，旋上了。这是一次原配的组合，一对螺栓螺母，越旋越紧。后来，他们双双停薪留职，离开工厂，东渡日本留学。

好像是，螺栓与螺母，离开工厂，是会有些水土不服的一样，他们紧密的螺纹，松动了。螺母逆时针旋着，旋离了那只螺栓。

纺织厂，女人堆里，温暖如春。这令马跃想起，当初自己和海草办妥自费留日手续，离开工厂的辰光，是盛夏，最热的天气。那时候，马跃一身短打，T恤，利索轻便，像只猫似的，蹦蹦跳跳地出了厂门。许多个夏天，马跃喝够了厂里自制的气体很足的盐汽水，现在出了厂，可以灌可乐、雪碧，但得自己摸皮夹子。马跃和海草，掏钱付冷饮款时，没有零钱，兑了张十元票面的"大团结",那时候还没有五十、百元大钞纸币。一瞬间,海草忽然觉出些许失落。多少年的夏天,他们喝厂里自制的盐汽水,敞开肚子喝。那汽水不是很甜,有点咸;气很足,喷着的泡沫,可以溅到面孔上;灌进肚子里,过后就会打嗝,肚子里会有一股气体,长长的,像一根线,从鼻孔里蹿出来。

无数个冬夏。天气冷,又暖热。再过几天,就要进入1991年,进入到二十世纪最后的十年。世纪末。一个漫长的百年,临近尾声。时间到了一个刻度,就像煞候分克数(沪语,十分精准之意)。什么事情要结束了。人便会有些急。

马跃就是因为自己签订的两年停薪留职的期限,要到期了,就要做决定。他不想在日本待下去。秦海草跟一个日本男人好了,他再待在那里,寻死啊;他一天也过不下去。他必须在这个年底,回来。他跟海草做了个了断,并且用男人的方式,叫那个日本男人放了血。他不是要日本男人的钱,是真正意义的出血——马跃用上海民兵强有力的手腕,往日本男人的腹部,扎进了一把西餐叉子。他们不是喜欢切腹吗?××。那就来一记。他用叉子捅进了那个男人柔软的小腹里。就只一下,让海草省了许多心,用不着再对他牵丝攀藤。他爽爽快快地脱身,了却了与海草的那份情感,还有他的骨肉——他和海草已经有个儿子。他们两个人去,变出第三个人,最后,他一个人,再回到原来的地方。

不然,连工厂也不要他了。

工厂还是原封不动地在杨树浦。这个冬日寒冷的清晨，马跃赶着来上早班。他在那个暖烘烘的空调室里，重新打开锁了将近两年的更衣箱，换上一套全新的工装。马跃有顾长的身材，头发很长，且有些鬈曲，手指很白很纤细。马跃是这个纺织厂里很出色的空调工，没有跟过师傅。技校毕业，分配，干上这一行，无师自通。这人聪明，已经带出了五个徒弟。

师傅，和师傅的师傅；徒弟，和徒弟的徒弟，都还在。马跃接班后，像往常一样，先翻看夜班交班的工作日志，一时间不知从何做起。组长挨着他，轻轻说一句：皆是老规矩。

他从一种不安困扰中解脱出来。那些做了多年的工作，千篇一律，曾经使他无比厌倦，现在似乎又变得陌生亲切起来。他知道，还是这样一些生活，这么分工，这么简单。车间女工、值班长、厂部领导，还是这么来提些要求：断头多，车间闷，冷，或者热。他和他的空调工们，日里夜里，就控制着这个工厂车间的温湿度。

马跃走进细纱车间抄温湿度表时，有许多熟识的女工，远远地望过来，交头接耳；她们喳吧。马跃听不到她们在喳吧些什么。看她们指手画脚、瞪眼睛、扮怪相的模样，马跃可以觉出的是，友善的嘲讽——扒大分啦，开洋荤啦，当心艾滋病啦，老婆跟日本男人跑啦，等等。马跃走进一条车弄，看见对面的车弄里，一个女人的身影。在纱的白色里，那个被大家唤作"宝宝阿姨"的女人，正被一个男工搂抱着。大清老早，一个夜班下来，心相还是好。男人的手在女人的胸口乱摸。宝宝阿姨一闪身，回头就看见马跃。女人一愣，顺着车弄的巡回线一闪，秀颀的身影，迅速转入另一条车弄里。A513细纱机，不知疲倦地发出尖细的嚓嚓声；马跃仿佛梦游一般。

宝宝阿姨让马跃想起了海草，想起他和海草的生活，就在几个月前，他们还是这样半夜三更地起来，赶着去打工，或者打工到半夜三更归来。对马跃来说，习以为常。那是在日本，连着几天几夜没睡，直到收工的时辰，马跃在午夜的街头狂奔，为了赶在海草下班前好去接她回家，为了好早点两个人一起躺在榻榻米上——他们两个人曾经有过睡倒在午夜街头的经历。马跃有时点着日币，就会想起和海草午夜狂奔的种种细节。叱骂声，伴着做不同生意的老板的面孔，像夜与昼的交替一样地更换。那榻榻米，那料理，那老板的鼻尖下的一撮小胡子，那木屐，那海草穿着和服扭动的腰肢，都仿佛是梦中一般。

只有此地，纺织厂的车间，女人，依然照旧。暖风熏面。温湿度表的位置，原封不动。就连挂在风道出风口上的花絮，似乎也一丝未变。变化多端的是季节和气候。这个上午，屋外忽然刮起了很大的西北风。马跃去空调室开了水汀加热。三号水汀阀，仍在那个角落里。马跃凭借以往的经验，开了三圈半，侧耳，听得一阵噗噗声；水汀管在循环水池里加热。声音还是不大不小，不紧不慢。马跃有了点心相。从这样噗噗的节奏里，可以大致掌控热水汀管在水里的加热度，掌控水温和送风的露点温度。一如既往，得心应手。马跃觉出一阵轻松感，一种充实感，一种自我感觉良好的自信，和像模像样做人的自豪感。马跃已经很久没有这种体验了，于是又生出一种新鲜感。

大清老早，是西北风最来劲的辰光；到了上午，阳光出来，风就稍许收敛了。马跃在隔夜就收听到天气预报——冷空气南下。老习惯。他还是要亲身感受一下风力和风向，看一下风速仪。马跃从通风室的窗口爬出去，就站在锯齿形厂房的屋顶上。空调工经常要爬上爬下，从竖在厂房顶上的气象仪，到工厂的下水道；马跃就像一只甲壳虫，从这个工厂的发梢，到五脏六腑，爬上爬下，钻进钻出。现在他站在房顶上，一个高处。有许多时候，他就这样站在一个高处，看日头，辨风向，感受气象、温差、季节的变化。机声轰鸣，强大的噪声，被捂在闷罐子一般的厂房里，脚下可以感受到热烘烘的气息，还有微微的震颤，像轻微的地震，像站在一只巨型高压锅的盖子上。冬日的阳光很好。很好的阳光，还是使马跃感到一阵暖意。他抬起脸，去看那太阳，眼前就成了通红的一片。马跃闭起了双眼。

一些灰白的钢筋混凝土建筑，东洋人留下来的框架结构——红砖黑瓦的小洋楼，是厂部办公大楼；外表看上去是锯齿形的连体厂房，内在却布满像人体毛细血管般的管道——水管，热水汀管，风管，下水道……配电箱，电路，开关，阀门,深井……对于外面的人来说,工厂像个机器,一个形状古怪的硬件,地面承受着工厂的体积和重量,还有噪声。而在马跃眼里,纺织厂,仿佛是坠到这块坚实地面上的一个巨大雌性活体。周边的空气,被她的体温加热,还有气味、粉尘,一些排泄物——废水、棉絮、工业垃圾。一道围墙拦起来,围住纺织厂的温度和湿度,也围住女人,密不透风。于是,就要马跃这样的空调工,来做些通风工作,让工厂内部的空气循环起来,加进新风,加热,或者降温,达到人体的舒适度,工厂的舒适度,产品的舒适度。

马跃就觉得,他的工作,就是为工厂做人工呼吸,为女人做人工呼吸。机器每时每刻在运转。四班三运转,女人交接班,轮流坐庄似的。一班一班鲜活的女人,搭配上几个男人,就为了陪伴这些死不脱的机器,服侍机器,听凭机器的召唤。机器生发出力量,生产,同时消耗能源,日夜发散出热量。像巨大的活物,在呼吸。伴随着每一次的呼吸,工厂吸入新鲜空气,吐出浑浊;吸入阳光,吐出黑暗。工厂活着,工人就还活着,女人就还活着。

马跃就是这个活物的男人,纺织厂里的男工。

现在,秦海草是离他而去了。他还是得回来。工厂还在,工厂里的女人还在。

马跃没有想到的是,工厂也是要死的;他再为工厂做人工呼吸,工厂也有救不活的时候。那时候,他真的一点不知道,工厂也会死;他回来了,工厂却在渐渐地,要离他而去了。

他反而觉得，那时候开始，工厂是真正活在自己的心里了。

还有女人。

04. 算计

就像任何失去的物事一样，记忆总是会在一个偶然，一个瞬间，显现在脑海里，活转过来。

秦海草的青春史记里，杨树浦的纺织厂已经成为过去，却是一个永恒。那是夏季，她在细纱车间挡车。她不时怀念这些挡车工的生活。那里有她的初恋。对她来说，这些已经一去不复返；她和他已经永远成为过去。

1990年代中期，远渡日本读书打工的秦海草，也回到上海。尽管在日本，海草有了新的男人，算是立了足。她回上海，是有道理的。马跃离开后，海草就变得钞票多起来了。1990年代的上海，开始吸引投资，出现商机。手里有了钞票的秦海草，敏锐地发现了这点。秦海草回到上海，先是自己买了房子，在虹桥，随后在这片沪上日本人的集聚居住地，盘下一家店面，经营起酒吧和日本料理店。

有一天傍晚，天忽然下雪，上海的阴冷天气，使她怀想起，过去纺织厂细纱车间的温暖如春。空调工马跃，总还是有给人适意之处。工厂和那些机器，据说已经没有了。也没有什么好看；想想，却还是有点伤感。

她想喝酒，红酒。1990年代，上海酒席上开始流行红酒掺和雪碧的喝法。秦海草给自己倒了半杯红酒，又去开了冰箱，拿出大瓶雪碧。她把雪碧倒入酒杯。她闻到了雪碧的气味，看到翻腾的气泡。那就先灌几大口雪碧。她胃里很快就蹿上来一股气体，从腹中有一条线穿引出来——她打了个长长的嗝。

这个嗝，引发了她异样的心绪，她感到有工厂自制的盐汽水的味道，感到一种年纪轻、好身体的感觉。她不动了，惟恐身上这样少有的感受，会晃掉。由于这样关注喝汽水的感受，忽然之间，她的记忆里，被封闭的一扇门，打开了。就像马跃用一个个出风口，为她们细纱车间通风调温。

那些工厂生活细节所形成的饱满丰润，在某个意想不到的瞬间，就会豁然充满张力；工厂就会带着很明显的机械运动和噪音，耸然在她的眼前。她开始进入到那些细小的片段里，就像在齿轮互相咬啮的配置里，在皮带盘的传送中，感受到青春律动。

她喜欢这样的配置。互相咬啮。

当她回味工厂自制盐汽水的时候，一直是蒙眬恍惚的乐园，再一次复现，已经没入遗忘的乐园路径，在一口汽水的嗝里，像一条线一样，蹿上来，隐去。那些纺织厂的男人——那些有精巧技艺的钳工、电工、电焊工、机修工……还有几件男人吃饭家什——扳手、旋凿……男人做生活，细纱机的保全、保养、检修。她就喜欢看男人做这样的生活。

她特为去看过马跃做生活，到空调室的检修工场。一个年轻的男人，背后是鼓风机，硕大的螺旋桨般的风轮，在皮带的传动下旋转，噪声和空气，被鼓动起来。她早班吃饭以后，就候在那儿了。

她踏在一个铁件上，因为地上有很多油污。马跃趴在沾有油污的水泥地上，将一只只水泵上的螺丝拧紧，用"劳动牌"扳手。螺丝螺帽垫圈，散落在边上。秦海草用脚，把脚边散落的螺帽垫圈，朝马跃这边厢轻轻拨来，用脚尖。秦海草并不忌讳自己凉鞋里裸露的脚趾。她一脚一脚地拨动，肥大的飘逸的花布长裤，不断掀动起一阵风；有一股特有的气息，朝着马跃而去。

然后，她看到车间开车的红灯闪过，便飘然离去。

她有心相，看男人做体力生活的样子。看他用力道。看他吃力，像牛一般地喘气。一开始，她看到马跃来车间抄温湿度计，工人不像工人，技术员不像技术员，没什么劲道。后来认识了，马跃去做长日班，做机修。她看到他扛着大大小小的铁锤、管子钳、扳头、白铁管、生铁凡尔、弯头、三通、螺丝螺帽……这些全是沉沉的铁疙瘩，硬邦邦的，像男人。他们都是男人，几个人，甚至十几个一伙，到全厂的上上下下角角落落去，安装修理那些水管、水汀管、凡尔、水泵。她看到他抡大锤，打墙洞，掘地，拧铁管，铰螺纹，拆水泵，装凡尔；从窨井盖下的地洞钻进钻出，到房顶上的凉水塔爬上爬下。她看到他手臂上肌肉鼓起，青筋暴露。

秦海草站在马跃身边，她知道他可以看到她的脚。她纹丝不动。他感到自己裸露的臂膊上，有女人的目光温暖地抚过。

工厂就是个乐园。他们散去，又聚合。有许多时候，像办完了什么事似的，她回转身子。感觉背后的男人，站直身，在那些刚才女人立过的地方，站着。男人拾掇着家什。她手指间不知什么时候，也会捏上一枚垫圈。垫圈从她手指间滑落，在地上无声地滚动。她总是像有什么心事一样，无语，回到细纱车间的挡车巡回线。寻一个男人会很开心啊。她含糊地对自己说一句。

那些年轻的男人女人，与青春同在，与工厂同在，与时代同在。秦海草的思绪，从1970年代开始，萦绕着工厂，直达1980年代。一个关于爱与诱惑的女人，有着破碎的步履和慵懒疲倦的姿态。

在那时，因为有了马跃，秦海草的工厂生活，会在工会为她开出公假单后变得更加富有情趣。那多半是工会组织的活动——文艺宣传小分队排练、演出，篮球比赛，民兵高炮训练，工厂消防队训练，歌咏会合唱排演——她便是在这样的活动里，一次次碰上马跃。她喜欢看马跃，到哪里，都是这样的一身工作服。她就看着他，远远望过去，看马跃消防训练——拎着装满黄沙的红色小铁皮桶，折返跑。那种消防桶，很别致，看上去是一个完整的圆桶，其实是做成半圆形，平时一溜挂在车间的墙上,平面的一面,正好贴着墙,看着顺眼;可是半圆桶拎在手里,看上去就十分怪诞。她还看马跃打篮球,底线跑篮,反身上篮,球是进了篮筐,但马跃穿大号高帮篮球鞋的大脚,却压了底线。最好看的是,马跃摇动高炮的手柄,将炮管升起,昂然的样子,同时炮身自转,变换着方向和角度。

他们都是"上海民兵"。这个厂的民兵兵力,有一个团,不过,大多数是秦海草这样的女民兵。她们列队操练的时候,扯着尖细的女声喊"一——二——三——四"。许多年以后,秦海草看到国庆阅兵式的女兵方阵,听到这样的女声,就会想起自己工厂的女民兵。

秦海草和马跃一起去奉贤海边高炮实弹训练,那次,秦海草从工厂所在的杨树浦出发,是乘坐三轮摩托的,后背拷着"半自动"——一种接近 AK47 的步枪,随着拉高炮的军车,出发,到奉贤海滩。她飒爽英姿——五尺枪,曙光初照——演兵场,中华儿女——多奇志,不爱红装——爱武装。就此,她可以把自己想象成一个从战争环境里成长起来的刚强人物,是矗立在诸多形象里的英雄;她总是以这种形象思维上的高度,虚拟出自己内心无限正义的力量,来抵御父亲或周围的人们对她的落后思想的批评。她只需要一种形式,来表现正义感,来激发自己的力量,来感觉自己也在争取进步。

女民兵其实是为男民兵的高炮阵地放哨,一点也用不着大惊小怪。秦海草为马跃所在的民兵高炮营站岗,连带做饭。其实对这些,她没有多少心相;更多的时候,是把马跃勾引出营房，陪她站岗，聊天，这样，就不是很严肃，时间却过得很快。到了实弹训练，女民兵看他们实弹打拖靶。那种火炮连续发射的后坐力，给秦海草留下很深刻的印象——炮弹发射后，高耸的炮管被后坐力重重地往回弹一下，炮身颤抖着。像马跃，男人的样子。

往昔，杨树浦，夏日，上海人有乘风凉的习俗。弄堂、新村、棚户人家，到了夜里，纷纷从家里出来，也不是说外面有多少凉快，总比家里多了些风，还省了电灯费。那时候，上海人家的小火表，在夏天，是耗电度数最少的，这很符合自然规律，日长夜短；还因为，那时候，没有空调冰箱，甚至连电风扇也没有，到了掌灯时分，一家人全在外面，到再来点灯，是乘风凉回来后，洗洗睡了。

以前，秦海草中班下班回家，就是这样的夏日情景。马跃会候在厂门口，他们一起走在杨树浦路上，这一路上，比白天还要闹猛。上夜班的人流，刚刚涌进了厂门，接下来，中班下班的人流出来了。

老底子，杨树浦的人，就这样平淡地过着日子，没有现在的很多闹猛、折腾；人心静得下来，有点小风，便可以图得凉快。不像现在，人的心思，像这大热天一般燥热，热火朝天。虽说这日常生活里，像蒙上了灰尘，难得有个动静，长远的日子里，还是积攒下来了家底。

秦海草一家人，就这样，在一个厂，她和父亲母亲，还有姐姐秦海花，分头在这个厂里上班，他们拿各自的工资和奖金，收入的多少，就像按家里的辈分那样顺序排列。只是，他们经常会是不同的班头，这个人在困觉的辰光，那个人也许就在上班。早班中班夜班，加长日班，在一家人之间轮转。

大热天，还有冷饮水——冰冻盐汽水，冰冻酸梅汤……一家人都会带点回家。都是一样的口味。工厂发的饭碗、面盆、茶缸，直到工作服、饭单、软帽、手套、毛巾、肥皂……都堆在一起，像工厂的一个劳保用品仓库。

他们还有一样的工厂食堂饭菜票。只要机器还在运转，他们就要挡车，给机器加油，保养，维修；这样，就可以有饭吃。工厂有两个很大的食堂。

秦海草保持着对工厂饭菜票的记忆，这上面带着饭的气息，和中国菜酱油的味道。最早的时候，是硬纸片做的，饭票上画一碗饭，写着"一两""二两""半斤"的字样；菜票上，画一棵青菜，是"一角""二角""五分""一分"。字迹比较模糊，但都可以从纸片的颜色上，得以区分；手感粗糙，但很有工作和劳动的感觉。后来改用塑料片，棱角比较尖利，手感也光滑了许多。生活在逐步进入精致。

他们一家人买饭菜票，也已经形成各自的规律，各人买各人的，一个月一买，或半个月一买，或十天一买。一沓，用橡皮筋扎好，一面是饭票，另一面是菜票；一根橡皮筋绕两圈。橡皮筋从紧到松，一沓饭菜票薄下去了，日子就临近月底了。

一家人，互相借饭菜票的事情，经常会发生。借了不还的，也有。到现在，秦海草还记得，父亲欠过她两斤饭票；不肯还，说已经还了。明明没有还。其实她也借过姐姐海花的；借海花的，她是从来不还的。

秦海草是会从长计议的。

秦海草从上班拿工资开始，不愿意学姐姐海花——全部上缴爷娘；她是"贴"爷娘。而且很张扬，强调是"贴"给爷娘的生活费。这一个"贴"字，颇贴切。秦海草在每个月的工资里，定下二十元，交于父母，算是孝敬父母的，也捎带自己搭伙的意思。然后，在搭伙里，她是要带菜的，因为，她总是说，厂里食堂的菜不好，贵，吃惯了家里的。父亲秦发奋明知是亏了，但心里面，是欢喜这个小女儿的。

秦海草带菜，起先是一个人吃，后来，有一个叫马跃的男人，也要吃了。这个马跃和秦海草的关系，从此，便大致可以确定。这让父亲秦发奋觉得"亏"大了。母亲彩球倒也不计较，只是，不光晓得女儿的口味，现在连马跃的口味，也要晓得。

马跃就好上门了。

父亲秦发奋和母亲吴彩球，是认了。彩球便从这秦海草带菜的量里，分辨出女儿的情状，和"毛脚女婿"的饭量；秦发奋就是觉得"亏"；海草呢，则从母亲给她带菜的质量里，看出爷娘对马跃的态度。

秦海草就是这样，在工厂上班，赚钱，过日子，有些事，她很早就想好——恋爱，结婚，女人都是要经历的，都是应当为她所有的。早点比晚点好。秦海草就是要按通常的做法，去享受这一份经历，这也是一种心相。从工厂的日子里，寻觅自己的欢愉；就像她计划每月到银行去"贴花"——将节省下来的两元、五元，存起来，计划一件新衣裳，一件家用电器，一桌酒水。那深思熟虑，于小日子的拮据与梦想中，都有着按部就班的理智与情感。

钱不是太多，便要算计；钱也不是分文没有，所以才有算计的可能。算计自己的，还要算计马跃的，比如，让自己爷娘给马跃做菜，省下马跃的菜金，便要收缴过来。这种算计，就已经是将马跃跟自己，算作是一家子了。

秦海草很要好看；但要好看的机会，实在不多。上下班穿的衣裳，这一路上，也不过是半个小时，秦海草甚至连进厂后在厂区大道上的时间，也算进去，并且这还是要悉心揣度的。因为，在这个时候，可以遇得到最多的熟人。

"好看的。新衣裳。"人说。海草反而回答："旧衣裳。没啥好看的。"

是旧衣裳了。实在是因为，穿的时候太少，秦海草又会拾掇自己，一件衣裳，似乎一直是新的。

海草最期盼的，还是穿一件好看的衣裳，走得远一点。

海草和马跃恋爱的时候，跟马跃还是一个班头的，两个人在一起的时候，便会很多。海草对马跃说，约会的地方，要去远一点，不易被人看见。她提出，有一个地方，颇好的，叫襄阳公园。

于是，海草和马跃的约会，便定在这淮海中路的襄阳公园。老时间老地方。但他们几乎是从第一次开始，便是两个人不约而同地，在同一个时间同一个地点出发，往同一个目的地去。他们在要坐的第一辆28路电车站头候车的时候，便碰上了。在那样的时候，两个人会觉着有些尴尬。他们说是分头出发，却还是要一起换乘两辆公交车，到那个叫"襄阳公园"的地点去。好几次，海草在车上，漠然，似乎是有点伤感。马跃买好两个人的车票。有座位要请海草来坐。海草坐下来，脸上还是漠然，似乎真正的爱情还不好开始，时间没到，地方没到。马跃也便默然不语，凝视着女人的脸，眼睛瞪得很大。男人是比较容易进入的。这意蕴，从男人的眼睛里射出来，海草是会感受到的。离襄阳公园越来越近的时候，女人在心里，渐渐地让男人靠近。有一种东西在他们之间交流，是一种酸楚，或是欢愉。他们最后还是被欢愉所笼罩了，乐此不疲。

这像是一种缘分。也便是后来马跃对岳父秦发奋说的那样——他们都很野。

淮海路上的襄阳公园，离杨树浦和工厂远了，就有离开一个地方抵达新的地方的感觉，就有走出"下只角"，走向"上只角"的意思；谈恋爱的时候，要有这种感觉。

几趟襄阳公园跑下来，便"敲定"了，爱情也算是专一的。后来他们彻底跳出来，两个人一结婚便去了日本。用秦海草的话来说——"在工厂，做死做活，也做不出什么名堂经来的，机器是死不脱的，人却不死不活。饿不死，也发不了财"。

机器死不脱，工厂便永远是一种重复。重复着产品，也重复着大多数人的人生。秦海草难以忍受。在这个城市还很沉闷的时候，秦海草就努力发掘着工厂的有关情感和情调的故事。几口汽水，可以复制出这些永远消失的细节，以及背景，但这些收藏于记忆里的细节，在生活里是不可被复制了。这些只有在工厂，才可以融合在一起，是无法被剥离的。在秦海草看来，工厂就是这样，并不显得有多少特异，看上去就是自然，工人群聚，男女混杂。大多数人围着机器，看上去是管着机器，其实呢，是被机器管着；像煞是在生产，多快好省，却是将人生全搭进去了。只有少数人，可以在机器之外，搞一些别样的活动。工厂就会变得有色彩，有情节和细节，男女之间，互相配置和咬啮，用皮带盘传动起来，就变得贴切，温润，细腻，动态，潜藏着一些可能性。生产力，便来自这些可能性。

05. 工人

小炉匠早早候在细纱车间门口，等秦海花。等了半天，没人。太早了。小炉匠是按照过去早班接夜班的时间来的，六点钟。

1973年秋天，小炉匠中学毕业，进了这家纺织厂，第一天上班，就是早班，六点钟接班。从此，小炉匠就在这个班头上三班倒，二十多年，日日夜夜。

今天没有人跟他交班。他就自己跟自己来个交接班，像一个仪式。然后一个人，抓着两把大扫帚，在车弄里推着。因为已经很久没有开车，车间地上，其实也没有多少棉絮花衣。小炉匠空推着两把大扫帚，在车弄走来走去，像梦游。

小炉匠进厂，就是从扫地工开始做起的。纺织厂车间里扫地，是用两把大扫帚并着，推进，像推土机。往昔，产量高的时候，棉絮花衣多，扫地工推扫帚，像推雪球似的，越扫越多，几条车弄推下来，半个人那么高，一大堆。初来乍到的时候，经常会有女工的手，在他屁股上拍一记，回头时，女人笑着："小炉匠，地上的空筒管给我捡起来！"

现在地上已经没有空筒管了。"小炉匠"变成"老炉匠"，做到这个班的机修工，六级，封了顶。三班里，值班长最大，下面就是生产组长。挡车工做生产组长，管机器的机修工，也便是当然的生产组长；两个生产组长就经常要碰头，安排生产，调配机器，调配人员。

秦海花是在这个班组里做出来的，秦海花做生产组长的时候，看着小炉匠做上了机修工。

秦海花跟小炉匠搭班，第一句话，问："她们为啥叫你小炉匠？"旁边有女工替他回答了。那是在小学，十岁不到的他，每天在家生煤球炉子，还会修炉子——和泥，糊炉膛，敲铁皮，做炉门，做铁脚炉子。杨树浦路松潘路一带的小弄堂里，都晓得他——小炉匠就出名了。上海人是不晓得，真正的"小炉匠"，其实跟修煤球炉子不搭界，而是生个小火炉的打铁者，还不是那种出铁水的铁匠。上海人没见识过打铁的，上海人晓得小炉匠，全是因为样板戏《智取威虎山》里的栾平——小说《林海雪原》里，栾平就是小炉匠。

也因为，小炉匠长得小样，平时向来喜欢缩在人后，让人联想到栾平。

那是坏人呀。秦海花说。他是老坏的呀。女工喳吧，抖搂出小炉匠也会花嚓嚓，闷骚。机器出问题，小炉匠在男厕所里抽香烟，落纱长急得在男厕所门口双脚跳，叫他："小炉匠！小炉匠！你快出来呀，我急煞啦！"叫得有些夸张，人家以为落纱长喜欢他。小炉匠晃着身子，出来，手往女人身上搭一把。每天夜班有女工来唤他；小炉匠很得意。

小炉匠看到秦海花，却只会往后面缩。

他心里有秦海花。生产中，都依顺着她。他们像这个班组的两个当家人。

小炉匠从扫地开始，就暗自发誓，要做机修工，钻研A513细纱机的机械原理。锭子每分钟要转一万圈，转得时间长远了，就会坏。他就从自学穿锭带开始。穿锭带，是机修工的基本生活，也是机修工帮挡车工的重要方式。机修工不帮挡车工穿锭带，或是拖点时间穿，挡车工出的细纱纱锭，样子就不规整，或成小腰身，或变大肚皮。女工的生活，全在机修工所保养的机器上；她们就要看机修工的脸色。

小炉匠想对秦海花好。为了秦海花，他就要做个机修工。他把所有的心思，所有自小对机械的敏感和手工能力出色的特长，全用在 A513 细纱机上了。老有心想。他慢慢地学会穿锭带，目测锭距……再慢慢地，学会用钢锉来加工零件，慢慢地，锉啊锉。

小炉匠整天埋头，不声不响，脑子里就尽想着机器的事情。细纱机滚针轴承，原来是同机器焊接在一起的，但是轴承的使用寿命是有限的，轴承一坏，整台机器就得停，就得焊接新的轴承。小炉匠想来想去，还是鼓足勇气到厂设备科，他提出把滚针轴承改成筒套。筒套一般不会坏；他还用废料做了个套筒的式样，给设备科工程师看。工程师觉得有道理啊，后来真的按照小炉匠的想法改装了，机器寿命比原来延长四倍多，也用不着定期关车，更换轴承。机器的使用效率大大提高，产量上去了。

小炉匠还提出了他琢磨长久的细纱机平衡部位的问题。机器制造后出厂，都是使用弹簧控制平衡，但使用时间一长，弹簧的弹性降低，还易断裂。小炉匠建议，改用重锤控制平衡。这一改，整台机器事故率降低百分之八十以上。这一建议，后来还被细纱机生产厂家采纳。以后出厂的这种机型，机身平衡全部采用重锤控制。

小炉匠就这样，慢慢地，自己学成个在行业里出名的机修工。

在纺织厂，细纱车间的挡车技术是最难学的。秦海花是好算一把好手的。而秦海花心里最清楚，机修工的机器修得不好，不能使机器处于良好的使用状态，挡车工技术再好，也是白搭。秦海花就经常把小炉匠挂在嘴边。

小炉匠慢工出细活儿，还琢磨出A513细纱机的操作细则，要求挡车工严格按照操作要领操作。他还会"看、闻、听、捻"。看，就是首先看车间温度和湿度，这是纺纱的必要条件，冷点，热点，干燥，潮湿，身体有感觉；凭体感，他就晓得温湿度是否合适，就去跟空调工联系。所以他经常去找马跃，两个人也算认得的。他还要用鼻子闻，进车间，就像只猎狗，闻车间有无异味。有焦煳味，他可以分辨出是烧塑料还是烧橡胶，或者是烧机油，以此来判断电线短路、皮带断裂或漏油等故障。他经常在车间晃晃悠悠，那是在听机器声音，凡是有异常声音，类似防护罩移位、螺丝钉松动什么的，他完全可以听出来。上道工序过来的粗纱，他慢慢地用手捻，捻出粗纱质量合格与否。凡是粗纱不合格，他要寻过去，退回，否则，不合格的粗纱，进入到他的细纱机，纺出的细纱，必是次品，那浪费就大了。

小炉匠晓得，细纱机修理的物料消耗，是一笔不小的开支。就千方百计减少物料消耗，有些配件磨损了，他用电焊焊接，自己锉磨后再使用。所以，小炉匠的钳工手艺，十分了得。他最有心相的，是用钢锉对着一个小的铁件，锉啊锉的，像打制一件工艺品。

他就愿意这样，在秦海花身边，做生活，做一辈子。这是小炉匠一生最大的心愿。

慢条斯理的小炉匠，窝在细纱车间的女人堆里，在机器上动足脑筋；像别的男工一样，开心的时候，也会在女人身上，动手动脚。机修工跟挡车工，终日摩肩擦背的，男人就会在女人的某些凹凸部位，来几下；女工不计较，或者回男人几下，也是可以的。大家都很开心。慢吞吞的小炉匠，在揩女人油的时候，也是慢，像电影里的慢动作。人家男人一般都是对着某个部位，上去一记。小炉匠不是。他要慢慢地，从一个女人的小腿开始，摸到膝盖，做些停留，再往上。女人一记过来，拍在小炉匠的手背上，"寻死啊。牵丝攀藤的，人家难过哦啦！"

小炉匠看到秦海花，心里总是会有点虚，脑子里就没有一点点花花草草的念想。但他就是愿意挨近秦海花。

秦海花对小炉匠是由衷地佩服。男人对A513细纱机全神贯注。工人就是要这个样子。他们的青春，就共同维系在细纱机上。

细纱机车头上，都有红、白、黄三块小圆牌。竖起红牌，表示车坏了；白牌，是要落纱了；黄牌，就是锭带断了。这与他有关，与生产有关，与秦海花有关。

先前，女工都懒得竖牌子，有什么事情要招呼，用空筒管敲车头就是了，顺手。机修工也习惯听到这样的召唤，慢吞吞地过来。不但敲车头，女人站在什么地方，有什么可以敲的，就敲什么。

秦海花做生产组长的时候，就要求大家不要敲，文明生产。机修工小炉匠也说，这样会把机器敲坏的，尤其是钢领板，最容易变形。小炉匠把细纱机的钢领板，看做是桑塔纳轿车的车身，恨不得抛光打蜡。女工有事，要按规定竖牌子。这是小炉匠和秦海花配合抓生产的第一件事情，两个人不约而同地，想到了一起。为这事，他们还一本正经地开了班务会。

女工们就不高兴了，有人叫起来——都是这样的啊，老底子就是这样的啊。秦海花，你回去问问你娘彩球，她也是这样的呀。

"那你们就敲纱箱好了。我一样听得见的。"小炉匠是心疼机器。

"机器又不是豆腐做的。滑稽煞了。再讲，我们班不敲，人家照样也要敲的呀。你又不好把机器带回去。"

"你又不是私人老板，要你瞎起劲做啥？"

秦海花开口了，"是啊，旧社会，这个厂是日本人开的，工人日日夜夜做，心里就会烦这些机器，觉得机器永远这样转下去，工人也就只好被机器管着，永远这样做下去。噪声里，弄出来一点自己的声响，什么事情，抓起筒管，乒乒乓乓地敲。"秦海花说起母亲彩球的"包身工"经历，"那时候，她们还轮流望风，轮流打瞌睡。现在，机器是我们自己的。像小炉匠，把机器当宝贝。他不舍得的。这个事情，他跟我说了，我觉得，大家还是听他的，比较好。"

小炉匠的脸色，放着光。秦海花懂他。小炉匠是心疼机器；她也是工人的后代。工厂里的东西，就像自己家里的。他就更加认真："听好，我不管别人怎么做，在这个班，只要小炉匠我当一天机修工，秦海花做一天生产组长，就不许啥人虐待机器，否则，不要怪我不客气！"

女工们，到底是要看机修工脸色的，也晓得，小炉匠是真的不舍得A513。那就听他们俩的了。

他就和机器在一起。身边有个秦海花。这样的生活，对小炉匠来说，是幸福的。他日日夜夜和秦海花在一起，充满愉快。后来秦海花离开了，他一个人内心承受着痛苦。

他继续一个人面对机器，从1973年，到1993年，二十年里，小炉匠除了修机器，顺带慢慢地摸过几个女人，其他一点故事也没有。

秦海花离开车间，做到厂长，小炉匠还是守着他的A513。日日夜夜，因为还有这些机器，他就经常会回忆起那些和秦海花做三班的景象，长久占据着他的内心。一旦机器没有了，工厂没有了，那个三班倒的细纱车间的一隅，某个清晨的景象，还会出现在小炉匠的心里吗？

从1990年代开始，小炉匠平静的内心，起了风暴。小炉匠是经历过许多工厂生产考验的。到了一定的年纪，手里这把技术，让他有种闷声不响、笃定泰山的做派。他还是没有老婆，心里却会想着女人，终日和女人在一起，不想是不可能的；但从来不做声。他慢吞吞地，心里只要有A513，就会感觉有女人。

秦海花结婚，生孩子，他都晓得。他自己无法为秦海花做什么，那就做好自己的生活，看住自己的机器。算是秦海花手底下的一个技术工人，也是幸福的。就像过去，秦海花做生产组长的时候那样。他觉得，秦海花就和他在一起。

但现在，小炉匠要接受新的现实。他先是找不到徒弟——没有人再进这个工厂了；然后，两个徒弟，先于他下岗了。

厂里的人越来越少，高峰让电，关掉的机器越来越多。噪音越来越轻，没了过去急吼吼的样子，像哭腔。过去，他凭借聆听机器的轰鸣，就可以判断出机器正常与否，现在听上去，机器都像有点死样怪气。工厂变得七零八落。有人劝小炉匠，快走吧，工厂要关门了，你可以寻方向了。小炉匠不动声色。

秦海花也来劝过他，专门找到当年做三班的细纱车间的机修工场里，对着小炉匠——我的话，你总归要听的吧。小炉匠头也不抬，说，只要你还在，我哪里都不去。

说这话的时候，小炉匠正用一种八级钳工的技术手势，在很认真地锉一只销子。小炉匠工作闲下来的时候，喜欢自己动手，用钢锉精心打造销子。老有心相。那种形状像钉子似的小铁件，横断面呈圆形，是用来插在机件中做连接固定的紧固件。当两个零件组合孔对准后，一个销子的插入，是一个终结。小榔头轻轻笃实。那种实实在在的密封对接，表达的是一种工人手工式的踏实。小炉匠知道，销子在机械部件的连接中，有举足轻重的作用。他可以按形状和作用的不同，自己做出精密度很高的开口销、圆锥销、圆柱销、槽销。

其实，现在小炉匠的销子，锉或不锉，已经无所谓了，那最后十几部A513，肯定也要关了。但小炉匠不相信。小炉匠看见秦海花来了，就越来越坚信，他觉得将来一定会派用场的。

秦海花说，我现在还在厂里，那是因为有许多人家不愿意做的事情，要我来做。比如，我还可以来劝劝你。

秦海花就对着无数的工人，做这样的劝说。还到社会上去找合适的岗位，来安排合适的工人。保安、推销员、快递、交通协管……秦海花这个纺织厂的厂长，现在更精通其他行业的工作性质，来为自己厂的男工女工寻求岗位。秦海花把这些岗位摊在男人女人面前，明确关照，都已经"奔四""奔五"了，以后我管不着你们了。

三十七八岁的男人，是要"奔四"了。小炉匠想起几个星期前，送几个老师傅退休。五十五岁的老师傅，也就是十几年以后的自己。那天，师傅们抱着"光荣退休"的镜框，挨个钻进桑塔纳轿车里，摇下车窗，对着来送行的秦海花，像孩子一样哭诉——你们就是嫌鄙我们老了是吗？真的一点用场也派不上了吗？我还好做五年呀，做啥不要我了呢？

师傅其实是晓得的，工厂已经用不着他了。老师傅，技术再好，也没有用场。老师傅看见小炉匠，一定要他答应，有一天纺织振兴了，还来叫他。小炉匠拼命点头，心里就在想，我就是不走。

老师傅更没有想到的是，送退休老师傅回家后，那辆桑塔纳，掉头就直接开去二手车市场了。这是厂里最后的一部小车。秦海花就等着它卖出个好价钱，许多工人正等着这笔钱，来报销医药费。

小炉匠心里想，我就是不走。秦海花就说他：你也是个快四十的男人了，老婆不找，我也管不着；工作呢？小炉匠还是摇头。他说，为了这些机器，他不走。秦海花说：机器也要没有了，到时候，你连"揩油"的女人也寻不到。你做啥呢？

也不知道小炉匠从哪里听来"南机北调"的说法——他还指望着有一天，这些机器要送到新疆去，他也就可以跟过去。"你派我去新疆好了。我没有什么牵挂拖累。我保证，到新疆，会帮你把这些机器，弄得很好。"

秦海花是晓得小炉匠的。不劝了。秦海花也有自己的想法，要是真的"南机北调"，没人肯去这么远的地方，小炉匠倒真的可以派出去。不过，眼下，秦海花还是希望小炉匠有个工作。总要有个生计。好在小炉匠会做，除了机器，他真的会做许多电工木工泥水匠的生活，还会修理汽车、自行车、电冰箱、电视机什么的，这个人是饿不死的；甚至真的修煤炉，那小炉匠也是一把好手。只是，现在已经很少有煤球炉子了。她也不知道，所谓的"小炉匠"，并不是修炉子的。

秦海花就想到自己丈夫高天宝。他可以跟高天宝出去做电工生活。高天宝在外面做新建大楼电路配置安装的包工，很缺下手；按小炉匠对手艺技术的钻研劲道，眼下做个小工，绰绰有余，不出一年，考出电工证书，是肯定的。秦海花就要小炉匠什么时候到她家里来，跟高天宝谈谈。他们一个厂，还是认识的。秦海花临走的时候，就把家里的地址和传呼电话，写在一张小纸头上，给了小炉匠。

秦海花前脚走，后脚，小炉匠就把那张纸，衬在了台虎钳的轧头上，轧紧一只销子。他想到秦海花和高天宝一道过日子，心里难过。

06. 脸红

春天和秋天，纺织厂的车间，里面和外面，一样地暖热。

冬天和夏天，车间里适意。因为有工厂的空调工——马跃。于是，女人在厂里，大多是单衣单裤，不戴文胸。刚进厂的小女子，会有几个，坚持戴文胸，弄得前胸挺挺的，但绷紧着，不舒服，几天下来，吃不消了。皆是女人，女人给女人看，有什么意思呢。索性解开掉，松松垮垮下来，很舒坦。大家都是这样的松松垮垮。这种松垮下来的，还有女人的心境。

纺织厂，车间里，男女之间的嬉戏调笑，秦海花是见多了。两情相悦，没有什么苛责的。秦海花后来当干部了，一直做到厂长，还是回避这个话题。她不愿为这样的事情，去说工厂女工的不是。女人在厂里不容易。日夜三班倒，在机声嘈杂的环境里，每天重复做着千篇一律的事情，情绪会低落，心理和生理紊乱。每个月，还总有几天"身体不好"。秦海花自己刚进厂的时候，小姑娘一个月一次，"肚皮痛"，疼得脸色苍白。就看见，同班组的女工，忽然裤裆就渗出血红的一摊，慌忙奔进马桶间，跟人要草纸。那时候，纺织厂女工发的草纸，是叠成长条形的，与发给男工的不一样。派的用场不一样。

而哺乳期的女工，更是忙，早中夜班，到一个时辰，奔到托儿所，回来，饭单还卷在手里，上衣胸襟处，两摊奶渍；女人胸脯饱满而松软。上班辰光，没到规定的哺乳时间，发奶的女人，就跑到车间外面的暗角，对着墙角一阵猛挤。

但秦海花自己不会这样。她也关照过妹妹秦海草。她晓得，海草每个月的"肚皮痛"，更厉害。而且她们姊妹"痛"的周期，也差不多。姊妹俩在细纱车间两个班头，通常在家里见不上面，但可以在车间交接班的时候碰面。家里有什么事情，姊妹俩也会在这里唠叨几句。

空调工马跃，整天就喜欢在秦海草的细纱车间里转。两个人是一个班头的，空调工全厂到处可以转，某一天，就转到细纱车间，看见挡车工秦海草；两个人算是一见钟情。

对于男女之间车间里的调情，妹妹秦海草就更清爽了。对男女之间的动手动脚，面孔一点不红。也是因为，纺织厂，女工多，皆是女人，彼此便少了女人惯有的拘谨，身体也松弛下来。见多不怪。少数几个男人，是老鼠跌在米缸里了。太放肆的，几个女人联手，摆平一个男人，易如反掌。那都是图一时的口舌与手脚之快，真正"出花头"，不会这样在车间里互相"揩油"；那种"吃豆腐"性质，多半也就是寻开心。纺织厂就是这样的啊。女人的世界，就要闹猛，有几个男人，女人的劳动，就会产生乐趣。年纪大点的，结了婚的，有点拈花惹草，寻开心呀；连爱情、婚外情，也算不上。真正有心的，碰都不要碰，脸儿就红。

秦海草不喜欢在车间里弄这些面孔红的事情。工厂还有更多更好的地方，比如，文艺宣传小分队，工会和团委的学习班，职工业余学校读书，民兵野外训练，消防训练……那些地方更适合产生爱情。她与马跃就是这样。那男人不敢碰她，但会看她：直勾勾的眼神，迷茫而深切。她迎上这样的目光，心就要跳，喘息。那些个春天里，阳光明媚。他们互相凝视。她怕他的眼光漂移；他就是不动，眼乌珠定样样地；有许多意思在里面。两个人都面孔红起来。旁边，宝宝阿姨看在眼里："好了。弄（侬）喜欢伊是哦。适意啦？"

年轻的朋友们今天来相会。光荣属于八十年代的新一辈。

早先，秦发奋就晓得，自己这两个女儿——小女儿海草，不像大女儿海花这样安分；但现在，似乎也不好说，海花也不安分到哪里去，只是跟海草比起来，没有妹妹这么……野。

在工厂里，海草做的也是挡车工，不过，她没有心相做生活；心相全在唱歌跳舞上。人长得好看，便有许多工厂业余文体活动要参加。这些文体活动，由工会出面请公假，文娱活动积极分子就好出来。像被放生一样。在车间主任和值班长眼里，这种文体活动的骨干分子，很叫人头疼，但对秦海草，不放又不好，要给秦发奋和海花海草娘——吴彩球面子。

那时候，工厂的业余生活，也是丰富的：工会要组织文艺宣传小分队，东宫和纺织局，有艺术团；还有民兵高炮训练，篮球、足球、乒乓球比赛；1980年代，开放了，还要开舞会，组织学跳交谊舞、看录像什么的；甚至，秦海草还学过一阵桌球。秦海草是什么好玩的，都要去挤一脚；也难怪她，大家喜欢她。

女民兵高炮训练，是到奉贤海滩练打炮。一个月回来，人晒得乌黑，却壮了许多，据说，会打炮了。同时，黑黑壮壮的秦海草，跟同样也乌黑壮实的马跃，好上了。后来两个人，一起混到了局里的纺织艺术团，再后来，两个人先商量好要结婚，然后就停薪留职，一起到日本自费留学。

后来的事情，秦发奋无论如何也想不到——不到两年，马跃一个人回来了。说是和秦海草分手了。

对于海草的"野"，秦发奋老早就关照过马跃。但马跃觉得，自己和秦海草就是很配的，他们都野。这让秦发奋噎得慌。

这俩人彼此中意，称心的地方很多，怪里怪气的地方，也差不多。

没有几年的辰光，纺织厂"死不了"的机器，死光了。工厂真的便消失了，但女人还在。马跃还是和工厂的女人在一起。他喜欢他的纺织厂女人；她们在他的心底里，是一个情结。还有纺织厂的温湿度，和女人的体温。

那个叫"宝宝阿姨"的女人后来说起，马跃从"勒本"回来——宝宝阿姨的苏北上海话把"日本"说成"勒本"——第一天上早班，一个男人在吃她"豆腐"，被他看见了。宝宝阿姨说起这个的时候，垂下头，去看自己的脚尖；宝宝阿姨的一只手，捏在自己背包的背带上，无意识地滑上滑下。

宝宝阿姨一口苏北上海话，加上一点难为情，听上去像唱滑稽戏——弄（侬）一个人……啦楞（哪能）回来了？回来做啥啦……

说起工厂的往事，宝宝阿姨的喉咙响起来——窝（我）老早就晓得，阿（外）国没有阿拉工厂里适意。马跃伸出手，将女人那只在背包带上滑上滑下的手抓住，捏着。马跃感到一种心满意足。马跃对纺织女工的手，特别有心相。再粗俗的女人，那双手，因为长期接触棉纱，总还是柔软细洁的，肉感，温润；没有老皮，没有肉刺，不会勾纱；有合适的温度和湿度，像冬天里一个女人的一只手，总是焐在贴身的棉毛衫里一样，保持适宜的体感。动来动去。女人没有吱声，把头靠在他的胸前，非常认真地扳着他的手，不断数着马跃的五根手指。

随后，她把马跃的手指放在自己的大腿根部，听任马跃的手指贴着自己的身体，隔了一层布；那手指动起来。她的身体也随之动起来。老适意的。

第二章

07. 老师

那时候，还有一个男青年，初次踏进秦海花挡车的车弄。那是薛晖。

对秦海花来说，薛晖和小炉匠一样，也是个可信赖的人。秦海花对他抱有好感。但是她一直不敢想，这么一个读书人，会对一个只会挡车的女工，怀有特殊情感。秦海花读过"七二一大学"，但晓得自己读书并不好，吃力来兮。对读书好的人，会崇拜，总觉得他们聪明过人。读书好的人可以做很多别的事情。薛晖都可以做老师了。教别人读书，多少好。她可以从他那里，学到很多东西。秦海花也想在挡车之外，还要学会做点别的事情。这一来就是二十多年。

"我是很认真的，"薛晖说，"从开始认识你，我就被你吸引了。之所以一直忍着，不敢对你表白，是因为，你太好了，直到你做了别人的妻子，我还不知道你究竟肯不肯跟我好。这就像个千年之谜，永远留在我的心里。"这是薛晖离开工厂的时候，对秦海花的一次告白。

最早，薛晖从"七二一大学"毕业，学文科，被分配到这个工厂的厂校。正值暑假,新来的厂校教师先到车间里劳动。他被分在细纱车间,跟三班,日夜倒。那时候的秦海花,已经是带过两个徒弟的细纱车间的挡车师傅,生产组长了。这个厂校教师,来跟一个挡车女工拜师;秦海花不晓得,该教会他什么。

薛晖第一次开口叫她师傅的时候,张开嘴巴又堵在了嗓门口,一边打量着这个女青年——真是好算出类拔萃的,叫她"师傅",是有点可惜了。

还是秦海花提议——就叫名字吧。

她父亲,是电工间里技术级别最高的秦发奋;母亲,是厂里的著名劳模,时任厂工会主席的吴彩球。她自己,已经是细纱车间挡车技术一流的挡车工,正在力争创造一分钟结多少结头的全国纪录。她同时也很爽快,对薛晖说:

"挡车嘛,是女工的生活,你是一个读书人,又是男的,跟着我,能够学什么呢?"

"劳动呀。"薛晖说。

"干部才叫劳动呢。"秦海花说,"你是什么干部呢?"

"干部"这个字眼,让他有点吃瘪。语文老师有点钻字眼,还怕这层"师徒"关系告吹。"知识分子要接受工人阶级再教育。"薛晖说,他说的是心里话。

"弄不好,工人接受知识分子的教育也说不定呢。"秦海花说,"你以后是要做老师的呀。"

要落纱了。落纱机铁轮在轨道上滑动,不时溅出火花;纱管落入布袋，秦海花迅速将一个个空纱管插到纱锭上，动作娴熟而稳健。秦海花小组是工厂的一面旗帜，要求比其他班组严。薛晖觉得，跟秦海花，自己做得很差，不好意思。他努力学着秦海花的样子，将还是热乎乎的细纱，一个个拔下来，一边插上空的细纱纱管；手脚有点慢。落纱装在纱袋里，薛晖用力拎起纱袋，屁股撅起来；那劳动的样子，是蛮难看的。秦海花在一旁笑，车间里的女工都笑。因为车间里噪声响，薛晖木知木觉。她们平时说话，都要凑在耳畔，大声嚷嚷。"耳鬓厮磨"，薛晖就经常会想到这个词儿。秦海花对着他的耳朵叫道："叫你一辈子做这个生活，你情愿么？""只要一辈子跟牢你，就没什么不可以。"薛晖说，也不晓得这话她是否听清楚了。一辈子跟牢你。耳鬓厮磨。说些出格一点的话，也没有别人听见。

那时候，有"幸福车"。薛晖便坐在车上，脚一记一记踏着开关，让小车，一点一点地在轨道上移动。代步。本来这车应该是挡车女工坐的，秦海花让薛晖坐坐。说自己坐的时间长了，要走走，活络活络筋骨。薛晖便觉得，这女人真的是善解人意。这车子也真的是好，让他想到儿时在马路上玩的跑冰车。那个夜班让薛晖提精气神儿。

秦海花压根儿没有对他端什么架子。薛晖就转了个话题："你将来还要做别人的老婆。你想做啥人的老婆啊？""老师哪能就想老公老婆的事情啊。""我是想，不是你的老公，也可以穿着你纺的纱织的布做的衣裳。还是蛮幸福的事情。我以后买了卡其布衣服，就会来猜猜，怎么样？这一定是你纺的纱织成的。不会有疵点吧？"

说起女工活儿，秦海花话多。的确如此，这活儿是做得光鲜的。但是，秦海花说："年数不饶人的。这个活儿，也就是年纪轻的时候，眼力好，手脚快，是做得灵光的，虽然凭着手里的技术，可以有个三年五年的成绩，也是要被年纪轻的人赶上来的。我妈妈就是这个样子。技术再好，眼力和手脚，早晚都被年轻人比下去。我也不过就是几年的辰光。"

"别说得这么残酷。大家都会到这把年纪的。那就趁早，去学点别的。"薛晖道。

秦海花的脸，一下变得深沉起来。

她不是有什么忧郁，而是忽然想到了许多。她想到将来，除了挡车，她还会什么。她没有很好的文化，她的父亲母亲，都是这样，在一个工厂里，甚至是在同样的噪声里，做同样的事情，做到老。尽管做得很好。她再重复他们？似乎已经没有什么意义了。她新结交的年轻男教师，站在自己的边上，说了她一直想听而没有人跟她说过的话——要她学点别的什么；那男人脸上，红红的，流着汗。他做不来这个事情，但他有自己的事情。这个时候，秦海花对薛晖，便产生了某种好感——这个人跟自己是很近的。

这个暑假之后，薛晖就正式担任厂校语文教师。秦海花呢，还是在细纱车间里挡车。不过，两个人还是时有来往。薛晖对"幸福车"无法忘怀。这种"幸福车"，就是在女工挡车的车弄里，铺上轨道，小车在上面滑行。女工们，是好省了每天在八小时里从杨树浦到十六浦走一个来回的脚劲。这大大减轻了挡车女工的劳动强度。过去资本家，当然不会想到这样的事情，所以，这是纺织女工的"幸福车"。后来，经常有男人过来，和女工搭讪，就喜欢坐上"幸福车"，一边帮着落纱，插插纱管，陪着说话；女工呢，反而趁这个时候，下来，落落脚，走几步。男女这样混搭，那便更幸福了。

且那车斗里，刚好就够挤一个屁股。说话的时候，还没有外人。薛晖在没有课的时候，便会算准秦海花的班头，是早班或中班，到细纱车间。他斜着身子，满屁股坐在车斗的纱管上，头和上身，随着车的移动，一晃一晃的，肩部不时和秦海花的胳膊相碰。他一边帮她插纱管，一边嘴巴伶俐地逗她；她高兴的时候，他便会将胳膊搁在她的肩上。他从自己的屁股底下拿起一根根纱管来。这种缠满细纱的纱管半尺来长，一只手一把握起，有时候，从胯间取过来的瞬间，叫他产生一种错觉。他将纱管递给她的时候，便会很不好意思。特别是，当她自己伸过手来，从他的胯间抓过一把纱管的时候，他会心跳过速，满脸通红。

这个长得白皙、很有点干干净净味道的秦海花，便进入了他的青春期。这与爱情有关，却是朦胧的，也是轻松的，像一艘帆船，滑行在春水荡漾的河流上，风吹起鼓胀的帆，有一个关于布的联想。

他对她说："你留两条小辫就更好看了。"她抬眼，很认真地以一种询问的眼光望着他。"等我当干部了，我就可以留小辫子了。"她很认真地告诉他，刚进厂的时候，干部讲安全生产，其中最要紧的就是剪辫子，因为曾有个女工，留了辫子，被钢丝车卷进去，掀掉了整张头皮。这事儿听了叫人头皮发麻。

"你会当干部么？"他问。

她说："总不见得一辈子挡车。"

薛晖想，如果她真的当了干部，我怎么办？他们那时候没有再说下去，因为那个当干部的事，总是让薛晖吃瘪，还因为，在那时，有女工乒乒乓乓地敲起了车头箱，要落纱了。

小炉匠最见不得女工敲车头箱了，也见不得有男人来围着秦海花转。这个薛晖，让小炉匠好几天不开心。

08. 干部

1985年，厂校语文教师薛晖，因为会写写弄弄，被借调到厂工会做宣传干事，也算是"干部"了。他很努力地写工作报告、宣传报道。逢到厂里开大会，搞活动，薛晖前后忙活，四处张罗。写材料、布置会场、请记者、安排吃饭——都是他的分内事。这样，他便认识了一些报社里的人，为他后来到一家小报当记者，铺好了门路。

原以为，可以有更多机会接触秦海花。但薛晖注意到，秦海花也离开了车间，进入厂部和中层干部的"第三梯队"。他们反而没有机会在一起了。薛晖还知道，秦海花身边，除了那个机修工小炉匠，现在还有个小干部李名扬，似乎比他离秦海花更近。但近，也有近的问题——他们你中有我，我中有你；他们之间有一种合作，也有竞争。薛晖觉得，秦海花会吃亏。

他就要帮秦海花。那时候，工厂里信息的传播，还是靠有关系的人打探消息。薛晖就经常为秦海花的发展前景出谋划策，收集讯息，分析形势。他想要证明一则消息的可靠性，是这样的：看报纸看电视，在新闻里得到一些信息；再是靠小道消息，打探一些传闻和从有关领导嘴巴里放出来的口风，比如谁很好，谁也不错之类，还要对消息来源的可靠性和准确性进行分析；三是听上级领导的讲话。诸如此类，薛晖就像秦海花背后的一个智囊，帮她分析判断大背景和形势。比如，薛晖从"党委领导下的厂长负责制"这个提法，就判断出，今后工厂里，厂长可以说了算了。厂长开始要比党委书记大了。1980年代，开始出现个体户和私营经济，薛晖就敏锐感到，社会要发生变化了。

工厂开始出现了一些变化。改革的理论体系，最广为人知的一面是：国有企业没有竞争力，必须改革。此前，薛晖在很长一段时间里，也认为企业无论改制到哪一步，总是需要人的。只要有工厂，就肯定会有工人的存在，也会有干部秦海花，或者李名扬。而他，似乎注定应该离开。

1990年代初，一个冬天，偶然的机会，薛晖代替工会主席去参加一个全市企业改制的经验交流会。有个国营大厂，全国闻名的，经济效益一直很好。作为成功改制的典型，大会准备了书面材料，写得既详细又丰富，且富有一定的文采。那天他坐在台下，将材料一遍一遍细细看来，看得心惊肉跳，汗流浃背。

薛晖就在这个大会上，听到纺织局领导在台上，对与会者说了一件事——

1991年，只有二万四千人的上海汽车工业集团，税利一下子突破了十四亿。而上海雄踞了四十年的第一大支柱产业——纺织业，就这样被一个新兴产业——汽车工业所替代，这在上海真的是一件很了不起的大事情。

那时候，纺织工人都还木知木觉。薛晖也木知木觉。他从来没有想过自己是上海"第一大支柱产业"的一分子，也不知道，自己行业在上海工业龙头老大的地位，已经被取而代之。

跟我搭界吗？

搭界的。纺织局领导还特地提到了一个事情。上海市长朱镕基，在上汽集团的一次誓师大会上发言，首先恭喜汽车工业终于占领了上海第一大支柱产业的位置，了不起；然后，朱镕基就非常明确地表达了市政府要进行全市产业结构调整和升级的决心。

要到砸锅卖铁、破釜沉舟的时候了。局领导说。语文老师薛晖感受到了一点词语的分量。

开完会，回厂的路上，薛晖一直盯着自行车网篓里的材料袋，既怕材料丢了出大事，又怕进厂的时候，遇到熟人，被人看见材料的内容。许多年以后，薛晖想来，当时他拿回来的这个米黄色的材料袋，其实就决定了这个工厂的未来和所有职工的命运，也包括他自己的。

薛晖想快点找到秦海花。似乎要有大变故。其实秦海花也参加了这个大会，只不过是和李名扬坐在一起。

他们挨着坐在会场里，像恋人看电影似的。秦海花想象出电影院夜场的情景，有点不自在。一些春天和夏天夜晚的画面，恋爱的季节。李名扬和她紧挨着。

李名扬更加明确地告诉秦海花，从那天去市里开会学习改制经验开始，他就看清了两件事：第一，改革进入1990年代之后，国家已经备感压力，不打算再负担国企了，特别是那些长期亏损的企业，要靠企业自己找出路；改制在所难免，用什么手段都可以。第二，纺织企业将面临一次彻底洗牌，工厂拖不下去了。看清了这两件事，就意味着整个厂的职工，迟早都要下岗。

"下岗"，开始成了一个社会性的词。

李名扬高个子，一身蓝卡其布中山装，戴着袖套，显得干净。这和秦海花平时在车间看到的男工，很不一样。男工总是穿油腻的工作服，还不是正式发的蓝布工装；他们喜欢用旧衣服代替工作服。厂礼拜，他们才穿蓝卡其新工装，胸袋上印着红色漆字"安全生产"。这是一个工人厂礼拜的出客装束。所以，男工上班的工作服，各色各样，是一些过时的样式，上一代的奇装异服，偏小，纽扣不全。裤管和袖管缩水，显得短。裤子膝盖和屁股处有破损，用一张伤湿止痛膏，在里面贴着。他们身上就经常会散发出一股伤筋膏药的味道。滑稽的感觉。再加上脸色灰黄，脸孔瘦削，满头乱发，黏着花衣棉絮，眼神睡意蒙眬，由衷地有苦难言的样子。

秦海花更多的时候，与男工处于一种劳动关系。就像她和小炉匠那样。她和他说话，看见他嘴唇在动，她熟悉这样的对话，在机器的噪声里，几乎不用听到他们的声音，可以从唇语里，明白彼此的对话内容。而对他们的外在形象，很难有什么感官上的美好印象。

李名扬不一样。当然，薛晖也不一样。他们穿干净的衣服，戴袖套；会与她叙述和讨论一些重要事宜。虽然不全是田园诗般的淳朴爱情，也不是曲折冗长地展开情节，他们都很有组织条理，和谐又合理地向前方发展。言语之间，前面总是像有什么重要的事情，在等着他们。

秦海花习惯与男工之间的那种直截了当，也喜欢李名扬那样的平铺直叙。就像秦海花和李名扬紧挨着坐在会场里，他们交头接耳，类似与薛晖的耳鬓厮磨。她可以领会到与这两个男人字里行间的言外之意。还有，男人的手。李名扬的手白皙，右手食指和中指的上部关节之间，有两块小茧花凸出，是长期捏钢笔形成的。他用这只手抚摸过她的面孔，手指润滑，轻轻的，像不愿留下痕迹。的确，是没有留下什么。不像薛晖。薛晖的手指头，也有这样两块茧花，但还会留下一点红墨水的印迹。薛晖左手的食指和中指的指尖，还有一股香烟味道。他老是要用这只留有烟味的手，来撸她前额的发。薛晖对海花讲，他手指头上的香烟味道，是各种牌子的，不一样。过去他抽飞马，后来是大前门，现在是牡丹，外烟万宝路。海花说，瞎讲，怎么可能闻得出。你天天来闻闻我的手，就晓得了。这个薛晖，也会痴头怪脑，十三点兮兮。这样想薛晖，海花会一个人红起面孔，一个人笑。而高天宝呢，手上皆是茧花。有讲究的，这些茧花的部位，和父亲一模一样。像两个人从一个娘胎里带出来的一样。

李名扬第一次看见秦海花，是听别人介绍说，这是一个将来可以做厂长的女人，当然也可以做老婆。那是工厂党委书记代表组织对李名扬说的。组织上不是给他介绍老婆呀。显然，这个工厂的厂长书记，都十分了解秦海花，并且从心底里喜欢她。因为她有个全国劳模母亲和一个八级电工父亲。她就天然成为他们身体的一部分。从母亲那儿，传承更多的元素，包括衣着，帽子饭单。不管是什么年纪，她们母女坚持这样的装束，并且与各自的年龄成正比，从年轻到年迈，从簇新到老旧。李名扬现在看到的是一个新人。

李名扬中学毕业，到崇明农场种田。1977年恢复高考，考进华东纺织工学院，毕业后进工厂当技术员，又被安排担任细纱车间团总支书记。领导介绍，另一个将进入团总支的是秦海花。他们就在一起了。

他从来没有想过要在纺织厂里寻个女人做老婆。他是来工作的。当秦海花被通知到细纱车间会议室来的时候，李名扬内心还是莫名地有一种期待。那时候，秦海花还是生产组长，班团支部书记。从车间挡车工的巡回线上下来，出车间，有点冷。女工都穿单衣单裤，会备有一件小棉袄，出车间，就往后肩胛上一披；身上还带着车间里一股暖烘烘的棉花气息。白色软帽，白色饭单。饭单前胸印着红色的厂名，排成一个上半圆的弧形——上棉××厂。李名扬先是觉出，秦海花身上有一种出于工厂和领导的长期宠爱，像被人悉心打扮过的感觉。他本能地去寻觅哪里是她打扮过的地方，又看不出。却想起儿时，国庆节或五一节的大游行，广播喇叭里会叫一声"纺织女工的队伍来啦。让我们以热烈的掌声欢迎伊拉。"这个女人来到面前，就是这样的感觉。

在工厂，秦海花好像永远就是这个样子，长期在车间挡车，没有什么要打扮的。自己穿什么，好看难看，从来不往心里去。从那时候开始，秦海花和李名扬一起工作，不再挡车了，照例还是这一身工作的旧衣裳，饭单，帽子。后来李名扬到局里去，再后来，李名扬结婚；她也结婚。看到她，还是这个样子。她好像从来没有心情在穿着上来装扮自己。

但李名扬第一次看见秦海花，她就像是被众星捧月似的，推到了前台。李名扬以自己的方式解释秦海花——是那种经常被领出来见市面的青年女工，形象上接近宣传画里画出来的纺织女工。一种有模有样；在工厂，领导是拿她当宝货的。千锭小时断头仅55根，皮辊花率1.89%的纪录。这好成绩，硬碰硬，是摆设着的。她自己，如果没有太把自己当一回事的话，便会产生一种很自然的感觉。有一种明确可爱的东西，在秦海花身上——她很顺从，一点都不装。

那个初冬，天发冷性。车间会议室里有点冷。秦海花去开热水汀。她寻到墙角落里的热水汀阀门，热水汀管子随即噼里啪啦作响。春夏和秋天过去，热水汀管子没有进气，现在开始送暖，加热，管子会爆响。空气变得暖烘烘，暖风熏面，同时有一股什么东西烤焦的气味。

许多年以后，李名扬跟秦海花在一起，总是会有这样暖烘烘的感觉。像晒过太阳的棉被散发出的味道。

秦海花喜欢工厂，甚于喜欢自己。工厂是秦海花最愿意待的地方。她在工厂做的事情，开心或者不开心，总是有着自己的信仰。当她初来乍到，在工厂，也有过没有技术、笨手笨脚、一无是处的时候，同样会感到前景茫然。但她总是相信，会有使她开心的事情出现，所以，她总是很放心。这是一种信念——内心已经把自己安放在一个称心的地方。一个天生就属于工厂的工人的信念。有没有这样的信念，对一个工厂里的人来说，大不一样。像薛晖，或者李名扬、马跃、秦海草等其他工厂里的人——那些是工厂的流动人口，或者说，心思野着的……他们走进工厂，并不是喜欢工厂。他们有自己的心思，自卑或者自傲；发窘，散漫，游荡，焦躁，局促不安，或者刻苦发奋；沉下去，浮出水面，最后扬长而去。工厂是个等级分明、讲究技术、人际关系亲和的社会。只要做得好自己手里的那些事体，基本可以做完一生。但人要有心相，或者熬得住，忍耐，识相。

在工厂，秦海花有时候也会感到孤独，但总有高兴来伴随她的孤寂。她高兴，因为她至少不会遇见城市贵族眼里那种审视而冷漠的目光。

年轻的李名扬和秦海花，就这样走到一起。搞青年团的工作，李名扬做团总支书记，秦海花是副书记、宣传委员；后来李名扬调到厂团委当副书记，秦海花接替他；李名扬当团委书记，秦海花就调到团委当副书记。男人总归比女人大一点。别人看上去，总觉得，这两个人似乎是天生的一对搭档，般配。只是，李名扬是男人，男人仿佛总是要走在头里，秦海花跟着。

他们配合起来，的确很好。这种配合，与秦海花和小炉匠的配合，不一样。他们有许多思想。而且，两个人的心里都明白，这样的多思，是会产生爱情的。便如妹妹秦海草所说，工厂有许多地方，比车间的车弄暗角落里，更加适合产生爱情。

只是，他们总是将事业放在前面，爱情就可以不去多想。这和他们的内心追求有关，他们最大的追求，是工作和事业。爱情是附带搭配着来的。这和他们各自的形象相符。但是，两个人还是会有各自的揣测。一个人要奋力朝前，大张旗鼓，工厂只是基层，要积累基层工作经验；但总觉得后面有个人在紧追慢赶，随时要将自己取而代之。谁愿意总是居于人后做个替补呢？另一个，晓得前面是个男人，好像是带着自己，那就不紧不慢地跟着，学着，帮衬着，觉得蛮好，不声不响。

秦海花稍有心思，也只是分析自己与李名扬相比的优势与劣势，她本意是向别人学习。自己在这个厂的年数长，有很好的人脉关系，母亲吴彩球和父亲秦发奋，都有很好的口碑；有许多领导，是看着自己长大的，他们会关照自己，让自己成为一个从工人做出来的干部。这有好处，也有不好的地方，便是没有什么文化程度，是个职工大学的"业大生"，而这方面，恰好是李名扬的优势。这个名牌大学的毕业生，怎么会把秦海花放在眼里呢？所以，她要向他学习的地方很多。

李名扬愿意毕业后来到这个工厂，是看作自己了解基层、与工人打成一片的一个社会实践，就像当初毛泽东、刘少奇很重视工人运动一样。他相信工人的力量大，一个"工"，一个"人"，上下加起来，就是一个"天"。这是毛泽东对安源路矿工人打的比方，李名扬在大会上，说给面临改革阵痛的工人听，并且在最后，学着列宁的口气，将手一挥，说："贫困不属于工人阶级！"

许多年，李名扬和秦海花在一起，其实也看出了秦海花的许多好处。在工厂这个环境里，像秦海花这样的女人，几乎可以称得上是优秀了，出类拔萃。她有很好的根基，属于这块土地上，通过优良杂交精心培育而成的一棵生命力极强的树，或者说，是一棵很强盛的老树上，新结出的一颗种子。这颗种子,正好落在这片土地上。这是他所欠缺的。跟她比起来,他有点像外来移植的优等树苗,带了团土坨,却要重新适应土壤,培植根基。不过,大气候对他有利。从"可持续发展"的观点来看,他会长得更加高大。后来的事实,似乎证明了他的眼光很对。

许多个夜晚,他们在工厂青年团的办公室。他起草报告,她打字。她很快学会机械打字机的操作。从铅字表里,寻到一个字,按下手柄,敲出铅字。单调的声音。一个字,啪嗒一声。不连贯,断断续续;不像细纱机的声音,嚓嚓嚓。那些汉字,四号宋体,是她看到过最漂亮的文字。李名扬喜欢读自己的稿子。团委办公室,就像《列宁在1918》里的克里姆林宫。人民委员口授电文,报务员发电报。"必须严厉镇压一切叛乱和抵抗。""察里津。斯大林火车。"李名扬老是看着秦海花的侧身,强烈的灯光下的半张脸。他们在工厂,却远离了机器。秦海花大概感到再也不要对机器负什么责任,就加倍要对李名扬负责。她认真对待他,听命于他,顺从他。不光是对个人,而是相对他的干部职务和职责而言。多年的大工业机器生产,培养出一个工人的职业素养和本分。她聆听他说的每一句话,每一个字,随之按下一次打字手柄,从不同的地方,就弹出一个方块铅字,往滚筒上的卷纸打过去。换行,老式打字机会发出一声"叮"。她保持这样的坐姿。他挨着她。他们共同领导着工厂的几千个青年。抓革命,促生产,促工作,促战备。一支庞大的军团,就在她的手下,被精心排列组合:啪嗒,啪嗒——叮。

女人不声不响，就坐在自己的身旁。做事情。不叫她，头也不转过来；叫她，面孔朝男人。李名扬凑过脸去，取下打印稿。两只面孔挨近，一道看文件。秦海花感觉热，出汗。李名扬掏出手绢，递给她。秦海花听命一般，接过手绢，擦一下面孔。感觉更加热。

09. 混搭

工厂里，有一块马跃演奏大提琴的地面，只要一小块，放一把椅子，给大提琴的金属支撑脚，留一个支点。马跃陶醉于自己拉大提琴的姿态。在侧向的灯光下，孤零零的一把椅子上，他坐着，微微躬身，前倾，斜着头；大提琴夹在两膝之间。金属支撑棒的尖角，点在地上。马跃总是把自己的大提琴金属支撑棒的高度，调整到和一个女人的躯体相仿。他从后面怀抱着女人，用弓毛拉弦，手指拨弦，弓杆敲弦……他喜欢这样撩拨大提琴。这个在十五世纪被称作"膝间维奥尔琴"的大提琴，有女人的形体，丰乳细腰和肥臀。他把她夹在两腿之间。

他和她热恋——大提琴以其热烈而丰富的音色著称，是某种群体里，比如交响乐队中，最常见的那个人，和那件乐器。

马跃赋予大提琴各种角色，可以加入低音阵营，在低声部发出沉重的叹息；也可以用中间的两根弦，起到声部节奏中坚的作用；大提琴也有辉煌的时刻，表现如歌的旋律，是大提琴的使命。这时候，它们像男人；乐队大提琴组合，足以令交响乐队中的任何其他乐器相形见绌。

在马跃的记忆里，他还经常去搜索工厂里他演奏大提琴的那块地面。那个位置，宛若故土一般。他的大提琴，就如他这个男人——他的第一根A弦，可以发出华丽的音色，富有歌唱性；第二根D弦，音色朦胧含蓄，吞吞吐吐，忐忐忑忑；第三、四的G弦和C弦，就显得极度低沉，但还是响亮的，能够承受乐队非常沉重的音响。在工厂沉闷的轰鸣里，他就这样和他的大提琴一起，凑合着。

大提琴在纺织厂，真的像个怪物。棉絮飞扬，机声轰鸣，昂扬的，彻底盖过大提琴。几年，十几年，工人不知道什么大提琴。工厂文艺小分队，更多的是淮剧的锣鼓和"的笃班"的声音，像在苏北里下河平原。青年们，在文艺小分队，总是像有点慌乱，羞羞答答。他们把小提琴、大提琴，装在琴盒里；还有两支单簧管。

只有手风琴，很受到重视。拉手风琴的"大背头"，就成了小分队的队长。

从车间巡回演出后，回到文艺小分队排练的防空洞里，马跃取出大提琴，棉絮像粉末一样敷在琴上，在木质的琴身上，用手指一抹，会有一道指印。他用洁净细软的龙头细布擦琴，大提琴平躺在他面前；他像给一个女人擦身。这个擦琴的活儿，许多年来，真切抚慰着他的心灵。

他真的很有心相，一一记得琴身上，那些来源各异的陈旧划痕。比如，支撑脚的尖角，锐利的，但是经常划在水泥地上，克罗米挂落，在锈蚀。木质琴身的背后，有机油的油污，因为被夹在两腿之间，在人体汗水和热气的作用下，背带裤上机油的油性，渗透进了木纹里，使木质呈一种黑黄的颜色。这摊黑黄的颜色，经常会让人联想到女人。

隔壁，宝宝阿姨的戏剧队，在练习唱腔，各种地方戏曲混杂。耳濡目染，这里的青年，也会几句。马跃就学越剧王派的腔调，作深思状，一本正经，字正腔圆，念白："宝玉与黛玉，究竟有没有同过房？"边上，马上有人用徐派的调子来应答："同过滴，同过滴。"

这是他们即兴编出来的念白。瞎七搭八。而与舞蹈演员北风——他们之间，喜欢对一些外国电影对白。这样一种混搭的文艺腔，是工厂文艺小分队的一种表情。

他重新拉起大提琴，乐声在工厂防空洞里回响，萦绕着。实在使人难以割舍。那是冬天。

工厂每年年底，照例是最忙碌的时候，有许多活动，和过年有关，和喜庆有关，和爱情有关。这时候，工厂的文艺宣传小分队，便会排练节目，要演出。工会为青年请了公假，那些年轻的男女，脱了油腻腻的工装，都是眉清目秀的。男人显得挺拔，女人显得开朗。这时候，青年才思敏捷，作一些应景的朗诵诗和节目串联词，写歌，当场谱曲，用简谱；粉笔在防空洞里的地上，写一连串1234——多咪发。一把大提琴，在马跃的怀抱里；马跃摇头晃脑，男女青年就围在边上，哼哼啊啊地唱；渐渐地，大背头的手风琴，和了上来，大家亮开了嗓子，激情豪迈地高歌，互相很自然地凝视，作微笑和幸福状。

马跃就在这样的状态里，编排过组曲《北风吹》。那是套用芭蕾舞剧《白毛女》第一幕"深仇大恨"里的几个片段组合，从北风吹开始，窗花舞，大春和喜儿的双人舞，到扎红头绳结束。

一支小乐队，马跃把宣传队所有的乐器都用上，配器是这样的：一把大提琴，两把小提琴，两根单簧管，两根笛子——长笛与短笛，还有一架手风琴。附带男女声独唱，和声。唱女声独唱的，是石榴。因为缺舞蹈演员，所以，那个叫"北风"的、会跳舞的女孩，就成为主角，独舞。于是，组曲《北风吹》，也可算是一部音乐独舞小品，很适合工厂文艺演出。

随后，他们便出发了，队长大背头，背个手风琴，走在头里，从后面，宣传队的队员，个个就老是看着大背头的后脑勺。马跃落在最后面，提着自己的大提琴，边上是女声独唱石榴——工会广播台的播音员；因为要做现场报道，所以石榴还拎着四喇叭收录机。

经常是，马跃的小分队上午演出，午饭时候，厂广播台就听见石榴在说："本台第二次播音现在开始。"石榴也有高挑身材，一身肥大的军衣军裤，将她的线条弄得很性感，比任何紧身衣都性感。那种宽大飘逸的里面，包藏着无尽的遐想。她由此几乎成为马跃一生的偶像。这个，秦海草一点不知道。

海草也落在最后。海草有点不快，嫉妒北风。马跃创作《北风吹》，就安排石榴独唱，也算了；秦海草是女声小组唱，伴唱，是幕后的；关键是，那几乎是专门为北风而作的舞蹈小品。北风在前台闪亮。马跃分明在舞蹈上用了心思。他和北风，还专门去市府礼堂，观看芭蕾舞《白毛女》，乘 28 路电车到底。海草晓得的。后来，海草和马跃谈恋爱，说要到"襄阳公园"去，为的就是也要坐 28 路电车到底，再换 26 路电车；她要走得更远。

马跃说，我们没有很多舞蹈演员，你上去？不行吧。何况，两个女人跳舞，更怪。由此，海草从背后探究着北风走路的样子。北风走路，两条腿直直的；海草晓得了，舞蹈演员走路，脚尖先着地。

秦海草是想临时抱佛脚，学跳舞，走路，脚尖也先着地。可是感觉也怪。东施效颦。

演出间隙，小分队回到防空洞里。青年男女还是要唱唱跳跳，吵吵闹闹。隔壁，戏曲组也在吊嗓子，传来咿咿呀呀的唱腔。这边的青年，照例来一句——"宝玉与黛玉，究竟有没有同过房？""同过滴，同过滴。"

随后，他们玩五子棋。用粉笔，在地上画超大的围棋棋盘——也就是方格子；再到机修车间，取来几十只白铁螺帽、几十只黑铁螺帽，分别代替白子黑子。下得很像模像样。马跃是五子棋高手，总是在摆擂台。通常的情况是，他下棋，旁边站着海草。马跃经常要长考，一边长考，一只手的手指摆弄一只螺帽，另外一只手就要把海草的手拉过来，很自然地，放在自己的脸颊上，贴着；马跃身边的站位，便确认是海草的。

那天，演完《北风吹》，北风有点兴奋，挤过来，看马跃下棋，不知不觉，占了马跃身边的位子。海草不声响，用身子和北风挤，一点不客气。马跃见状，晓得不对；也不长考，就一把拉过海草的手，贴在自己的面孔上。马跃用这个方法，总算得到海草的首肯。

"你还算识相的。"过后，海草数落马跃。

北风是马跃青春的音乐世界里，出现的一段形体。

马跃老早就知道她，女人高挑的身材，出现在女工的堆里，是脱俗的。北风在少女时代，进过市里的青少年"五七"舞训班——那个时代的一种半专业的舞蹈培训学校。那时候，这种半专业的"五七"训练班，涵盖了戏剧、曲艺、杂技、舞蹈、体育等领域。少数尖子，会进入到市级文艺体育专业团体；大多数则被淘汰，但会分配到工厂。北风后来没进到正宗的上海舞蹈学校，进了工厂。在上海大型企业里，这样的被淘汰的文体人才，有很多。他们就喜欢选择大工厂，大劳保，企业还有条件组建各类文艺体育团队，让他们可以有一份很轻松的工作，同时继续在基层发挥专长。

马跃和北风不是在一个班头。北风是长日班，生产技术科的棉检试验室，专门在一些仪器上，测试原棉纤维的粗细和张力、拉力。试验工，也会在车间里晃荡，那是要取样；但比起挡车工，要干净舒适得多。这是马跃看到的北风的别具一格。但马跃，只有在上早班的时候，在食堂里，才可以远远地看她。他们彼此相视；近近的，他们也要凝视。吃饭的时候，马跃抽着烟，面前空的洋铁皮饭碗里，剩着清水光汤，脑子里便揣想着，她为什么要叫北风这个名字呢？她是高傲的，还是孤独的？那一刻，工厂广播里，正在播放《白毛女》里的《北风吹》。北风在那时的一个回眸，给马跃带来了音乐灵感。他愉快地进入到隐约的节日般的梦境，像过年的光景。

然而，在那时，他深感自己要对女人做什么事儿，都会是一种冒险；他对那些特别显眼的女孩，内心有点怯懦。马跃喜欢女人，但更喜欢有点小缺憾的女人。这样的女人，马跃就觉得不是高不可攀了，容易接近，容易上手。马跃便努力去发现这样的有点小缺憾的女人，在她们身上，建立自信。纺织厂里的女工，大多会有点这样的小缺憾。所以，马跃喜欢女工。而北风呢，看上去似乎太完美了。还是做长日班的。纺织厂里做长日班的女人，便多是在试验室、棉检室、布房间……那些女人，要么有点人脉关系，要么漂亮得出类拔萃。许多这样漂亮的女人，马跃追踪过，稍许一打听，便晓得，已经是谁谁谁的媳妇了。马跃到后来，甚至连她们几个女人的名字，都不记得，代之的都是"某某的媳妇"这样的称呼。对于这样的马跃认为是"上档次"的女人，马跃习惯性后退几步，在远处，去瞻仰那些漂亮女人的风姿。那些高高在上的女人，会令他胆怯，即便他还可以和女孩一起唱歌跳舞，但到底有多少浪漫，有多少情调，马跃总觉得十分困难。他只是向往女人，寄希望于女人们天生是温柔的；就像宝宝阿姨的手，可以任他揉捏；他期盼着她们对他有特别的眷顾。在这方面，车间的挡车工，要来得切近。

他和海草在一个班头。秦海草挡车的时候，穿着会有点小邋遢，这点，比不上姐姐秦海花。人倒是比秦海花漂亮，但脸型略长。有点小缺憾。马跃发现秦海草，就是从先不断发现那些小缺憾开始——小邋遢，喜欢吃零食，贪玩，看上去不求上进，参加小分队和民兵训练，以此混公假……就是这样一些小缺憾，让马跃越来越走近秦海草。他觉得，只有海草，跟他最般配，也最切近。

10. 徒弟

秦发奋家的房子，翻造过，两楼翻到三楼，这加上的一楼，是为了让秦海花和高天宝结婚的。他从来没有想过，要为小女儿秦海草和马跃结婚翻楼。

"早晓得，索性就翻到四楼了。"那时候，吴彩球还埋怨过老头子。

秦发奋说，翻楼容易么？要不是厂里看了你我两个人的面子，还有阿花，谁会便宜卖给你建筑材料，这楼不要说翻，塌都要塌了。

秦发奋家，一直是在杨树浦的一大块老公房区域里。这是1950年代的工人新村，据说当时共建造了两万户，后来这"两万户"，就成了这一类住房的俗称。

本来也是整齐的一排排的，黑瓦尖顶，砖木结构，但几十年过来了，一家一户都成了几家几户，人就朝空中和四处扩展。先是搭出个灶披间，再将灶披间跟正房打通，在先前的灶披间外面，装上自来水龙头；再是翻楼，顺便将烂了的木椽，换了钢筋水泥横梁。

秦发奋的房子，翻过两翻，先是搭个三层阁，开了个老虎窗，那是女儿大了，要跟爷娘分房睡的时候。后来给秦海花结婚，索性翻成三楼，平顶上，还是个平台，远远地看上去，蛮显眼的，像个炮楼。

从这个楼顶望出去，都是这么一栋栋不规整的楼房，满眼是各种几何图形，各式各样的门洞和窗户，奇形怪状的天线。还有一种用可乐罐头做的电视机天线，让秦发奋这个八级电工，百思不得其解。当然，他搞不懂的还有那几个像朝天的锅子似的卫星电视接收天线。

秦海花做厂长的时候，按理，她是有机会搬出去的，但是，秦海花不去动这个脑筋，她最怕被人说自己做了厂长，是为得好处。

父亲很同意这样的看法，便翻房子，有高天宝出力气。

高天宝是秦发奋的徒弟，最听话；也是秦发奋做主，让秦海花考虑，谈上的。秦发奋是讲"自由恋爱"的，他先是对秦海花说："阿花，你也大了，该有个男人了。别人我看你也看不上的，你看看这个高天宝，怎么样？"

最后那句"怎么样"，几乎是个赞语，颂扬着，不容否定。

那天，师傅把徒弟叫到家。高天宝住单身宿舍，没有什么事，老早就来。高天宝长得长一码大一码，一进来，房子就显得小了。两部自行车放在家里，碍手碍脚。高天宝也不多说话，帮师傅动了个脑筋，将秦海花的一部轻便自行车，顺着楼梯斜坡的扶手，斜靠在墙边，在墙上安一个托架，正好固定住自行车的龙头。高天宝会做，有力气。一块扁铁，在他手里，当场拗得像模像样，随手操起手枪钻，打两只眼子，两个木螺钉就将一个金属托架，装得十分牢靠。他还是个很细心的男人，生怕扁铁会磕坏自行车龙头上的"克罗米"，在扁铁上特意包上了旧布，再用多余的布，顺便将秦海花的自行车擦了一遍。这一切，在高天宝的手里，都是随便弄弄的，像没有做什么事儿一样。

秦发奋便夸："什么叫工人？这就是工人。活儿真好。"

高天宝的活儿是好的；秦海草和马跃，在秦发奋的眼里，根本就不是"做生活"的料。

翻好楼，秦海花和高天宝的家，似乎就安好了。两个人的关系呢？似乎也跟着确定了。

"这房子,没草儿的份。"秦发奋在楼底下,单方面宣布,哇啦哇啦。

那时候,海草还在楼上住。既然现在家里的房子没有自己的份,秦海草就想好要真正地离开。海草宣布,自己会为了阿姐的婚事,让出房子的。

"蛮好蛮好。"秦发奋大声接口,自己爬楼梯,去楼上房间睡觉了。

11. 姊妹

秦海草天生是个倔强坯子。她晓得,父亲秦发奋,总是觉得姐姐比她进步,使他老脸沾光;老头子不喜欢她,嫌鄙她落后;现在连马跃,也一道跟着倒霉。我落后什么啦?海草有自己的看法。照理,她人是长得好看的,小时候,父亲甚至更加喜欢她一点,后来父亲对她的看法变了,关键就是为了在厂里,她没有心相干活。

如果工厂仅仅是"干活"的地方,那几乎就死定了。海草看到成排的机器,终日不停地运转,一个人一辈子,就被机器管着,直到被老死为止。想想也晕。这个情况大家皆心里有数。

所以那些所谓"追求进步"的青年,在她眼里,其实也就是想趁着年轻的辰光,混出个名堂,最后当干部,哪怕做个值班长也好，可以离机器远点。大家皆想混出世。海草看到过自己姐姐海花，弄了个出黑板报的差事，两眼放光。出个团支部黑板报，也就可以让值班长放出一两个钟点，离开挡车的巡回线，去做自己喜欢的事情。这跟自己到小分队活动，参加民兵训练，是一样的意思。大家都是为了寻一点开心的事情，好让这工厂的日子，多一点乐趣。没有看到我秦海草肩扛步枪的飒爽英姿吗？秦海草无数次地唱着"五星红旗迎风飘扬，胜利歌声多么响亮，歌唱我们亲爱的祖国，从此走向繁荣富强"，"甜蜜的生活甜蜜的生活无限好啰"，"咱——当兵的人，当兵的人……"，神采飞扬。她会在这些耳熟能详的歌词里，以一种全新的方式来认识自己，诠释自己，并且以此坚信自己的人生经历是很正义和强大的，她的幸福是有价值的——谁不在进步？想想海花搞的那些青年团工作，出黑板报，讨论"人生的路为什么越走越窄？"，既然晓得人生的路会越走越窄，那就想办法走出去呀。老是围在车间工厂，其实也没有多少出息的。

她跟马跃算是比翼双飞了，劳动产生爱情。索性来一次进步——他们就早一步结婚，然后去了日本留学。

秦海草还晓得马跃——喜欢跟女人一起开心，文艺青年，有许多让人喜欢的地方，也喜欢女人。北风，其实是讨马跃喜欢的，也许还有东南西风什么的；只是，北风是有男人的。大家都晓得。秦海草还是不放心。在纺织厂的女人堆里，马跃如鱼得水。所以，秦海草跟马跃一结婚，就想好要一起去日本；断了马跃对女人的心相。

秦海草去日本之前，姊妹俩是说过一番知心话的。那时候，父亲将老平房翻了三层楼。准备给海花结婚派用场。那天晚上，姊妹俩爬上新搭的三层阁里。秦海花对妹妹讲："你不要走呀，住在这里，我又不急着要结婚。"

"你不结婚？"海草横一眼姐姐，"你怎么不去跟阿爸讲？你跟高天宝是什么年纪了？还笃悠悠？我是把阿爸弄得光火了，现在房子翻好了，你就跟了高天宝，也好遂了阿爸的心。"海草说。

姊妹俩先是沉默。便听见楼下的父亲在打鼾。上了年纪的人，睡觉是要打鼾的。

海草低声道："我那天在弄堂口，看到老早厂校里做老师的薛晖送你回来，你是偷偷地跟他好？"

听到海草提到薛晖，秦海花心里有点难过。

跟薛晖，尽管很早认得，但在厂里，不大有人说他的好话，总认为这是个不求上进的青年，死样怪气，表情怪异。但是在秦海花眼里，薛晖有不同于平常人的感觉。这一点，也跟李名扬不像。团干部李名扬，好是好，秦海花总归觉得，自己有点吃他不准，是可以一道工作的，也可以一道进步，还被他抱过——抱着抱着，还让她感到一点异样；她第一次被男人抱，自己没什么特别的感觉，就是有点吓势势。她不讲，对谁也没有提起。总归是有点难为情；过后去想，也没有什么心相去想得更多。说不上是什么缘由，她就是觉得，自己还是喜欢跟薛晖在一起。

至于现在跟高天宝，也是这样。他是父亲的徒弟，因为父母去世得早，很早以师傅为父，他把秦发奋真的当自己的爷一样。秦海花就说不上这个人有什么不好，但就是跟他好不起来，工作也是不搭界的，却是要客客气气。高天宝对她也很客气，每次来家，都是闷声不响，帮她做事，连洗被头床单这样的事儿，也让他做去了。

秦发奋看秦海花和高天宝两个人，越看越上眼，虽然都还没有什么明确表示，但浅浅的，像一股细水长流，渐渐地，就弄成水到渠成的样子。秦海花碍着父亲的面子，默然地，看着这样的水，流成了这样的渠；而在父亲秦发奋眼里，便弄得似乎连双方明确表示同意，也可以免了。秦海花有好几次要对父亲说"不"，但话到嘴边，又缩回去了。父亲看上高天宝，满心欢喜。她真的不忍心回绝。

一直到高天宝帮这个家的房子翻好，一切便似乎都定下来了。

海花慢吞吞地，对妹妹海草开口："草儿，你看……要么我现在去跟阿爸讲，可我跟阿爸讲什么呢？我跟薛晖也没有什么明确的意思啊。"

"那你有什么好讲的呢？"海草道，"要讲你老早就好讲了。"

"那我怎么办？"海花问，"要么……你帮我去跟阿爸讲，就讲，是你看出来，我跟高天宝，其实没有什么关系的。"

"叫我去讲，其实也是白讲的。你想啊，阿爸会相信我的话吗？我在这个家里，有什么发言权啊。这事，连你自己都不敢开口，别人皆是瞎讲。"

海花想，海草说得也对。那她如何对父亲开这个口呢？

"你实在不想跟高天宝的话，又不响，那就只好先憋着，拖着，不结婚，但跟别人，也不好结婚，起码要挨过去。反正，在阿爸的面前，你不要提跟别人有什么关系，除了跟高天宝。"

"你看我跟高天宝，会得好么？"秦海花对这事儿，真没了主意。别看秦海花长期搞青年团工作，后来还做了厂长，在情感上，也有自己的主见，但真正需要抉择，又要面对父亲这方面的时候，七上八下。

海草说："关键，这要看你对自己是怎样打算的。说到底，你的那几个男人，都不算有钱，叫我啊……是一个也看不上的。那就不谈钞票的事体。如果你将来想有个男人，靠得住一点，也不要求他有什么大的发展，主要是你自己发展的话，寻个高天宝，还是可以的，他不会多管你，大帮也帮不了你什么，但也吃不住你什么，却会为你料理许多家务，连同照顾爷娘这样的事儿，都是可以放心交给他了，这就可以了。最重要的是，老头子欢喜。老头子是一百个称心了。那你就凭你自己发展了。如果你将来是要帮男人来发展，自己彻底放弃事业，不想发展了，就找李名扬，也许这个人会有点前途，是要比薛晖和高天宝，都有点优势的。至于薛晖，这种人会得讨你喜欢，也是因为你自己还是有点天真，有点纯情，有点青春初恋的意味，两个人在一起，会弄出点情调，弄出点激情，精神上，会有点愉悦，不过，跟男人，是不好靠这个吃饭的。要男人来养你，这几个，一个都不行。"

"还好，我是一个也没有敲定。"海花说，这话听上去，是说给妹妹海草听的，但也是秦海花自己的总结。看到妹妹海草还有点怀疑，海花便很肯定，继续道，"是的。结婚不结婚，我都没有想过。"

海草松了一口气："这蛮好，还可以有个开始。"她还是由了姐姐的性情，并看穿她一贯的做派，仿佛揭了老底。"不过，照我看，里面最成熟的，还是高天宝。当然，这都是因为老头子的关系。你不是我，你是不大会抗拒阿爸的。所以，离你最近的，终归还是高天宝，好在，现在就跟高天宝开始，对别人也不好算什么伤害。"

听妹妹这样说，海花无话，只是觉得，这事儿，似乎已经弄出个眉目了，自然而然地，便要跟高天宝好上了。秦海花很明白，自己的那些小性子，是拗不过父亲的。她从来不会做出让父亲失望的事情。这一刻，仿佛便定了终身。秦海花忽然有一种怅然，落下来两行眼泪。

"我晓得，你是有点不情愿的，不甘心的。"海草说，"其实，你是可以有个更加好一点的男人的。不过，这种事情，都是要有一个缘分的，我说好的，你就看不中。你中意的，在我看来，都不怎么样。这也没有什么办法，也是说不清楚的。好在，现在大家都晓得，结婚后，再有个什么人，是自己欢喜的，也是可以的。一个女人，总不见得一辈子，只好欢喜一个男人；一个女人，一辈子只有一个男人来欢喜你，这个女人，也是蛮戆的。"

"你瞎三话四，我不睬你了。"

"啥人晓得呢，将来的事，现在是讲不清楚的。"海草说道，看到姐姐海花面有难色，倒觉得一阵心酸。

12. 收摊

1980 年代后期，国有大中型企业还没有真正开始面临改制和裁员下岗的时候，城市的一些上层建筑却急需人才，向社会招聘。那是报社、电视台、公检法机关……

薛晖开始为自己寻找出路。他告诉秦海花，要离开工厂了，进入一家报社去做文字工作。秦海花说，总算可以替他松了一口气。那时候，秦海花刚刚接替上调到局里专门搞改制工作的李名扬，担任厂长。

薛晖最后在厂里的几天，就是和秦海花一起算账。厂长秦海花已经配备了一只袖珍电子计算器，是李名扬到外国考察回来带给秦海花的。他们俩计算着。秦海花的手指头，就在这个计算器的键盘上反复按。绿莹莹的阿拉伯数字闪烁。她要算哪些产品会亏本，哪些产品还能盈利。薛晖帮她分析市场。

薛晖的计算和分析，得出的一个简单事实是——即便在这样一个特殊时期，国家有补贴，投一些钱给你。可投入的一块钱，在生产线转一圈，出来的产品，价值就只剩八毛钱了。

许多小厂，如印染厂、织布厂，先于大型棉纺织厂，已经趋于关闭。上海南部的徐家汇、肇嘉浜路的织布厂，长期购买秦海花的纺织厂的棉纱做生产原料，也开始关车停产了。这不仅断了秦海花厂棉纱品的销路，更糟的是他们欠着秦海花的工厂钱。许多三角债，就这样产生，却无从讨起。长时间下来，已成了一种恶性循环，债务像雪球越滚越大。

秦海花做了厂长才知道，那是真没办法。哪个厂一停产，方方面面都会跟着来讨债了，而她也有专门的两个人去讨债。讨不到，也还不出，这就是现实。

除了产销的压力，还有员工的成本。七千余名员工和八千名退休工人的工资和福利，也像山一样压在工厂和厂长秦海花身上。那时候没有社会福利保障制度，全部都由工厂自己出。

再追加投资，就是在追加亏损。薛晖问秦海花："你现在有钱吗？有多少呢？这些钱，是继续投资这个产业呢，还是另谋生路？"他们隐约地看到了路的尽头。

秦海花心里再难过，也只有自己藏在心里。"你先离开工厂，也好。"秦海花对薛晖说。薛晖要她也准备离开。秦海花对薛晖说："我和你不一样。你在这个厂里，其实真的没有什么用处，你到哪里，都可以做你的文字工作，哪怕教书。这里又不是学校，对吗？你本来就不应该到工厂来的。可我是这个厂里从工人做出来的,我一向都很自豪自己是这个厂的工人。我也没有想到,到现在,会有这样的结局。不管是工人还是厂长,我总归是工厂的人。我不会走。"

薛晖当然明白秦海花的心思。她相信工厂,离不开工厂。压锭——压缩生产,改制。那时候,薛晖和秦海花,都没有想到最后的结局是砸锭,倒闭。秦海花就是认定一个道理——自己是这个工厂的人,工厂所要经历的一切,总归要由工厂的人去承受。无话。她就愿意为这个厂,去承受最后的那些经历。哪怕她自己最后落得"一天世界",为这个厂,她觉得是值得的。因为,没有工厂,就没有她的一切。

薛晖还晓得,这个人,骨子里还有相信党、相信领导、相信群众的信念。不过,薛晖还是对她说,你千万不要以为,国家还会来救你,既然开了这个口,恐怕国家已经晓得,怎么也救不了这个工厂了。

对于秦海花来说,工厂关闭,就像一个摆得长远的摊头,忽然要收摊。零零散散,一家一当。比工厂运行时的工作量要大了数倍。她变得忙碌,又茫然。工厂运行时,有着积累下来已经成熟的流程安排,一切运行得有条不紊。可是关工厂,没有人去专门学过。从1990年代初开始,秦海花这个厂长,就是从关停并转学起,按计划一点一点减产,高峰让电,直到关掉工厂,自己结束自己的生活。

工厂关停前,先要清点库存,有大量的存货,还要清理资产：从厂房地皮，到固定资产、机械设备，到工厂食堂的锅碗瓢盆……这些物资，能变现的，就要变现。就像厂长坐的桑塔纳轿车一样，能卖个好价钱，也好。

工厂那么大，清理工作量很大。这些，还不是最麻烦的工作。最为要紧的，还是那些属于工厂的人——她要帮助离开工作岗位的工人，找到新的工作。

小炉匠慢吞吞地走向厂长办公室。沿着杨树浦路的工厂办公大楼，要出租了，给外地企业的人，做驻沪办事机构。进进出出的，已经有很多说普通话的外地人了。

秦海花的办公室里，桌上摊着地图。厂长为什么要看地图？小炉匠不懂。墙上挂着的镜框，还在，穿在镜框背后的挂绳，棉纱线的，长期吊挂镜框，绷紧的时间长了，往下沉，镜框就荡下来，感觉随时要掉下来一样。

小炉匠来找秦海花，是为过几天要"砸锭"的事。他希望不要外面人来"砸"。机器是我们的，要砸，还是我们自己来砸吧。

秦海花和旁边的人，也在想这个事情。砸，也就是个形式。说是个"壮举"，工人不乐意。请外来民工砸，秦海花觉得不适宜，正在和上级领导李名扬商量这事。既不想弄得甚为壮观，说是"壮举"，其实真没有什么好"壮"的。本来就不是开心的事儿。敲自己饭碗头，用不着大张旗鼓，于心不忍。李名扬坚持，也不好太闷声不响，偷偷摸摸，像做什么亏心事。是牺牲了,那也是光荣牺牲。总要有一些人到场,见证壮士断腕,见证一个时代的终结。

李名扬喜欢"终结"这个词儿。过去学马列原著,读《路德维希·费尔巴哈与德国古典哲学的终结》,这样的标题,一个句式,带来一种想象——什么与什么的终结。很有腔调。做一个终结者,总有点成就感。他就用这样的成就感,来激励秦海花。结束旧的,开始新的。人类社会就是这样进步的。

秦海花还是被李名扬鼓励了一下。她是容易被李名扬激励的。

小炉匠过来说这事儿。秦海花便纳闷,吃不准小炉匠是什么意思。

有一点,小炉匠还是不死心,不是说要"南机北调"吗?既然说工厂和机器已经落后了,那为什么还要"南机北调"?

"如果真的要调,当然就不砸了。"秦海花说。

"好吧。那就我来砸吧。不懂机器的人,不要乱碰。"小炉匠说。"好的。"秦海花答应。小炉匠低头转身出去。

那天大清早,厂里的值班人员就发现,小炉匠像赶早班似的,穿好干净的工作服,一个人在细纱车间扫地,然后,揩车。小炉匠揩得仔细,连罗拉里卷进的花絮,都一点一点地用指甲剥下来。

"再有几个钟头,就都要敲掉了,你还要这样瞎起劲做啥?"值班人员还想说什么,就看见陆陆续续,有人进到细纱车间来,进来的,也不多说话,熟门熟路地拿起小拖把和油揩

第二章　083

布，闷头就揩起车来。

那都是细纱车间正宗的挡车工、扫地工、落纱工、机修工们。一个交接班的辰光，他们就完成了最后一次揩车。天热，车间已经没有空调工来调控温湿度了。紧要关头，马跃他们这些空调工，不晓得死到哪里去了。忽然就静下来。大家看着刚刚擦得清清爽爽的一排排A513细纱机，像刚化妆好的……有女人在哭。

小炉匠和几个男工出了车间，像往常一样，朝男厕所去，一边摸香烟。有人讲，现在已经用不着安全生产了，就在这里点烟好了。小炉匠不肯。非要进了厕所，点烟。

随后，他就在细纱车间门口，等秦海花。那天天热，太阳刚露头，人已经几身的汗了。

第三章

13. 砸锭

砸锭，就是往锭子上敲榔头。车间门口，围着许多人，领导也来了。领导话多，说了一些什么；换个领导上来，又说了些什么。没有人在听。好像领导就是说给领导自己听的。工人挤来挤去，围着看。像过去看出工伤事故轧闹猛一般。女工还是要叽叽喳喳，一歇辰光，叽喳就变为哭声。女工是真哭，眼泪鼻涕都出来。最后，几个男工派出来，个个拎着八角锤。小炉匠带队，表情却像出去打群架，个个铁板着面孔。他们不多话，穿越纠察警戒线，进得车间。后面的女工群，跟着进来。纠察也不管，本来就是厂里的工人，一道进去轧闹猛。小炉匠心里急，不想拖泥带水；早点弄光，早点回去。

第一榔头敲在锭子上的时候，小炉匠心里发虚，没使上力气。小炉匠很少使用这种工具，挥舞八角锤，没有一点技术含量，可笑和滑稽的样子。他感觉很不好。看到别人也拎着榔头过来了，他做出一种传统的敲榔头的姿势，心急慌忙，对准锭子，再一榔头下去。准星还是偏了，砸到旁边的锭架上。手被震了一下，心里更加虚。定下心来，运气，第三记下去，锭子被砸了。碎钢片飞溅。小炉匠看一眼锭子碎片,想,老旧了,那就走吧。不管怎样,总不可以这样对待机器。来世我会好好再来保养你。一榔头,一榔头,敲过去。

使八角锤的男人里,还有马跃。他是自己要求来"搞破坏"的。想当初,几回回梦里头,做过这样的"破坏"生产的事。他有许多时候,心里是老恨这些断命机器的。不然不会想到要和海草一道离开工厂,去日本留学打工。烦啊。这些机器,整日里运转着,怎么可以这样对待人。车间温度高上去,他这个空调工,就要不断降温,加湿。还有噪声。小分队到车间巡回演出,在生产第一线,机器的声音最响,吵啊。还不许关。他的大提琴几乎是在呜咽。人当然是做不过机器的,分日夜三班,来对付机器,一辈子跟机器较劲,没有一点乐趣。让人要疯掉的。他痛恨这些机器,恨得牙根痒。好几次做梦做到自己溜到车弄里,像游动的坏分子、阶级敌人,挥着榔头,砸向机器。吓醒,一身汗。

机器现在算是关脱了,冷掉了。你再发声音呀,再发热量呀。马跃挥动榔头,砸向锭子。薄钢片做成的锭子,一砸一个,脆生生。碎钢片飞溅。像小炮仗爆炸。老爽的,越砸越来劲。一路砸去,几条车弄转过来,正好跟小炉匠面对面。小炉匠呵责:"寻死啊。穷心穷活,轻点好哦。"

锭子都被砸落下来了。细纱车间100台A513细纱机,运转了几十年,现在,锭子统统支离破碎。

机身还是完整的,像只空架子;疼的是,锭子。没有锭子的机器,像没有灵魂的骷髅。等着被当作废钢铁出清。小炉匠再看了一眼,还是想,如果叫我现在再安上锭子,推上电源开关,照样会活转来。但是,没有人要他这样做。

球看到,领导完成了这一壮举后,鱼贯从车间出来。

"你不要来呀。"范善花说,"我看了老难过的。车间已经没有了,工厂也没有了。"

"工人都到哪里去了?"球问。

"下岗呀。连阿花也下岗,大家没什么话好讲了。"范善花道,"昨天最后一批工人回去了。从第一批工人下岗,到今天,只有三年辰光,这个厂就关门了。"

"几千号人呐。"球几乎是喊起来,"我们在厂里的时候,都做过工会主席,工会花名册上,就是五千个在职工人,两千个干部,加上离退休,万把人哪,就靠在这个厂身上的。"

"领导有安排的,会得'安全转移'的。"范善花说。

"哪能安全法?阿花到现在还没有工作。"球说。范善花轻声说,这要怪阿花自己不好,啥人叫她带头下岗的,弄得所有小姐妹下岗,一句闲话都没有。

"没啥好说的。说什么都是晚了。"球说。球是来晚了,没有听到原先以为要听到的乒乒乓乓的砸锭声。球还想再去看一眼,往细纱车间的门口探头探脑。就看到小炉匠一个人,从车间里面出来,手里拿着细纱机车头上的红、黄、白三块圆牌子,揣在怀里,满面泪水。这三块牌子,被小炉匠一直收在家里。

球在车间门口被范善花拖回来。几步路后,她又想起来什么,回过头,觉得还是跟过去有所不同。没有细纱机嚓嚓的响声,一片寂静。像是过去厂里出了生产事故一样。有一种大祸临头的感觉,让她觉得心口空空荡荡的慌。

她被带到了外面的厂区大道,忽然想起一道来的女儿阿花。一进厂,她们就走开了。这是老习惯了。过去,她跟女儿或者老头,一起上班,进了厂,就会分手,用不着打招呼。各自的身份,便都变了个样,就各人管各人,到自己的工作岗位上了;大家就像是一个厂的同事、工友,从来不在厂里讲家里的事情。家里的事情回去讲,这是规矩。便是真的有什么厂里的事情要讲,开口招呼,也是一句"哎,你……"。这种规矩不是谁定的,反正进了厂,换一身工作服,这一家子人的眼睛里,看到的都是厂里的事情,跟家里没关系。不过现在是两样了。球就是觉得,进了厂,连一身衣服都没有换,就感觉不对。

球无奈,心里便想,该跟女儿回去了。其实来也不要来。她已经管不了许多。完全力不从心。那就随它去了。她这样想着,便看见女儿秦海花了。在厂办大楼门口,海花跟一些领导在握手。球不敢过去,她怕跟人握手。不习惯。便想起过去跟周总理、陈毅握手。现在这些领导,握起手来,跟老早的领导不一样,现在的领导是把手伸过来,像是让你来握他,握上去,也没什么力道;过去的领导握起手来,还要带着甩几下,蛮有劲道的,就像要立马去做活。

这时候,领导还是远远地看见了她,都朝她围拢过来。球也不好意思回避。她认得的,那个在跟秦海花说话的领导,原来就是这个厂的,跟秦海花一直在一道,叫李名扬。现在,李名扬已经是纺织局领导了。

李名扬说:"球妈妈,身体还好么?要多保重。"

叫她"球妈妈",便是领导的叫法了,带有点尊敬和爱戴的意思。算来,李名扬是好做球的小辈了,还差一点真的做了球的女婿。球望着李名扬,那眼光,像是在打量一个数年不见的孩子,满是该长高了还是长胖了的疑虑。现在看出,这已经是个长一码大一码的男人,还是个蛮像模像样的领导,球不晓得,是应该欢喜呢,还是悲哀。毕竟这不是自己的儿子或女婿,而且,在球的眼里,还是这个李名扬,活生生地将原来应该属于自己女儿的位子,占去了。到如今,他是做大了,但自己女儿,反倒落得个下岗的结局,是有点苦涩的。

球不想多讲什么,连一点客套话都懒得讲,拉着秦海花,说:"回转去。"

这个工厂彻底关门的一天,李名扬和秦海花又走在一起了。李名扬主持砸锭的场面,像是一个仪式,是一个终结。李名扬看着秦海花,心里想,这女人,已经四十岁往上,但骨子里,跟过去没什么两样,还是很朴实,没有什么心机。再看这一家子"工人贵族",是没什么根基了。原来的"产业工人大军",没了"产业",就有点溃不成军的意思了;工厂没有了,叫他们还有什么好企盼的？就成了一帮闲杂人员，全都流向社会，对整个社会压力不小。他一边这样想着，一边在想方才秦海花对他说的事儿，便对她说："你说的事儿，我会尽力的。相信我，这是我们共同要做的事情。我会和你在一起的。你先做起来好了，总归是件好事。做得成做不成，就看你了。"李名扬没再说什么，只是对着秦海花，一股劲地在点头，像是两个人有什么事儿，已经商量得差不多了。后来，两个人还互相搀搀手，像老朋友一样。李名扬便钻进轿车里去了。

还是像过去那样，什么事情，秦海花总是会先上手，做起来。秦海花愿意这样。那边，母亲在唤她；秦海花过去扶着母亲吴彩球，一道回去。远远地，听到轿车发动的响声。

14. 模范

球从厂里回来，一直心里难过，先是一种空荡荡的慌，后来感到胸口被堵住了，一直堵得她手脚发凉。那天夜里，她说了一句："我要早点睡了。"就将胖胖的身躯，从椅子挪到了边上的床上，椅子上的席子坐垫，都被她的身子带落在地上。

秦发奋过去捡起了坐垫，掸了下，想，老太婆过去不是这样的；嘴里便咕哝了一句："怎么从厂里回来就变得六神无主了？"

球不做理会。她仰面朝天躺下，不再动了，闭上了眼。有点吵。A513细纱机嚓嚓的机声。旁人凑到她的耳边，说着什么。她只听得机声轰鸣。女工交头接耳。热咪，闷。车间断头多啊。有点小风也好。她在想自家用惯的一把蒲扇，扇了几十年。扇子的边缘，细细的篾竹条直出来；镶了布头滚边。镶滚边的时候，自己还很年轻啊，怀着海草，穿针线。中指套一只顶针箍。用的是买来的洋线团。自家厂里就是纺纱纺线的，不会用厂里的一根棉纱线。我怎么会想起这样的事情啊？没有事体做了。镶布条滚边的事情，还有很多：那只菜罩，篾竹编的，蒙上纱布，镶上滚边；还有那只盛冷饭的淘箩。篾竹编的东西，辰光长远，篾竹就要直出来，辣手。辰光过得快。她想，自己对钟，也会有对布条滚边这样的针线生活一样的记忆。自家的闹钟，时间设定在晚上九点，夜班睡觉要起来了；闹钟响过以后，明早做早班的，就拿过闹钟，将时间设定到早上五点。重新上发条。噶啦啦，噶啦啦。一般闹钟设定好了以后，上夜班的人走了，一家人都要睡觉。电灯开关的拉线，拖在床头，系在床架子上。吧嗒，关灯。闹钟的指针上，涂有夜光粉，绿莹莹。海草刚做早班的时候，晓得设定时间，却忘记上闹铃的发条，到时候，闹钟不响。爷娘会替她醒过来；吧嗒，先开电灯，叫醒她。

一只闹钟的时间设定，总是在这两个辰光上调来调去。上班的人呢，就在海花、海草和自己之间换来换去。老头子长日班。两个女儿，从小睡在一张床上，长大了上班，用不着分床，她们两个班头，轮流睡觉。时间过得快。那个时候，弄堂里，到了这样的时辰，前前后后，总会响起各种各样的闹铃声音。隐隐约约地串来串去。我现在好像就睡在床上，也没有人来叫我一声，闹钟也不响。也没有人来拉一下电灯的拉线开关，帮我开灯，暗沉沉的。做三班的时候，早班起来之前，其实在睡梦里头，已经下意识里有点苏醒，就在等着闹钟响。甚至，有时候可以听得人家的闹钟铃声先响起来，刚要怀疑自家闹钟会不会坏脱，床头的闹钟铃跟着就响。

就像现在，彩球像是已经睡过去了，意识里还在记忆一些事情。这只拉线开关，长长地拖到床头，还要拖到门口头。两头皆好开关电灯。夜里睡前，楼上女儿洗脚，打翻了洗脚水，水从楼板缝隙里洇下来，洇湿开关，洇湿拉线。早班闹钟响，自己去拉线开灯，被漏电麻得跳了起来。"寻死啊，老头子，我被电触死，你这个八级电工，老脸皮还要么？"老头子在厂里，五斤夯六斤，生活经是好的，工人做到大老爷的派头。却从来不晓得弄弄家里的电灯开关。工厂的事体顶顶要紧。也是对的。嚓嚓，细纱机还在响。彩球分析体验工厂细纱车间A513细纱机的声音，那些噪音，几乎与寂静无异。她在寻觅声音的来源，跟着这声音，一歇在厂里，一歇在家里。她的灵魂和思绪，在这两个地方流连忘返。机声轰鸣。蛮好。老头，身体好的，但还是要当心啊，一把年纪了，不要再寻吼势了；两个女儿，喜欢大女儿海花，总觉得有许多地方跟自己很像；也喜欢小女儿海草，有许多跟自己不一样的地方。我嘛，就这样去了。机声轰鸣。跟着这样的声音一道去，蛮好蛮好。

全国劳动模范吴彩球,没有再醒转过来。大面积的心肌梗塞悄悄把她带走了,带到另外一个世界。

有三件关于母亲吴彩球的事,是女儿秦海花第一次晓得的。

一是过去的厂校教师、现在已经在报社当记者的薛晖来说起的。1978年,吴彩球参加劳模文化补习班,薛晖是教员,上课的时候,吴彩球坐得难受,实在熬不住,就举手,薛晖对她一点头,她一屁股立起来,要求老师放她回去做生活。那时候,吴彩球已经是厂工会主席了。"实在读不进书。有很多女工等着我去呢。"她说。

当然是不可能的。后来一到下课,吴彩球就站起来,抓紧这一段课间辰光,在教室里走来走去,走的便是细纱车间挡车工的巡回线。

二是在吴彩球的遗物里,寻到一只包裹,里面全是劳动模范奖状奖章,还有一本作为奖品的日记本,本子里面夹了一张旧版的人民币纸币,五角面值,上面印着的,是细纱车间的图案。向来不喜欢写字的她,在本子上写了一句:"五角钞票上印的是A513细纱机。"

三是从她随身衣服的衣兜里,翻出一张付上个月电费的收据——五度电。来参加追悼会的一个局领导,看到这张电费收据便说:"这应该是寄给我的。我跟球妈妈是说好的。"局领导和母亲说好什么事儿,秦海花一点也不晓得。

后来这个领导对秦海花说了实话。那是几个月前,领导探望老劳模,到了吴彩球的家,看到老两口住的房间里还没有电视机,就关照秦海花,给父母买一台电视机;秦海花当即便到自家搭建的楼上,将自己结婚买的一台电视机搬到了父母住的房间。但过后,吴彩球送领导出来,在弄堂口,拉着领导的衣袖,悄悄地对领导说:"电费很贵的。阿花下岗了,我们家的电费是说好我付的。"领导便要吴彩球将每月的电费单寄给他,由他来付。"球妈妈,这不光是钞票的事情。"领导当时对吴彩球说,"这是我跟你的事儿,不要让阿花晓得。你没有儿子,就当我是儿子好了。好不好?球妈妈。"

现在,局领导将这张电费收据上的电费五度计 3.25 元,如数交到秦海花的手中。

"秦海花同志,这笔钱你要收好。"局领导忽然掩面而泣。一个老男人,手脚慌忙地往口袋里摸手绢,擦着鼻涕眼泪。好一阵子,领导对秦海花说:"这当然……是一笔小到不能再小的钱。但为什么……会这么小?你想过么?"

秦海花方才晓得,这一个夏天,母亲为什么就是舍不得用电风扇,非要寻出老早的蒲扇来,连电冰箱也要关,只是后来馊了一回饭菜才作罢。

"我晓得,这点钱,你是派不了什么用场的,不过,你还是要收好。你要晓得,到哪一天,你这个下岗的厂长,能够替我付电费,要谢你的,就不是我一个人了。"领导最后对秦海花说。

15. 爱情

1980年代末，培养"第三梯队"，李名扬和秦海花一起，被厂里送到局党校学习，回来就要竞争一个厂长助理的位子。这一次，是他们两个经过好几年来你追我赶、取长补短、互相帮助共同进步之后，第一次站在同一起跑线上，做一次历史性的决战了。这将决定他们两个人未来的最终走向。在这个当口，李名扬比秦海花要想得多。

他想到了爱情。秦海花这个女人，如果不把她当作一个对手，而是一个女人，应该是有许多可爱之处的。人不算漂亮，但有一种端庄的美，五官是端端正正的，说话很有条理，脾气很好，不急，很沉得住气，有什么心事，不会烦人家，一个人埋在心底里，慢慢地按自己的想法行事。他领教过。他们经常在一个办公室，耗到深夜。灯光雪亮。隔着窗户，隐约有车间的机器声音传来，呼应着让他们在一起的氛围。

那一次，秦海花站在油印机旁，将刚才打字的稿子，印出来。推油印机滚子的工作，就海花做了。李名扬坐在自己的办公桌旁，看海花的背影。海花心定。挡车工的生活，练就她的平静心态，心里不急，但手脚快。心静气顺。样样事情，总归是可以做好的。一个人只要在做，生活就会往好里去。

她真的是好。李名扬想，心里有一阵痒，走过去，伸手去帮忙，摞齐一沓文件；海花装订。用订书机，嘎哒嘎哒，订上两个订书针。一大沓文稿，差不多要装订完毕。眼看要完事了，李名扬有点失落，心里一热，还是很痒，双手便把海花的身子抓住，将海花的身体对准自己。"做啥啦？"海花小声问。

"想要和你……"李名扬将海花抱在了怀里，身子紧贴着她，并且抵着她。把她抵到了墙边。纺织厂的干部，冬天不会像一线车间的女工那样，只穿单衣单裤。他们要穿棉毛衫棉毛裤。办公室比不得车间暖热，还要到外面走动。就是这多了的几层衣裤，让李名扬身子贴着秦海花，不至于贴肉；让海花有点安全感，似乎还不至于发生什么下作事体。她后退到墙边，就靠在墙上。李名扬并没有紧紧抱牢她，只是贴着她的身体，下身紧抵着她的下面。眼睛盯牢她看。海花慌张，下身觉出男人的硬挺。"你不要这样，我们还有许多工作要做呢。"她说着，索性转过身，背对他。看不见他，这样好像会好点。李名扬对着海花的臀，实实地顶上去，喘息着。她一点不晓得，自己丰满的臀，令男人更加勃兴；男人以为女人就从了自己，便放开来，贴着她，摩擦，就几下，便在裤子里抵达高潮。泄出来的时候，他狠命地对着海花压迫；她只觉得，男人嗓子里，憋出来几下哼哼，像煞要断气；下面，男人贴着自己，男人的裤子里有一阵勃发和跃动，像小菜场里买来的一条河鲫鱼，扎在马甲袋里，还在跳。动了几下。随后，背后面，空掉了。她回过头，看到李名扬已经坐回自己的靠背椅子上，面孔上有一种古怪的表情，说不出的奇形怪状，眼色迷离。

"你要紧吗？"海花先是想到男人会不会有什么事，好像很难受的样子。李名扬不动，感觉自己忽然变得一塌糊涂，一跤跌在泥潭里，衣服弄脏，浑身烂污泥浆。他起身，走到海花身边。"你不要怪我啊。""没有。"她其实并不是很清楚，究竟发生了什么。

"只是，人家晓得的话，要讲闲话的。"她补充说。他轻轻地，又抱了抱她。"不要紧。让人家去讲好了。""哦。"秦海花只轻轻一推，就脱了身，去拾掇油印机，整理文件。

李名扬渐渐恢复常态，只是感觉裤裆里冰凉黏湿一摊。他说要到车间去，把印好的文件先给中班的同志送去。他一个人就到了车间，手里拿一沓文件，像模像样，装着看新出的黑板报。他站在墙边，身子靠得离黑板报很近，像近视眼。黑板报下面，正好是一排热水汀管子，烘热。他的裤裆里，很快干燥下来。这个夜里，事情就是这样。他就等着回家换下裤子，内裤像小时候外婆用糨糊糊的硬衬。

李名扬后来还是很认真地想了想秦海花。这个女人真的好。没有什么邪念，或者她把自己藏得很深，可以隐忍许多事情。总之，秦海花没有因为这天夜里发生的事情，而对他产生任何偏见。如常。由此，李名扬宽了心，满足于他们之间在达到一种工作上的互动以外，现在还得到的一种情欲快感；在意念里，他完成了对海花的占有。

这是个好女人，会隐忍，有一种韧劲，却是不伤及他人的。她也不是个事事要抛头露面的人。她和李名扬，两个人手里的这一摊子事儿，她先调理好，面面俱到，等到出面汇报或者布置，便由他来。所以，长期以来，他和她合作，就像操持家务，她主内，他主外。两个人配合得天衣无缝。

所以两个人都在进步。从最基层的团支部开始，现在回过头来想想，都是你中有我、我中有你的。所以他李名扬有今天，是不好忘记秦海花的。过去，他上去了，不久，她也会跟上来。领导也是有眼光的，看得到秦海花的作用。是一个好人，实干，有能力，又不咄咄逼人。这样的女人，现在真的不多。

李名扬经常想，如果我是领导，我也会选择秦海花这样的人。李名扬从心底里，是对秦海花真喜欢，有时候也带着敬重，觉得自己是有点离不开她、少不了她的。那么，生活上呢？情感上？我是一个男人，我可不可以选择秦海花呢？讨一个这样的女人做老婆——过去他一直没有往深处去好好想过。

他对她有过这样一次宣泄，好像可以满足了。她一点没有因此而对他产生任何反感。是不是就真的愿意接受他呢？好像也未必。她不像是个在情感上追求他的女人。这个人没有什么私心，看不出。

他们两个都到了一个紧要关头。两个人同时被派送到局党校培训两个月，结束后，他们两人中，有一个要进入厂级领导层，那意味着有了一个新的起点；而另一个，就要回到车间去做个中层干部，那就等于这么多年来，在外面兜了一圈，还是回到原来的地方。李名扬用了点心机，真正去想秦海花了。他想到，唯一能够避免缺憾的，就是他们两个人真正地合二为一。从他这方面来看，是可以爱她的，或者说，是已经有点爱上她了。

那天，他们两个人到局里去开会。那时候，纺织局大楼在外滩，对面就是著名的滨江"情人墙"。散会出来的时候，天在下雨。秦海花没有带伞，李名扬将自己的伞给她。

新外滩刚刚建好，他们都还没有好好走过。李名扬提议，到对过外滩走走。在南京东路外滩，穿马路，过中山东一路。秦海花撑着伞，还是伸过来一点，替李名扬遮了一个头。就是秦海花这"伸过来一点"，让李名扬反倒觉得不妥，也给了李名扬一个机会——一个男人怎么可以叫女人替自己打伞？

他的手伸向伞柄，然后在伞柄上滑落下来，在秦海花的手背上，有过一阵子停留。秦海花朝他笑了笑，松了手。伞就送到了他的手中。秦海花不好意思让别人为自己打伞，总还是想帮一下男人，就将李名扬的公文包，拿到了自己的手中。

我为你拎包；你为我撑伞。过一条马路，进入外滩，到了外滩防洪墙边上，两个人算是正式合撑一把伞了。这个过程完成得自然而然。这时候，雨忽然大起来了，在伞底下，是有点风雨同舟的意思了。他们就这样靠近，并肩倚靠着"情人墙"。白天，这里还是有人在谈情说爱，多是外地人。本地男女双双站着，可以有多种解释，反倒有一种安全感。但还是有谈恋爱的感觉。雨点打在伞上，一阵子紧忙的响声，像一种突如其来的无序。在这种纷乱无序中，李名扬是这样开头的：

"人家说，我们一起工作了这么多年，就像开夫妻老婆店。"

"是说我和你？"秦海花明知故问。

"人家的意思是说，我们配合得蛮好的。"李名扬说，"你想过没有，我们的关系，是不是还可以更加进一步？"

秦海花的眼光没有动，嘴里说道："我真的没想过。我没想到这个上面去。"

"那你现在想一想。"李名扬做过多年的小领导了，很会布置工作，提出工作要求，也会踢皮球；他现在随口就这样一句话，把皮球扔给了她，自己反而轻松了许多。

秦海花说："还是过了这段时间再说吧。等到我们两个人的工作定当之后，再看好了。不管是谁上去，谁回车间，都是好事，到那时再说好了。"

"那……上次夜里，我好像还抱牢你了。好像不大好。"李名扬吞吞吐吐，想到上次夜里，总有些忐忑，心神不定，就提示一下。

"你是冲动。不过，后来你也改正了，没有再那样。我晓得的。"

本来，李名扬想趁势再冲动一次，抱牢她，亲亲她。但被秦海花这样一说，也只好改正；做不出了。这个时候，雨忽然停了。李名扬收起了伞。两个人从伞下站出来了，便好像没了刚才说悄悄话的氛围。天一下子明亮起来，云开日出，所有的事情，都如这阵风这阵雨似的，散掉了。

李名扬看出来了，秦海花的回话，有点推辞。好像有点勉强她的意思。但从她的勉强里，又看出自己先有的勉强。李名扬又回到了那个意念里，在想那次对秦海花的"占有"，似乎可以满足了；那就"再说好了"。好像还有更加重要的事情，要由自己来做。得到她，或没有真正得到，都不是最重要的。不再做声，装戆。就让这事儿过去好了。

后来李名扬做了厂长助理，秦海花便回到细纱车间当车间主任。他们不可能再有机会在一个办公室里耗到夜里。无形之间，两个人像是分手了。李名扬继续装戆，满心思用在工作上。这个有关爱情的事儿，也像是一阵雨一样过去了。没有人再提起。

再后来，1990年代初，李名扬这个有基层工作基础的青年干部，被提拔到局里，参与整个局的改制工作。纺织工业局，改为纺织控股集团，属下的公司、厂家，都纷纷换了牌子。但工厂的生产规模在缩小，轮到秦海花再上来，像他们以往的惯例一样，接替李名扬留下的厂长空缺的时候，工厂已经成了一个空架子。

秦海花还是与工厂在一起。她不变的。在她心里，工厂也不会变。

几年后，秦海花听说，已经是局领导的李名扬，结婚了。她先是感到解脱。先前很认真地承诺李名扬"再说"的事情，可以不说了。但同时，因为双方都曾经表示要"再说"，现在李名扬自说自话就结婚,秦海花还是有一种被抛弃的感觉。自己已经变得一钱不值,没有人再会把她当一回事,也没有人会对她有所看好,有所关照了。从被重视到被轻视,就一忽儿的时光。

工厂生产在萎缩。她想不明白,这里出了什么事儿。反正自己做厂长,主要的工作不是抓紧生产,而是压缩生产。工人就在这样的不断"压缩"下,像一大团半干半湿的面粉,被不断地揉捏挤压,总是不断地有稀稀拉拉的屑粒,掉落下来。秦海花就负责接着这些屑屑粒粒——安置工人再就业。

秦海花第一次感到为难。"为什么要我来做这种工作呢?我真做不来。"她去找已经是局领导的李名扬,"我从来没有做过这种事情,叫工人回家。"

那天,她跟李名扬也算难得见面,却没有什么久别重逢的亲切感,忽然之间,两个人都有了距离感。面孔都有点板。似乎也是因为,已经结婚的李名扬,面对一个曾经熟识的、让自己冲动过的女人,多了一些情感上的羁绊,还有下意识的防范心理。

李名扬官大,索性打官腔:"现在我们不需要这些工厂了。城市的功能在转换。"

"那么,工人也用不着了?"秦海花问。

"是的。"李名扬又补充道,"想办法让工人再就业。"

"那么,厂长也用不着了?"

"你再去做这个厂长,是没什么意思了。"李名扬直截了当。

"那我还能做什么呢?"秦海花问。

"我也不晓得。整个产业调整,大家都面临下岗转型。连我自己都不晓得哪一天,就走路了。"

"我是问你,我们作为领导,还可以为工人、为工厂,做点什么?"秦海花问。

李名扬对她睁大了眼睛。说老实话,这样的问题,现在不大有人去想。一个人便是要做点什么,也用不着往"为这个为那个"上面去靠。再讲下去,好听的多了——"为党,为社会主义"。现在讲这样的话,换作别人,听上去就假。不过,秦海花这样问他,是认真的,她是真的想要"为工厂,为工人"的;她不是一个花言巧语的人。这一点,李名扬晓得。这么多年来,跟秦海花相处,总会有许多时候、许多地方,他会被她的为人真切所感动。没有装。

"现在工人的眼睛,都是铆牢干部的,总认为改革,吃亏的是工人,你要是带头下岗,倒是个榜样,工人是没什么话好讲的了。"李名扬接着又补充道,"我跟你说话,直来直去了,你要理解。我的意思,并不是一定要叫你去牺牲什么。只是,你这样问我,我就觉得,可以这样回答你。"

"我晓得你的意思了。"秦海花说。

"你千万不要误解我的意思。阿花。"李名扬连忙要想说明什么,脱口叫出了她的小名。

秦海花不说什么了。但李名扬晓得，这个时候，她不说什么，一定是想好了什么，不想再噜里啰嗦；她便会一个人按自己想好的去做。李名扬这样想着，还是被她所感动。男人做事情，总归要辣手辣脚的。海花，你不要怪我。不是我不要你，其实是你本来就没有想要我。你只要工厂，但工厂没有保住。这不好怪我。

秦海花回去就对工人说："我带头下岗。"

就是在那个当口，父亲秦发奋整天唠叨：天宝好，会做，思想好，劳动好，接班人；天宝苦，没爷娘，住单身宿舍；早点结婚，住过来，家里也好有个男人，做他的帮手。

你还有啥多想的啊？你现在已经不是厂长了，摆啥功架——秦发奋难得会跟大女儿海花喉咙响。现在只有父亲还把她当一回事，也就是在这桩事体上——要她跟高天宝结婚。

这事似乎已经无可挽回了。想想高天宝，真的也说不出有什么不好。她没有理由回绝父亲。是啊，工厂没有了，自己也不再是厂长了。人家李名扬，结婚了。根本就没有自己什么事情，都已经结束了。既然可以应了李名扬——带头离开，下岗待业，还不如索性再遂了父亲的心。也算成全父亲，尽一份女儿的孝心。她没有心相，再去多想那些事情，抽了个空，跟高天宝结婚。了却一桩事体。一了百了，并且尽快忘记，重新开始工作。

她身上就有这样的韧劲，内心急速调整自己。自己不要看轻自己，也不要太把自己当一桩事体。自己本来就不是什么了不得的人，有点不顺心，非要做出冤枉鬼叫的样子。有啥意思？想想，也没有什么，有许多人从来没有被人看重，也没有被生活所关照，不是也过来了吗？自己为什么就不能。

秦海花很快就养了个儿子，停了一个月的产假，心急火燎地要上班。但等到她再回厂的时候，连跟她搭班子的其他厂领导，也跑得差不多了，有的自己跳槽做生意，有的换到别的地方去做领导。秦海花还是第一次感觉到，已经没有人来跟她竞争什么厂长、书记的位子了。

16. 烧卖

海草没有心相做生活，但会做烧卖。她自己都没有想到，后来她的烧卖会做得如此出类拔萃，并且与日式烧卖结合得美妙无比。

还是在工厂民兵高炮训练前，因为女民兵还要兼任高炮营的炊事工作，海草就先被派到工厂食堂里学习了半个月。这半个月里，海草跟着食堂的点心师傅，学会了做烧卖。

工厂食堂里的点心，向来是丰富的，刀切馒头、汤包、小笼、生煎馒头、锅贴、老虎脚爪……海草吃性重，穷吃之余，就对烧卖倾心。那种烫面为皮、裹馅、上笼、蒸熟的面食小吃，顶端蓬松，形状束折如花——全是在人的手里捏出来的。

海草学得这一手做烧卖的手艺，其余不屑。她喜欢这样的面食，形如石榴，洁白晶莹，馅多皮薄，清香可口。一个人在手心里捏着面皮，爱不释手，很有心相。戴着白色厨师高帽的点心师傅，年纪也不大，夸她好学，讨人欢喜。一边就手把手了。这让海草觉得，自己其实真的是心灵手巧。早上吃的一只烧饼，一粒芝麻嵌在牙缝里，到这个上午九十点钟的辰光，自然地出来了，慢慢地嚼，流出自然的香。

那时日，马跃整天在工厂黄浦江边原棉仓库的房顶上训练。那个民兵高炮阵地，日头下，高炮炮管，摇上摇下。炮身原地旋转，炮管翘起，落下。又没有实弹，空对空，甚是无聊。马跃想海草。休息的哨声响起，拔腿奔食堂。往买点心的小窗口望进去，就看到那个点心师傅，跟海草手把手，那还不是一般的手把手，点心师傅是从海草身后环抱起海草，全身紧贴海草的后身。四只手在前面捏一团面粉。

马跃火气上来，直接从边上买饭的大窗口跳进"厨房重地"，直冲点心间，一拳头揎在点心师傅的后脑勺上。

工厂里，两个男青工为一个女青年打架的事儿，是经常发生的。工厂保卫科处理最多的案例，就是这样的打相打；其次是极个别女工，偷零头布。这场打相打发生在食堂厨房内部，影响不大。但场面很壮观——厨师吃了亏，顺手操起使惯了的擀面杖；马跃不买账，就到隔壁大菜间，从硕大的砧墩板上，操起了一把斩肉的刀。众人拉架。海草立在两个男青年中间，对着马跃，"你有本事往我身上来呀。"趁着马跃愣神的当口，顺势夺下马跃手中的刀。她缴了马跃的械,一边反过来把刀架到马跃的脖子上,"你狠是哦?"众人忽然就笑起来。海草架在马跃脖子上的刀,是刀背朝下的。

这场战斗敲定了马跃和海草的恋爱关系。并且,明确海草要比马跃狠过一头。马跃认了。

马跃晓得海草做的烧卖,真的是好。秉承了上海人一贯精打细算的做派。烧卖里的馅,比较经济实惠,外面一张烧卖皮,里面一团米饭。但就是这一团米饭,便可以做出别样的滋味来,花样百出。是用糯米,一点香菇,一点肉末,加酱油"烧"出来"卖";"烧",其实是蒸。而其馅,看着与粽子相似,其味却大不相同。粽子里的米有荷叶香,烧卖里的米有什么香呢?香菇香、酱油香、糯米香,三香合一。

海草后来还专门到淮海路上的"北万新"去尝烧卖。是跟马跃在襄阳公园约会,回来逛一段淮海路,吃夜点心。"北万新"的招牌下,有"包子店"三个字。里面的"三丁烧卖",就是了。一元八角一个烧卖,比其他摊头八角一个烧卖,要贵一倍余,名字就多了"三丁"两个字。普通上海烧卖,吃得出糯米味、香菇味和一点点酱油肉汤味。"北万新"的烧卖呢,吃得出香菇味、肉丁味、笋丁味、酱油味、糯米味,五味合一。海草从中钻研出烧卖制作过程中最关键的一步,是将糯米、肉末、香菇一起入油锅,加酱油、盐、味精翻炒,直到颜色均匀。这样的烧卖出笼后,趁热,当心烫嘴,第一口下去,吃出糯米的酱香和香菇的柔软;再一口,运气好,或许可以吃到一个小笋丁，脆脆的，其味清丽脱俗。笋丁的价钱是贵的。一分价钿一分货。"北万新"的烧卖比别家贵一倍，就因这不俗的笋丁。而上海烧卖之所以吃上去似荤非荤，糯米中的几粒肉丁和肉末起着关键作用。

海草到日本后，打工赚钱。从洗碗，到陪酒，都做过。他们后来在一家便当店，马跃多一件送外卖的活儿。日日夜夜。

有一天，他们路过一家小旅馆。看到有人出来，居然一边吃着烧卖。海草想起自己也会做烧卖，便进到旅馆里面，先是看见在小旅馆的餐厅里，供应着烧卖。花了点小钱买一只尝了，真的没啥好吃。他们找到旅馆老板。海草告诉老板，你店里的烧卖不好吃，我来做，肯定要好吃得多。可以先做一个夜市，你吃吃就晓得了。

海草拿出上海"北万新"烧卖的手艺。老板吃了，晓得是好吃的。海草留下来做烧卖，还要兼职客房服务。工钱是她到日本来打工后的最高薪水。但没有马跃什么事情。

从那时候开始，他们就分头打工了。马跃还在过去的便当店。

旅馆的晚餐主打料理是烧烤和海鲜，除了酒类以外都是自助。烧卖现做。餐厅不大，但也要有几十人同时用餐。

那个日本男人端着盘子，找下酒的料理。海草的声音在餐厅里很清晰，一听就是外来人的口音，总是一句："拿好了，小心烫口。"男人朝发出声音的方向一看，在做烧烤的大厨旁边，有一个小小的烧卖摊子，海草在后面一边招呼客人，一边忙碌着。吸引男人走过去的，一是烧卖，二是女人很古怪的口音。海草掀开热气腾腾的蒸笼盖，用筷子夹起两个烧卖，盛在小盘子里，递给排队等着的客人，一一嘱咐："拿好了，小心烫口。"男人跟在其他客人后，也领了两个，回到桌旁。

这个烧卖不像一般看到的日本烧卖，个儿要大点，皮却很薄，上面不封口，露出肥大的馅，像一朵花。男人张口一咬，滚烫。想起"小心烫口"的关照。鲜美肉汁涌了出来，好久没有吃到这么好吃的烧卖了。两个烧卖下肚。酒也很好。

男人打算再去取两盘。这次不巧，去的时候，一屉烧卖刚好没有了。海草小声对有些扫兴的客人说"烧卖没有了，十五分钟以后您再来"。别人都走了。男人等别人走光后，就看着海草做烧卖。女人的样子很动人。他凑过去问她——是中国人吧。海草很惊讶，应一声哈伊，一边包着手里的烧卖，像捏一件艺术品。

"虽然心疼你这么忙碌，但是烧卖确实好吃。"日本男人看着海草，说了一句。他一直站在烧卖摊位边，恭候着下一屉烧卖出笼。方才海草关照别的客人十五分钟以后再来，现在却悄悄告诉男人烧卖出笼的更精确时辰。但男人就要站着恭候，毕恭毕敬。这样，到新的一屉烧卖出笼后，男人排第一个。每个人都只能一次领一盘，海草却给了男人两盘，可能怕引起其他客人不满，海草自己喊了一句："他一直站着等到现在。"

那日本男人当天就住进了小旅馆。第二天早上，男人惊奇地发现，昨晚做烧卖的海草，现在又在做客房服务。她换了一身客房工作服。男人问她："你每天晚上那么忙不累吗，怎么还上早班？""多劳多得呀。"海草说了一句中国俗语。

男人还是要离开的。临离开前，海草小声对男人说："求您个事儿。您是日本人，您很喜欢吃我做的烧卖是吧？""是。""那就请您在退房的时候填一下那个意见调查表。请给我写几句好话。您下次再来，我还给您做烧卖吃。"

男人答应了，说一定会再来。那就好。海草还提请男人写意见表的事情——请您千万别忘了。

男人对海草真的难以忘怀。

男人再来，是一个月以后了。男人问她，在中国就是做点心的吗？哪里啊，我本来是在工厂上班的。是自己学着来做的。好样的。男人说。

那次，男人早早在旅店订下了房间。他什么地方也不去，就在餐厅里，一整天看着海草做烧卖，到打烊的时候；第二天，再等海草来做客房服务。用早餐的时候，又早早地等在那里。他看着海草忙活。海草也不知道这个男人到此地来做啥，便看着他，一边做烧卖。他现在知道一个女人做这活儿多累，和面熬汤搅馅，连包带卖，都是一个人干。"你太辛苦了。"男人说。"是啊，我都快忙死了。你么，闲得发慌。""这么辛苦，还是不要做了。"海草说："我本来已经请辞过了，但有好多客人都要吃我做的烧卖。旅馆的管理人员还跑到我的住处，希望我继续在这儿干下去。我这才继续做下来。不过还是多加了点薪水。"

男人晚上就在餐厅里喝酒,并且找到酒店老板,希望可以请海草小姐陪酒。付了两倍小姐陪酒的钱,老板应了。男人问老板,为什么不给她配两个帮手。"她太辛苦了。"老板说,以前有过两个女孩来和她一起做,可那个中国女人和她们处不惯,干脆就一个人全包了。大概那个中国女人想多挣点吧。

日本男人对老板说,你那么大的旅馆,每天要供应给客人多少烧卖,她得有多忙多能干。是啊,老板说他都看在眼里——她一个人,光熬汤就要熬将近一天,然后搅馅,分成若干份,放到冰箱里冷藏,包一次拿出来一份,这样吃的时候才会有美味的汤汁流出来。

男人喝酒,就让海草在自己的边上歇着,陪着说话。海草还是要在手头做一些活儿——"如果我可以一边擀皮儿包烧卖,一边跟您说话该多好。""啊,你现在用不着干活,这段时间的工钱是我付的。你坐着就可以。你现在是属于我的。你想说什么尽管可以和我说啊。"

海草闲话就多起来了。她抱怨她摆的烧卖摊位空调坏了,天气热,馅就容易化,烧卖不好包。这些事情老板都不体谅。然后抱怨旅馆太黑,她的工资不值得她这么卖命。"我总觉得自己是不是做得很多,但报酬太低啊。我真不知道该怎么办。不过,和刚来的时候相比,应该说已经很好了。就是累。"

男人再来的时候，又是一个月以后。他像一只放飞的鸽子，每月准时回到这里一次。

这里地处旅游区边缘，旅馆很多。但男人就住在海草所在的旅店，一住就是几天，也不外出。旅店互相竞争很激烈，旅馆的老板很在乎每个客人的感受。这样的回头客，让老板很喜欢。

海草晓得男人是为了她而来。是因为自己做的烧卖？海草盘算了。她相信自己确实值得旅馆老板求她留下来。老板也承认自家店里的烧卖，在这一带餐饮业已经小有名气。

每次，男人临走时，都会去填写意见调查表。男人有一些心思。最初是因为受海草之托，心里会有些别扭。但渐渐地，男人愈发对海草产生怜惜之情。他总是要好好地想一些措词，如实表达对海草工作的高度评价。他表示即便为了吃烧卖，他也愿意再来。

这样的不期而遇，让这个日本男人接触到了一个在日本生活的中国女人的生活。在他眼里，海草勤劳，能吃苦，也有一些很特殊的思维。她日语不是很好，她也不是很明白这里的一些行为处事的方式。像语言，是要靠自己努力学习的，看书学也可以，看电视也可以，最好就是走出去和人多接触从多方面学习。但很少看到海草有学习的时候。日本人是非常独立的，不会轻易对人出手相助，海草一开始就要求他填写"意见表"，替她说好话，多少有点唐突。也许她对他产生信任，相信他已经对她产生同情。但其实他坚信的是，"同情人并不见得就是为对方好"。当然，如果从这一点来断定他这个日本男人是极其冷漠的，那也不对。男人心里其实已经有了海草，并且时时牵挂着——女人的活儿很辛苦。

但在男人看来，海草还是有许多失算之处——旅馆方面曾经专门给她配过两个员工，来分担她的工作。不知道这两个人是怎么不好使，如果懂得利用别人的优势，学习怎么和别人分工合作，应该能够省去不少的辛劳。一个人即使某方面再有能力，必要的交际和与人合作精神，也是必需的；这样对她的长远发展有利，说不定今后就能够发展成自己的生意。还有，她站的地方空调坏了，影响她包烧卖，完全可以和老板如实表达自己的想法——希望换个地方，或者修空调，或者配一个小冰箱专门来放烧卖馅。只要说清这不是因为自己怕热，而是为了烧卖的卖相和口感，为了客人的反应和让旅馆的生意更好，老板是应该会体谅的。自己的想法要想得到对方的理解，达到有效沟通，这也是一种能力；不动脑筋去想最有效的解决方法，只是抱怨是没有用的。向别人诉说，也只能获得别人共鸣和同情，但这样的方式，将永远失去改善自己目前处境的方法。

这个男人整天就这样想着海草。

海草觉出日本男人对她的好感，并且还执著。对这些她很了解。男人所寻求的、希望的最终结果，就是把一个女人干了，然后拍屁股走人。这正是这样行踪不定的男人惯常的姿态。现在这样，感觉男人还在等待什么。男人的出现还是有规律的——每月的头上几天。他想为她花钱？或者肯花大钱，或者想花小钱？海草觉得自己就像已经立在一条马路的中央，目标清晰，暴露无遗；她没有地方可去，无从躲避。但男人想来就来，想走就走。既然已经不可避免，不如迎上去，迎难而上。海草也想朝前面走过去一点，去看看前面究竟会发生些什么。

她先是感觉这是一个很正派的男人，规矩中人。在做客房服务的时候，就特别有心相。她为男人擦皮鞋。男人的脚不大，不像马跃，脚大。皮靴是很好的品牌，但明显是旧皮靴，鞋底已经磨损出一个斜面，却保养得很好。皮装也是。很讲究，但不奢靡，一样旧物事，小心保养，派着用场，不舍得扔。男人还细致，自己叠的睡衣，腰头带都要打上结。还不是一般的活结——单蝴蝶结，而是比较繁复的"蚊子结"。海草做过细纱挡车工，对各种结头了然。

男人是地质工程师，开采石油，长期由公司派驻在沙特。这样的职业可以赚很多钱。这个男人一个人跑到很远的地方，是因为那里有许多石油；工程师喜欢开采石油，日本没有。男人埋头在沙土堆里发掘矿藏，几乎忘记了世界上的一切，除了女人。而女人，现在他只记得海草。

石油工程师过去很少休假，情愿一个人待在中东，或者周游世界。现在心里有海草，假期就要跑回来。每次就怕海草忽然不在旅店做事了。看到她，便心定。在海草所在的旅店住下，可以看到海草，吃到海草做的烧卖，海草陪着他喝酒——像回到家里一样。

海草为男人做客房服务，便总是努力做得像一个家庭主妇的样子，整理房间，整理床铺，连衣柜也顺带着整理。日头好的辰光，按照她在上海家里的习惯，上好的衣物，要放在日头底下晒一下；毛料大衣、皮装，挂在衣架上，翻个面，将里子朝外。石油工程师不解其中隐秘。海草告之，外面尽可能要保持整洁，也不要太见光，晒衬里，杀菌。她在家里就是这样的。海草说着，一边整理一副滑雪手套，将手伸进去，戴进，又脱出。感受一下男人的手寸和温度。男人的手也不大，与女人一般大。不像马跃，大手，手指特长，要把弦。

海草做这些很自然。男人已经用不着她请求，也会如实地填写意见调查表。男人知道，海草的旅店里来了中国客人，她都会请求自己的同胞来做这样的事情。中国人也许对这样的互相关照习以为常。可是，那些中国客人即便用的是日本名字，在写的书面意见中，还是会有很明显的中国人爱犯的日语语法错误或者错字。这个破绽，旅馆的主管和老板，应该能够一眼看出来吧。这样的"高度评价"的调查表多了，旅馆老板反而会对海草产生负面印象。就像他第一次尝到海草的烧卖时，她一下子给自己两盘烧卖，客人中有人就会多嘴，这是犯了日本人最忌讳的搞特殊。那么这些负面印象就将她为旅馆作的巨大贡献给抹杀了一大半呢。旅馆其实希望留下的是她的手艺，而不是她本人。但海草同样还在抱怨自己的所得配不上自己付出的劳动。她一点也没有往深处去想那些她觉察不到的不利因素。

这些海草都不懂。不能怪她，一个年轻女子，背井离乡，身边也没有男人好好照料。

不管怎么说，海草做的烧卖，是他这辈子吃到过的最好吃的烧卖。海草，也是他这辈子最喜欢的女人。将来，男人希望可以和海草在一起，在自己的家里，看着她在厨房里，还像一部精密的机器似的，做烧卖。男人真的很希望她少辛苦一些，不要上了晚班再上早班，挣钱，攒钱，以后就用钱来衡量自己的生活水平。如果有可能的话，他能够为她创建一家自己的小店，不大，但总是有顾客慕名从远方而来。她只要秘密地做含金量最高的汤和馅，做好，放在冰柜里储存着；包烧卖和招揽客人的工作，交给店员做就好了。他们可以过着自己喜欢的生活；他要带她去中东，看他怎样开采石油。

有一天晚上，他们就一起喝酒，说了许多话。他说有许多话要对她说，但他有工作，要去中东。他不可能每天这样与她面对面地交谈。他很想她。他要给她写信。石油工程师说——会给她"手纸"。在中国，人尽皆知"手纸"是做什么用的。海草也是第一次从石油工程师那里晓得，"手纸"在日语里就是"书信"的意思。海草还是忍不住笑起来。

日文里有许多汉字。不懂日文的中国人，有时候可以从日文里的汉字，大致看出一点意思。但仅从字面意思来理解，有许多时候会让中国人大大地误会，知道真实意思之后，又会让人觉得好笑。海草刚到日本，就晓得一个在留学生里流传很广的关于"人参"的笑话。中国的"人参"价格昂贵，可是日文的"人参",其实是"胡萝卜"的东洋名。1980年代来日本的上海人,一开始看到这里"人参"如此便宜,兴奋不已地要用买萝卜的价格去买"人参",等看到货架上的胡萝卜,才恍然大悟。还有闹出大笑话的,是一些比较容易出错的生僻词语。海草是在日本生的小孩,在参加医院生育培训班时,她看到"帝王切开"一词,吓得不轻。后来被告知,就是国内流行的"剖宫产"。海草诧异——剖宫产和"切开帝王"有什么关系呢?语言学校里的中国同学大多也是一知半解:"大概哪个天皇是剖宫产出来的吧?"后来,还是语言学校的老师解读这个词语——源自德语的剖宫产术Kbiscrschnitt,直译就是"帝王切开",又说因为恺撒就是通过剖宫产降生的,因此得名。

还有许多日文,会在意思上接近汉语。比如"爱人",日本人意为"情妇",而不是老婆;"石头",日文里面是指死脑筋的人,类似中文里形容死脑筋的俗语"榆木疙瘩脑袋",榆木和石头,都比较坚硬;"喧哗",日文里就是指"打架",中国人说太喧闹聒噪,跟"打架"还是有一些关联。假如在日文里看到"前年",要晓得那不是"去年的去年",而正好就是刚刚过去的"去年"——前面的一年;看到"今度",要晓得那不是"这次"的意思,而恰恰是"今后",是度过今天的"下次"。如果看到居民住宅门上写着"御手洗"的字牌,那是个多义词,的确有洗手间的意思,但也可以用于人名,因为是日本人的一个姓氏;日本人习惯把姓氏标在门牌上,而真正的日本厕所,现在的标志都是英文"toilet",或者以图像表示。

这些经常会被误读的词语，引发许多笑话的日文词，让海草与一个日本男人互相有了许多了解。并且，也与海草"今度"——今后的生活有关。她后来做了这个日本男人的"爱人"，但不是情妇，是真正的妻子；也真的做了一次"帝王切开"——剖宫产；而石油工程师，还真的就叫"御手洗二"；马跃这个"石头"——"榆木疙瘩脑袋"，死脑筋，两个男人之间还真发生了一次"喧哗"——打架。

海草的欢声笑语，很打动石油工程师。他们随后说起中日之间的许多异同。烧卖就是从中国流传到日本的一种面食。日本烧卖和中国烧卖不同，在外观上，个儿要稍许小一点，还有，日本烧卖上都会放上一颗青豆。为什么要放这么一颗青豆呢？石油工程师问海草。海草不语，想起似乎有个电视节目，介绍过日式烧卖。但可惜，她根本没有闲暇来看电视，也有语言上的障碍。但现在她自己做烧卖，的确也会在烧卖上放一颗青豆。

最常见的说法是：为了外观好看，为了营养均衡……石油工程师答曰："为了方便清点个数"——这才是正确答案吧。"你怎么知道的呢？""我也是电视里看来的。"石油工程师说。他回忆电视节目里，说出这样的答案后，大部分人都会在脑子里开始想象烧卖的样子。那一瞬间，大家的表情都有点怪怪的，这一定是在想象有青豆和没青豆两种情景吧，而且还在比较哪种更容易点数。于是，过了片刻，众人才齐声道："啊，原来如此……"

此外，现在也有很多烧卖上并没有放青豆。石油工程师说，日本烧卖顶上放青豆，起源于学校供餐。"希望学生们高高兴兴地吃午餐。"据说是出于这一愿望，将烧卖做得像糕点一样诱人就成了供餐者的努力目标。虽说如此，也不可能真放一个草莓上去，所以就改用青豆了。青豆的翠绿色让人联想到翡翠，这也是使用它的原因之一。

海草觉得，放青豆的好处，真的就是"容易清点"。其中还有一个更重要的、也是海草自己掌握的用途——用来观测蒸的程度。烧卖和其他蒸制的料理不同，只要蒸的火候稍有不当，就会影响到它的风味。海草到日本后，就是从烧卖上那颗青豆皮的颜色和褶皱程度来判断蒸的火候。而一般比较常见的做法，是用竹签插入烧卖中来判断，但那样，烧卖上就会留下洞孔；通过烧卖皮的薄厚程度来判断，也不是一般人容易掌握。"不太熟练的普通人若想将烧卖蒸得个个好吃，就会采用观察青豆皮的方法，简明扼要了哦。"海草告诉石油工程师。

"这应该是秘而不宣的企业机密吧，不过告诉我也无妨。我和你应该早晚会有一家自己的烧卖店。"

那晚，男人喝得有点多，但还是很清醒。海草把他送回客房，离开。第二天早上，做客房服务，海草进到客房，男人已经很清醒了。清醒的男人，向海草表白——做我的妻子吧。

大约在半年以后，马跃在海草随身的包里，看到一个男人写给她的许多封信。他看不懂，就在自己读书的语言学校里，请老师把这些信翻译成中文。信写得并不肉麻,看得出来,是一个男人在对一个女人追述两个人在一起的种种情景,以及对未来两个人的世界的期盼和想象。语言学校的老师译笔居然很好,像一些作家的简约文字,几乎没有形容词。也许是为海草着想——她的日语理解能力有限。

在信中,男人不断把曾经在自己有限的人生里遇见的女人,与海草比较,把海草的表情、语言、动作、姿态,都刻画得生动。他几乎把这些当做一种乐趣,以寄托对海草的爱意。很感人。马跃印象最深的是,男人自比钻井,将大地比作海草,她仰卧在中东的沙漠原野,对天洞开;男人探进。井喷。

那时候,海草发现自己怀孕了。

那个孩子的孕育,决定了他们在日本留学打工生涯的前途。海草必须选择——要么打掉孩子,继续学习和打工;如果留下孩子,海草的学习和打工就此结束,而马跃,根本不可能负担起海草和孩子的生活。

海草一定要留下这个孩子,她已经决定了——可以用不着马跃来负担她和孩子的生活。她可以独自承担。马跃要做的,只是选择他自己是留下来,还是回去。

"是因为有了这些信吗?"马跃把海草保存的那些"手纸"都亮了出来。

海草一点都不觉得意外。这让马跃甚至都觉得,海草是故意把这些"手纸"露给自己看到的。不然,海草的思路不会那么清晰，伶牙俐齿："我有自己的选择。我现在只是选择要孩子。至于有了孩子，你应该怎么办，那是你的事情。由你自己选择。我尊重你的选择，但你也要尊重我的选择。"

"那个男人，我要见他。"马跃执意要面对一切。

海草很坦然："可以的。不过，你要对自己的行为负责。不要神智无知。"

他们三人见过一次面。那一回，石油工程师休假，海草把他和马跃约到一家饭馆。讲好是一起吃饭，他们在一起吃西餐。石油工程师用银光闪闪的西餐叉，在面包上打洞。他做这些，比他吃得还有滋有味。马上有人来换面包。

马跃喝了酒。看日本男人，叫他也喝酒。两个人碰杯。似乎没有什么事情会发生。海草的心思有点松弛下来。马跃对石油工程师说："她有孩子了。你知道吗？"

"是。明白。"石油工程师答。

"那是我的孩子。"马跃说。

"是的。"石油工程师同意。

海草头发有点乱，眼睛红起来，唱起歌。马跃听得明白，海草在唱他们工厂小分队里唱的歌，《北风吹》《扎红头绳》。歌声歌词串来串去的。石油工程师听不明白海草在唱些什么，手上"钻洞"的叉子，旋得飞快，但感觉很好听，他想不到海草还会唱歌，像山口百惠的样子。

像在小分队里唱歌的时候一样，海草唱歌的时候，小嘴总是一噘一噘的，还要舔嘴唇；她对马跃和日本男人交替使着眼神，弄得很性感。这让马跃想起，小分队里唱歌跳舞的日子，还有和海草在床上。好像从来没有见过海草有这样风骚的样子。马跃觉得自己要发狠劲了。石油工程师却一阵欢欣。后来他提议去卡拉OK，并且快活地喝干了酒，走的时候，居然随手带走了那把他"钻井"的西餐叉。

在K房，他们继续唱歌。马跃一点都不会唱，到了这种地方，全是日本歌。石油工程师唱着，喝着，手里捏着叉子，也许他正在找地方"打洞"。

工程师开始用叉子在沙发上打洞。然后，他起身，要跟海草跳舞。轮到马跃接手那把叉子，他居然也不由自主地在沙发上打洞。

那个日本男人在和海草跳舞。他看到海草有点动情似的，满眼泪花。马跃醉意迷蒙。他叫她一声"草儿"，他忽然想起海草的小名。

海草回转身。

就在海草脱离日本男人的一刻，马跃走到石油工程师面前。两个男人面对面。海草还没有来得及拦在他们之间，石油工程师的歌声戛然而止。静止片刻，马跃将叉子扎进日本男人小腹，一面对日本男人爆出一句上海话的粗口。

石油工程师不动，只晃了一下身子。他显然听不懂这句上海话，但还是努力保持着镇定和冷静。

总归要有个了断的。两个男人仿佛终于等到了这一时刻，反而都平静下来。马跃松开手。海草站到两个男人中间。"你有本事往我身上来呀。"这话让马跃想起当初在工厂食堂的点心间里，自己对点心师傅动刀的那一刻。"你是女人，我让着你。"马跃对海草说。

"既然你让着我，那你好走了。"海草毅然决然，"没啥好多讲了。你走好了。"

海草看到马跃身上一种男人与生俱来的占有欲。自从他来日本后，艰辛的生活和两个人共有的孤独感，使这样的男人的占有欲，悄然逝去。这是不对的。于是，马跃脑子里充塞了许多离奇古怪的念头，他觉得自己就像是一只脱离狮群、误入歧途的孤独雄狮，灰头土脸。这是个陌生的地盘。

有本事你到阿拉的地方去试试看。

这事儿就这样了断。很简单。马跃离开了，在用叉子扎向石油工程师的瞬间，他就已经想好了退路。他出去的时候，海草听到男人发出一声惨叫，声音骇人听闻。石油工程师的伤势并不很严重。西餐叉不足以深入男人的腹部，只是在男人的肚皮上留下一排四个小洞眼。至少他在挨上这一叉的时候，还不至于发出一声惨叫。是马跃自己走出来，离开K房后，惨叫一声。海草跟着，扶住了日本男人有点飘的身子。两个人一起回旅店。

工程师第二天就回到他的中东沙漠里去了。

马跃一个人回到工厂里。他来看过秦发奋，告诉秦发奋，他和海草已经分手。秦发奋当然要问清缘由。"她比我野。"马跃说，同时告诉秦发奋，他和海草的孩子，也就是秦发奋的外孙，是跟着海草的，还在日本。

"小囡像啥人？"秦发奋问。"像我。"马跃说。

"我没有看到过。不晓得。"秦发奋掼出话来。

"是真的像我。"马跃强调。

这个孩子究竟像啥人，马跃也看不出，疑心大了。但想到都已经和海草分手，孩子像不像自己，深究已经没有意思。再说，那时候在日本，吃力归吃力，他和海草，这种事情还是做的，尽管带措施，难保不豁边。就当是自己的孩子来欢喜；孩子跟他也亲。

后来秦海草回来，儿子也跟着回来。秦发奋还是要看看自己的隔代骨肉。至于孩子的日本继父，听说很有钱。

秦海草明白，对父亲这种人来说，有钱并不是什么好事。秦发奋天生便看不惯有钞票的人，总认为，有钞票不是一桩好事情。

果然，秦发奋开口就问秦海草："小囡像啥人？"

"像我就可以了。"秦海草的回答，路数还是野，但很清爽。老头子对秦海草，真的无话好说。看自己的外孙，秦发奋还是满腹疑虑，也看不出个所以然。

"你哪来这么多的钞票？因为那个男人有钞票……是吗？"秦发奋这一辈子也想不明白——秦海草表面上就是个没有工作的人。都没了工作，算什么？工人不像工人，资本家不像资本家。

秦发奋就对小女儿秦海草越来越没有好话。

17. 九月

九月里，午后一场透雨，来得让人有点措手不及。秦海花跟薛晖为了避雨，躲进了一家咖啡馆。有点慌不择路的意思。两个人坐定下来。

薛晖离开工厂，到了一家小报做编辑记者。这么多年来，他们并不是经常见面。后来，也是因为薛晖得知她母亲彩球师傅去世后，才来见了她，晓得了一些她的近况。

遥想当年，秦海花的音容笑貌，薛晖有点隔世如梦的感觉。想，大多数的女人，都会这样。女人易老。男人对于初恋的记忆，全都是一个女人青春的容颜。他想，他是爱秦海花的。

秦海花的脸色不大好，不带妆，看上去有些黄，还有些斑。眼睛还是活络，朝他看过来，闪着光。他们端坐在咖啡馆小桌的两边。秦海花的手，正在用一只小调羹搅动着咖啡。小调羹碰在咖啡杯的边沿，叮当作响。秦海花在这种场合，总是蹑手蹑脚，吓势势，生怕自己弄不来。还是弄出声音。坐在这种地方，说话都轻声轻气。小调羹从咖啡杯里提出来，滴滴答答。秦海花想了想，还是先把小调羹塞进嘴里，吮干净残存的咖啡，再将小调羹放在杯碟边沿。

女人的小手指，微微向上跷起，令薛晖想到，当初便是这些个手指，从细纱纱管上牵出纱头，接上，细纱在她的手指间扯动。薛晖经常去握住了她的手。她就对他笑一下，抽出手来，理一下自己的头发。从那时候开始，她对他露出一下笑脸，都要顺手去撸一下头发。这习惯，到现在都没有改变。在那时，她笑的时候，垂下头来，他便看见有花絮飘在她前额的发上，他就放开胆子，伸出手来替她掸掉。她的头未动，等他抽回手之后，就自己把前额的头发，塞进白色的软帽里。

现在，薛晖问："你还会当干部么？"秦海花道："总不见得一辈子不做工作。"

薛晖沉吟片刻，看着外面的雨越下越大，便说："我们再要点东西，索性就吃了夜饭吧。"唤来服务员，点了蛋炒饭和汤。秦海花不做声，由着他。本来就点了蛋糕，吃蛋糕就够了。她晓得，薛晖也不是很有钱，更不会在她面前摆什么阔气。薛晖约她出来，是为了要跟她商量——他给她寻了个做裁缝的生活。

"你是会做事情的人，干吗要这么闲着呢？"她说她也不愿意这么闲着，可想不出自己好做些什么。薛晖便说，可以做裁缝，他的一个朋友，开了个服装厂，正要寻熟练的技术工人。他晓得秦海花，会做针线，做女红生活，不妨去试试。便约了秦海花出来，还关照，带一些她自己裁制的衣物。

秦海花还真的在家里收拾了一下，理出个包裹来。秦海花愿意听薛晖的话，或者，是不愿拂了他的一片好心。看到一个女人，拖着个有点沉重的包裹，好不容易挤了公交车来见他，薛晖是看出了一点纺织女工的本色了——吃苦耐劳。

很气派的酒吧里，他们两个人，看上去是有点上了年纪了，中间还隔着一个大包裹，有点滑稽的感觉。薛晖顾不了很多。他这个人，向来是要弄出点奇形怪状来。

"这么多东西，你给我个电话，我来接你就是了。"说起包裹，现在看上去是有点扎眼。秦海花垂落下眼帘。

"那些衣物，多是老式的，不过，还有点床罩和台布，花样图案，都是我自己设计的。"秦海花说。

薛晖点点头，动手去解包裹，秦海花伸手来相帮，两人的手，遂在包裹的打结处，自然而然地纠结在一起了。

好长一歇，秦海花抽回了自己的手，不自然地笑了笑，理了理头发，"这些东西，现在是拿不出手的。"

是一些床罩、台布，还有一只电视机布罩，都绣上传统的图案花纹。这些东西，在十年、二十年之前，结婚送人，是很像模像样的，现在看起来，还不如酒吧小桌上铺的格子台布来得清新朴实和有现代感。

"你还是介绍别人去做吧。我是不会去的。"秦海花说。

"随便你。"薛晖说，"我不会勉强你什么。不过是，我不想看到你到了这个年纪，反而还要为生计而发愁。"

"我没有什么愁的呀。"秦海花心里是很硬扎的，"我又没有到要出去讨饭的地步。是的，到了这把年纪，我为什么还要到私人老板手里去打工呢？"

"你还在想你是个七千多人的大厂的厂长么?你还在想你很早就有的当干部的梦吧?我晓得你,是放不下一个处级干部的架子,放不下一个厂长的架子。好啊。那你为什么自己要求下岗?你再回去,做你的厂长呀。"

"你也不要激我。"秦海花说,"要说我自己寻个生活,哪怕再弄个小干部当当,并不是没有这个可能。这种机会总归还是有的。我是不甘心,国家把一个这么大的工厂交给我,把这么多的工人交给我,在我手里,就这么散了。想想这些女工,她们都是跟我一起走过来的小姐妹,如今落得个下岗讨生活的地步,我是不甘心的,也不服气。我们不是不会做,不肯做;如果有个实体,有个实业,让我们重新开始,我就不相信,我们做不过人家。"

她像是要落泪,还是忍着。"你是晓得的,我现在不想自己一个人图个好日子,就想苦一点,心里反而会好过一点。想想这么多的工人,都是这样的,我也跟他们一样,心里倒好过一点了。"

"但这于事无补。你总归是要有个打算的。"薛晖从心底里晓得,这个女人身上,是有一股子韧劲的,蛮犟的。没办法。他帮帮她一个人,还差不多,但她一定要去跟一帮子工人捆在一道,他是没什么办法的。不过,薛晖明白,自己还可以在精神上、情感上,给秦海花一点支持。她需要的。不然,她今天是不会为了一些床罩台布,应约而来的。

秦海花并没有跟薛晖具体说有什么打算,因为这会牵涉到另一个关键人物，那就是李名扬。秦海花不想跟薛晖说——现在这个事儿，还在他李名扬的手里。李名扬在局里，负责企业改制工作，千头万绪，她也不想给他添乱。而李名扬和薛晖，这两个人从一开始，就好像是一对冤家。

李名扬跟秦海花说过，像薛晖这种人，有一点小聪明，但自视甚高，看不起人，既没有专业技术，思想又不进步。做不了官，当不好老百姓，只好落得自欺欺人，自以为是，还要用一些奇谈怪论，来影响秦海花的进步。而薛晖觉得，像李名扬这样一个读书人，工科大学毕业，原本应该好好用心于科学技术，却要从政，一门心思往上爬，还利用秦海花，达到自己的目的，属于心术不正，有野心，所以他对秦海花，是不怀好意的。

秦海花有时候就想，男人跟男人，就一定要这样钩心斗角吗？男人跟女人呢？

从那个暑假以后，棉絮纷飞、机声轰鸣的细纱车间车弄里，就经常有一个厂校老师拔高瘦长的身影，在出没、转悠，跟人闲扯神聊。他像一只打野食的麻雀，终日忙忙碌碌。

有一天，厂校老师远远看见，细纱车间的黑板报前，秦海花正在用粉笔抄稿子，她的身边，站着一个小干部模样的男青年，一身干干净净的，两个袖子套着袖套。这是李名扬。这两个团干部，脸上放着红光，神情专注。女青年秦海花，白皙的额头上，细汗渗出来，有一绺黑发黏着。薛晖一直望着，那个踮起脚尖、立着抄写黑板报的秦海花，她的脚尖一踮一踮，抄写的粉笔字，就会斜着往上飘。一看就晓得，没有写过粉笔字。那应该来跟我学啊，我是老师呀。

现在，她身边立的，不是自己，是那个小干部，用一块本白布料做抹布，帮秦海花在抹黑板。两个人在配合着工作。他觉出，这个小女人，开始要离他而去了。

薛晖从来不参加共青团活动。我是老师，哪能去跟小青工轧道。在工厂，不轧道，就会显得孤单。一个人，教书、工作之余，再看自己想看的书；写文章，投稿。教书的工作，本身在工厂里，就有点奇特——工人不像工人，技术员不像技术员。问他有什么特长，答曰：写文章。这算什么特长。

在最初的青春时光的记忆里，薛晖就留着在工厂睡眠不足和饭量奇大的感觉，还有就是那些女工。在纺织厂当个老师，几乎厂里所有的女青工，都是他的学生。像一所女子中学。国茂娣、余晖、杨月宁、计玉珍、向阳红……他记性好，还叫得出许多女人的名字。她们是一个班级，一个年级；有花名册；作业本交上来，封面上工工整整写着名字。都是这样的女人名字，与一只只女人面孔。当然还有秦海花。他和她们慢慢热络起来，同时也让自己慢慢活络起来。

"你晓得她们现在都在干什么？"秦海花问。"总归是下岗了。"薛晖说。国茂娣，薛晖是晓得的。这是一个蛮漂亮的姑娘，那时候在细纱车间，是好算"一枝花"了。有一段时间，薛晖在厂里跟那些小青工挤在男厕所抽烟，跟人打听车间里的事儿。加工资、发奖金、评先进、女人的好看难看，诸如此类。说起好看的女人，总是这么几个，国茂娣是其中之一。这要比年底评先进票数容易集中。

国茂娣去考过"空嫂"，过了三关，几乎要成功了，最后的第四关，是体检，在五官科检查的时候，医生对着她的鼻子反复端详，最后将体检表往桌底下一塞，摇了摇头，表示可以走人了。秦海花是作为厂领导，送国茂娣去体检的，回来后，两个人都欲哭无泪。这一幕，到现在秦海花还历历在目。她不是怪国茂娣的鼻子不争气，她和国茂娣反复研究了国茂娣的鼻子，实在看不出有什么不妥。秦海花是想不通，那医生，为什么就不能对国茂娣笑一笑呢？也许这个医生的心目中，蓝天本来就不是属于下岗女工的，所以根本就不想笑，因为医生认为，自己面对的是一个想入非非的女工。"这是不公平的。"秦海花说。

国茂娣还算是年轻的。她们大多数，都到了一把年纪——小囡读高中或大学。三口之家，要供养一个读大学的子女，生活就窘迫。"向阳红，你还记得吗？"住在控江新村的。"老三届"，比秦海花她们要大一点，就更早几年下岗。老公是九厂下岗的，他们属于典型的"双下岗"家庭，带一个子女。

薛晖喜欢问，都是他老早比较注意的、也就是比较好看的女人。秦海花便讲。女人习惯纺织厂车间的噪音，说着说着，声音就大起来，看上去有点激动。其实她们本来就是这样说话的。小囡读书，要住宿。向阳红就把原来住的新工房"借"了出去，自己和丈夫去跟公婆住一起，也算照顾公婆，出了劳动力。这样，每月就有一千八百元的房租收入。她会动脑筋。更多的就是出劳动力，趁还做得动。计玉珍也是"老三届"，从黑龙江顶替退休的母亲进厂。计玉珍下岗后有一番曲折的经历。先是闲不下来，急于找工作，不管什么工作，先做起来，心情就好点；因为觉得自己的身体实在是好，身强力壮。现在做"钟点工"，是她的第十九次跳槽。从送牛奶干起，为人看管、接送孩子，站柜台，新村清洁卫生工，站马路做交通协警。其间还有过一份工作，是推销化妆品，这她干得很不错，收入也最好，但最终，还是被老板辞了，原因是她的脸太黑，推销化妆品不合适，会给产品带来负面效应，不利销售。"人家计玉珍，因为上山下乡才皮肤黑的，这是歧视。"秦海花愤愤不平。

还有余晖、杨月宁，在母亲吴彩球的追悼会上，秦海花看见了她们。同班的小姐妹。"这两个人，已经是四十出头的女人了，我碰上她们的那天，浑身上下是乌青块。"秦海花说，"我当然要问她们。你晓得她们在做什么？说是为了到一家溜冰场里去当服务员，要学溜冰，摔的。她们童年的时候，都从来没进过溜冰场，现在却要在最短的时间里学会溜冰，因为要穿着溜冰鞋，溜来溜去地为客人服务，就要训练。我后来专门去看了她们的训练，只见她们一个个神情紧张，小心翼翼地掌握着平衡，一不小心就是一跤，有时候摔得重的，鼻青脸肿，爬都爬不起来，回家后躺在床上，浑身是痛。第二天还要去。"

"她们每个人都很珍惜重新上岗的机会。"薛晖说。

"而要获得机会,就要付出代价。就像现在的人生,要从穿溜冰鞋开始重新学走路了,可她们都已经是四十出头的人了。再要她们这样走路,跌跌撞撞,东倒西歪,对她们是不公平的。"秦海花说。

"但她们还是会走过来的。"薛晖由衷地说,"我晓得。这是你们这些纺织女工身上特有的素质,吃得起苦,有一股子韧劲儿。我太了解她们了。你为什么不去试试?不要是因为你已经做了这许多年的干部,将自己身上本来具有的韧劲儿给消磨掉了?"

"我还来不及消磨自己呢。"秦海花说,"我曾经为那些女工做些培训,就想帮她们,哪怕先教点如何对付面试,也好的。一些基本的礼仪,化妆。不过,我自己其实也不大懂的。那都是些很小的事情。但要改变的是习惯和观念,对她们,对我,都很不容易。"秦海花告诉薛晖,纺织女工因为长年在机器旁,说话都习惯大嗓门,所谓的公共场所大声喧哗的问题,几乎说的就是她们。秦海花反复关照,要改变这个习惯。不然出去跟人说话,几句话,人家以为要吵相骂。还有女工,因为嗓门大,就被人推荐去做公交售票员,但恰恰赶上上海公交车开始实行录音报站,用不着大嗓门,却要一个站头一个站头按电钮,控制报站,女工却以为那是在操作电脑,"太难了啊!"女人大嗓门就先叫开了。还有去梅龙镇广场做保洁的,她们以为下过雨了,地面就不需要再冲刷,结果被人说"偷懒"。

女工有许多难处,她们还是习惯来寻领导,寻她。而她,的确是有很多机会,可以离开的,和其他人一样转岗、转业、转行。可是,她说:"我看到她们四处碰壁,心里是真的舍不得。"

秦海花让几个"头子活络"的男工,组建了厂里的"三产"——其实就是将厂里的一些库存零头布料,整理一下,卖出去,给人做拖把。弄了十几个人,清理仓库。他们终于看到,十几年来,她们"多快好省"、"大干快上"的产品,被大量积压在仓库里,有的居然还是六七十年代的"纱卡"、"府绸"、"泡泡纱"、"人造棉"。那些堆积如山的本白布、龙头细布、纯棉卡其、涤棉卡其等,不是曾经都要凭布票的紧缺货吗?怎么会积压着呢?没人说得清楚这里面的道理。他们就一门心思卖"拖把布",联手专门做旧布料批发的个体老板。

这是秦海花人生第一个"总经理"职务。然而,"总经理"的生意不像话。那些个体老板,想出往布里浇水的主意,这样可以加大重量出售,赚钱。秦海花觉得,这不是国家干部、国营单位可以做的事情。市场经济不是坑蒙拐骗,想发财,也不能昧着良心。再说,想到工厂几十年生产出来的优质棉布,拿去做拖把,也不顺心。不卖了。后来那些个体老板说可以改做上衣垫肩,给她们送来了两台生产上衣垫肩的设备。那设备进来之后,大家发现,制作垫肩的过程里,有毒气排放。这个秦海花是没有想到的。我们工人在工厂上班,向来是"安全生产"的。开会,商量,最终还是放弃了。

"你一定会笑话我吧。"秦海花不笑,也没有哭,"我已经习惯了,这样哭笑不得的事情。"

薛晖是晓得的,这个女人一定是有了许多想法。让我们重新开始。这句话从秦海花嘴巴里说出来,一定是憋着一股子劲儿了。"你还是想当干部。跟你年纪轻的时候一样,想要出人头地。"薛晖说。

"瞎讲!"秦海花反驳道,"我要是想当干部,是可以换个地方去做个小领导的。但你说得也不错,我是想跟我的女工们在一起,做她们的头儿。她们相信我,我也信得过她们。她们需要我,我也离不开她们。哪怕你觉得,我这个人还有什么野心,要想有什么发展,我也是脱不开这个根基的。我一直想,是从她们过去选我当团支部书记开始,让我一点点当上了厂长。这十几年来,她们撑我,帮我,让我在这个厂里,有一种一呼百应的感觉,我跟她们在一起,特别的得心应手。现在我不能抛下她们,让她们一个个东奔西突的,没有一点方向。连我自己也没什么方向。我们就像过去农业合作化时的单干户。所以,我现在就算要做什么事情,是一定不会抛下厂里的工人的,我会再将她们组织起来,就像是一支被打散的部队,现在要重新集结。"

秦海花跟薛晖,确实闲话多。薛晖不想打断她,听她讲完,开始埋头吃蛋炒饭。秦海花看着他,觉得这个男人胃口蛮好。也觉得饿,吃蛋糕,轻轻咬,细细地嚼。有点屑屑粒粒,落在桌面,秦海花习惯用食指尖,蘸上点口水,将蛋糕屑粒粘上，放进嘴里。一个人细细地品，味道特别好。

这场大雨将城市浇了个透，也将漫长的夏季，一股脑揎掉。狂风暴雨过后，道路两侧有点积水，泛着几个气泡，漂了一些油，弄成离奇古怪的五颜六色。在许多年前，这家咖啡馆，还是一家卖早点大饼油条糍饭糕的小吃铺子。秦海花跟薛晖走出咖啡馆的时候，便想起来了。

那时，她在棉纺公司党校学习一个月，每天要坐两部公交车到校，便是在这里换车的。店门口是个车站。现在的公交车辆牌号也变了，变得复杂起来，几零几，专线车，空调车，原来的47路，反而不见了。上海的马路，让她这个在上海长大的人，都要认不得了。过去，还有许多里弄加工厂，糊纸盒、绕线圈、敲小铁床的床绷，让秦海花这一路上走着，便听得乒乒乓乓的敲打之声。秦海花就想起儿时，站在自己居住的"两万户"的新村弄口，铅皮匠的摊头边，整个下午，看着铅皮匠，用一块方方正正的木块，敲打铁皮。

这是秦海花对做工之人的最初印象。那些锅底、铅桶、痰盂、浇花的壶、喊口号的喇叭筒，就出自这样的手。这让她在后来，读到"能工巧匠"这个词儿的时候，耳畔就会有乒乒乓乓的敲击声。这便是手艺。

做工之人，总要弄出些声响。还有修锁配钥匙的担子，铿锵铿锵地晃来，小钢锉，哧哧地响，让人牙根发痒。箍桶的，小锤在凿子上，笃笃地敲着，绕着木桶，兜一圈；间或，还得发出一声响亮的吆喝——箍桶哦！至于修自行车的主儿，把个废钢圈挂在树杈上、路牌上，有事无事地当当敲几记，地上攒着各式扳头：活络扳头，套筒扳头，内六角外六角扳头……还有父亲。秦海花这时候，总会想到父亲秦奋备。这个八级电工，穿着肥大的工作裤，脚蹬高帮绝缘跑鞋，头戴藤条安全帽，腰间系着宽大的牛皮安全带，从大到小一排旋凿，插在皮套里，垂荡在腰下，随着步履，一颠一颠的。父亲如果再叼一支雪茄烟，那看上去，就是巴顿将军了。

父亲和母亲的一生，便给秦海花留下了做工之人的不朽形象。是一种刚柔相济的性格，金属般的坚硬与柔韧，生铁般的粗糙与光滑；是一把刀具，削铁如泥，卷起情感的刨花，岁月如屑末飘散，尘埃落定。

那天，秦海花脑子里，就冒出这些念头。她越走越快，走在头里，几乎把薛晖给忘了。她沉浸在一片关于工人的记忆里，像一个海，波涛汹涌。

薛晖在后面跟着。她在思想，他不忍打断她。他在背后看着她的背影，就像过去在车弄里。无数次，这样地关注她。他总是想晓得，她在想什么。

薛晖忽然赶上几步，问起了秦海草："你妹妹，秦海草，她现在怎样？"

"你怎么到现在才想起来问我草儿的事？"秦海花被薛晖这样一问，也从记忆里回到现实。她看一眼薛晖，弄得薛晖有点窘，一时也说不出话来。"你怎么不再问问，我男人高天宝怎样了?"秦海花说。

"我总归是要一个个问过来的。"薛晖道,但这么一说,反倒没话了。两个人走到提篮桥,已经是夜里了。一条小马路——霍山路,灯火通明,两边一溜摆着地摊,全是临时做做的小商品小生意,倒也十分闹猛。已经看见几个人,就几个蛇皮袋,几块塑料编织布,一摊,一只小矮凳上一坐,做生意了。天气一风凉,人的精神,也变得爽快起来。"这种摆小摊头的,十有八九是下岗工人。"薛晖没话找话,"叫你来摆,你肯么?"

"我不来。"秦海花说老实话,"我不去跟这些人抢生意。我想,我还可以去做别的事情。"

"老实说,做生意,你也不一定做得过人家。骨子里,你是做不到让自己坐到这张小矮凳上去的。"薛晖说。

秦海花有点不服气:"你还是不了解我。我为啥不好坐到这张小矮凳上去呢?"说话间,他们看到路边有两个空的小凳子,还是靠背凳,便坐过去了;兴许是走得有点吃力。这两个位子,不像是摆摊头的,没什么小商品,不晓得是做什么。

两个人正在猜测,便有人过来,对着秦海花,一只脚踏在一只木头箱子上,说:"擦皮鞋。"

这时候,秦海花和薛晖才晓得,这里是个擦皮鞋的摊头,摊主不晓得跑到哪儿去了。秦海花想,我坐也坐下来了,既然人家将我当擦皮鞋的主儿,我便不妨擦一回;人家擦得,我为什么就擦不得?秦海花这样想着,便挥手招呼对面坐着的薛晖立起来，将位子让给顾客。这模样，像煞是个老手。薛晖一起身，那人就一屁股入座，脚搁得更加服帖。

身边有个木箱，秦海花一把拖过来，打开，里面有现成的鞋油、刷子和布，这布，还分油布和干净的两种。秦海花便动起手来。难得做一回生意，秦海花就做得有点过于小心仔细。顾客说："你是新手，手势是有点别扭的。原来这里擦皮鞋的，我们叫他'老克勒'。皮鞋擦得是好，这一块生意场面，大家都晓得。"

擦皮鞋，人人都会。只要卖力，擦好之后，也看不出新手有什么差劲。顾客算是满意了。又是个女人在擦，这也并不多见。秦海花侧过脸来，对顾客说道："先生，你是我第一位客人，没有找头，你高兴出几钿，就放几钿。"顾客摸出一张十元纸币，秦海花不客气地接过来，随手丢进了箱子。

这个夜里，"老克勒"不晓得去做什么了。秦海花和薛晖便脱不了身了，倒不是秦海花很想擦皮鞋，实在是生意停不下来。秦海花索性做开了。这是熟练工的生活，越做越熟，熟能生巧。几双皮鞋擦下来，她基本掌握了擦一双皮鞋的操作流程：表面清洁，再上油，先右后左，左脚上好油后，刚才先上了油的右脚，鞋油敷着表面的一层，有点干，是吃透了，就正好可以擦；先用油布擦，然后用刷子刷，是叫"重刷"，有"重刷"，自然过后还有"轻刷"；最后，用干净的布来擦，这种擦，便是平时说起"擦皮鞋"的那个典型动作——连拉带擦。这个拉擦，是使皮鞋光亮的关键，且是个用力道的活儿，越擦越亮，只要有力道，一直擦下去，这皮鞋，便是越来越锃亮。反正，总归是从右脚始，终于左脚。有个顾客细心，说"老克勒"向来是先左后右的。秦海花回道："男左女右嘛。"

"老克勒"终于出现了。原来是被人三缺一拖去，在另外一个店铺里打麻将了。回来想干脆收摊，一看有人抢了他的生意，还是用他的吃饭家什，便有点火气，说是"不懂规矩"。秦海花忙解释，家什是你的，生意也是你的。我是坐一歇，顺便就做了。人家老顾客，将我当是你的伙计了。你"老克勒"，好算个"擦皮鞋"的品牌，我是抢不过来的；要做，也是帮你白做。箱子还给你，赚头都在里头。

"老克勒"一低头，看到钞票，没脾气了。刚才牌桌上有点霉，不好意思不好意思。不过，他称秦海花是蛮"辣手"的，有点"斩人"的意思。秦海花说，我是让人随意的，并不晓得"行情"。"老克勒"说："那你行情看涨，绝对是块'涨停板'。像你这样'旺'，搓麻将只赢不输。""我不搓麻将。""那你生意一定大发。"秦海花道："我就要你这句话。谢谢你。"说完起身，拎起自己的包裹，拉着薛晖走人。

秦海花后来没有再对薛晖说什么。两个人心里都清楚，这个晚上，秦海花"擦皮鞋"的经历，会给她带来某种影响。薛晖明白，这个秦海花，是要做一点事情的，今天这样，似乎是个好兆头。类似"擦皮鞋"的事儿都好做，还有什么做不得？况且，这包裹里，是女人的手工活儿，她们的生活，就在她们的手里。

薛晖帮秦海花拎着的包裹，是越来越沉了。但他还是腾出一只手，去握住了秦海花的手。

秦海花等了一会儿，才抽出手来，手上粘上许多皮鞋油。"手有点弄龌龊了。你是不是有点吃力，我来拎好了。"薛晖换了一只手来拎，人从秦海花的左边换到了右边。两个人中间隔一只包裹，总归感到有点障碍和距离，不舒服。秦海花便开始谈她的计划。

这个计划是她下岗了半年之后，准备重新集结队伍的一招。她汲取了搞"三产"的经验教训。那是个路子，但方向不对，思路狭窄。她对薛晖摊了底——要用零星的场地，办个小工厂，哪怕是个工场也好，以生产棉布成衣、手工编织品和零头布加工为主。发挥下岗女工的生产技能和人员优势，更多吸纳下岗工人。还要利用原来厂里的一个疗养所、一个工人俱乐部、单身宿舍、游泳池，组建一个集宾馆、餐饮、娱乐、休闲为一体的经营实体。

薛晖提醒秦海花，"你对生产经营是内行，几年以后，也许就可以做出一个自己产品的品牌。但再搭上宾馆餐饮娱乐业，这你就是外行了。尽管这些行业是城市新兴产业，但在杨树浦这样的地段，有没有发展前景，也没有定规。伤其十指不如断其一指，你应该集中优势，突破一点。"

"你不是刚才问起我妹妹草儿么？她现在自己就在做娱乐业，做得是蛮像模像样的。我可以跟她去讨教讨教。"秦海花自己提起了妹妹秦海草。

薛晖知道,她们姐妹俩是不一样的。"你跟草儿完全是不一样的。她好做的事,也许正好是你做不来的。"

"你讲的不是没有道理。但我想,这不光是做一点事情,或者说是要赚点钞票,养活自己和几个工人。我是想要让自己的个人能力和才智有所突破,有所发展,光开一个'布房间',不过是我从一个先前七千人的纺织厂厂长,调到一个地方做个车间主任而已。这意义并不很大。还是要说到这个'下岗'的话题上来。如今上海几百万人下岗,再就业,是产业结构调整和城市功能转变而致,再开个服装工厂,早晚也要迁出城市。从纺织工人到服装厂工人,从上海工厂到外地工厂,没有多少实际意义。我只是想看看,工人还好再做点别的什么?下岗工人本身并不是无能,他们如今面临的溃退,说到底,也就是命运不济罢了。因此,也可以说,在下岗这件事情上,可以看出一个人为一个城市一个时代所做出的特殊贡献。就说纺织工人,从庞大的产业大军,到现在几乎溃不成军,我有时候就会联想到一只恐龙。现在关系到生存,我为什么还要规定自己这个好做那个不好做呢?不会做也要学。说老实话,现在叫你去擦皮鞋,你肯么?你不会。而别人会。这就是生存能力。如果生活真的是很公平,大家都面临下岗和再就业的前景,那么,一个工人和一个干部来比,或者像你这样的文人,也算一个知识分子,在完全同等的条件下,我可以肯定地说,一定是工人会得先有一口饭吃。当然,到最后谁吃得好,就难说了,但如果有人先饿死,那个饿死的人,绝不会是工人。这话是我说的。我要说的就是，工人身上有一种自强不息的精神，能够以自己的诚实艰苦的劳动，来养活自己。这是与生俱来的精神和品质。没有这些，中国近代史上，就不可能产生真正的产业工人，也不会发展壮大到今天成为这个国家的领导阶级。从这个意义上说，我一直把自己看作是一个工人。我以此为荣，并以此为准则，去做人。"

18. 北风

男人总是会有事情要瞒着女人，但是，事情又好像总是瞒不过女人的。

马跃和北风为编排《北风吹》，两个人一起去看了一场《白毛女》。这事开始就没有要瞒过秦海草。那时候，上海市府礼堂，是芭蕾舞《白毛女》的固定演出场所。马跃和北风，就在市府礼堂，揣摩"深仇大恨"的音乐和舞蹈。他们俩从杨树浦乘28路电车到底，便是福州路外滩。这让秦海草后来谈恋爱，非要和马跃也乘28路电车，还要走得更远，到襄阳公园去。

至于看了《白毛女》以后，马跃和北风又做了些什么，秦海草不晓得。只晓得，回来就排演了他们小分队的音乐舞蹈小品《北风吹》。

在外滩，上海市政府大楼背后的市府礼堂，许多年来，就成了马跃精神生活的一个场面。他第一次看到了管弦乐队，看见了乐池；陈燮阳指挥伴奏，在乐池里，探出小半个身子，穿的是高领头绒线衫。而唱"北风吹"的，便是朱逢博。人家朱逢博，也是在幕后。

喜儿是茅惠芳，窗花舞。可以听到芭蕾舞演员的脚尖，点在舞台上，踢踢踏踏的声音。北风也有很美丽的脚弓，直立，旋转，脚尖像根针，点在地上。

北风的芭蕾舞鞋的脚尖，有块木头，点在地上，也会发出踢踢踏踏。马跃喜欢这样的声音。

那晚，他和北风在一起，很享受革命现代芭蕾舞艺术。他们有点陶醉。关于音乐和舞蹈，他们有很多设想，可以在小分队里实施。北风就像史诗。

从市府礼堂出来，对面就是外滩。这个时候，情人墙兴旺发达。他们没好意思往对面去。从福州路拐到四川中路，往北，四川北路虹口公园方向。北风家，住在虹口的溧阳路。

"我们出来看戏，海草知道要不开心的。"北风说。

"我事先跟她说过的。她没有不开心。"马跃说。

"哦，这种事情，你也要事先跟她讲的呀。"北风说，"那还不如叫她一起来呢。"

"她今天中班。排练可以请公假，观摩不好请假了。"

他们就开始说编排的事儿。北风说，先让石榴和海草的女声小组唱出场，唱"北风吹"，接着的窗花舞，是群舞，可以由她一个人完成独舞，也无妨，可以跳得蛮好看的；随后大春出场的音乐，由小乐队完成，她可以在侧幕休息，待大春的主题音乐过去后，她再出场跳喜儿的独舞；随后是杨白劳的独舞和男声独唱"漫天风雪"，就用男声独唱带过了，她还会在侧幕休息；到石榴和男声对唱"扎红头绳"时，自己再出来跳喜儿的独舞，这样让石榴和海草她们独唱和女声小组唱，都出一下场，比较好。

他们就这样，马跃哼一段音乐，北风念叨着舞蹈动作。一个音乐舞蹈小品，在四川北路上演绎着。初冬时节，城市夜空弥漫起夜雾，头发有点湿漉漉的。他们走得有点热。到溧阳路，北风说她到家了，然后对马跃说，你可以帮我做件事情吗？

北风想叫马跃帮她绷绒线。要入冬了，她在结一件绒线衫。男式的，高领头，就像刚才陈燮阳在乐池里指挥乐队时穿的那件一样。

北风擅长"结绒线"——北方人叫"打毛衣"。那时，绒线大多是旧绒线衫拆下的，先要用一张方凳倒置着，将方凳的四个脚朝天，旧毛衣上拆下的绒线，直接缠在方凳的三个脚上，呈环绕形，这样的绒线圈，便于清洗。必须是三个脚，缠四个脚的话，那个圈就过大。而洗过后的绒线，再编结，便先要将环绕的绒线，再绕成绒线团。在这个过程中，就必须有个人，将环绕的绒线，用两个手臂撑开，因为那个圈是缠在方凳的三个脚上的，不是太大，撑开的手臂，就保持在一尺半的距离。而另一个人，通常是女人，从绒线圈上引出线头，将绒线拉扯过来，缠绕在手指上；渐渐地，从绒线圈上扯过来的绒线，在女人手里缠绕成一个绒线团。而撑开绒线的人，不断要随女人轻轻拉扯的绒线，做顺时针或逆时针的环绕旋转动作，以便绒线能顺畅地往女人的手指头上去。这样的双臂撑开绒线的动作，就叫"绷绒线"。上海人家经常有这样的绷绒线的事情。大多因了这家的女人勤劳持家，这家的小囡或者男人、老人，就经常要绷绒线。

马跃就跟着进了北风的家。那是溧阳路老式洋房的一个假三层。北风一个人和小囡有一间；隔壁，住着北风家的老人。进去的时候，门是虚掩的，马跃和北风同时进房间，隔壁传来老人的声音，也没有什么惊怪，里面问一声："回来啦？"北风说："是，和同事一起看演出了，现在同事来帮我绷绒线。""哦，天是要发冷性了。"老人那边，就关上了房门。真正的北风，在窗外，呼呼地响。

灯下，他们俩就对面坐下。马跃双臂撑开，做着顺时针的旋转动作，幅度不很大。有些拘谨。那是他儿时的家务，帮姑姑绷绒线。他还会不时抖动几下手臂，兜松绒线。因为房间小，北风就只跟他保持一米多点的间距，一根绒线，在他们之间传送，是北风在扯。比较与常人不同的是，北风缠绕线团的动作，极快，几乎达到一个超常水准，可以想见，北风做这个工作的超常技艺。边上，是一件结到一半的男式高领头绒线衫，摆在一只竹篮子里，插着粗大的绒线针，一根绒线拖出来，连着绒线团；可以见到绒线衫的端倪，是斜纹粗花的，黄鱼骨头——很粗狂的花式，高领头，像陈燮阳穿的那样，文艺界。

北风缠着绒线团，身体挺直地坐着，双腿往前伸，脚背直直地相交而叠，很漂亮的脚弓，脚尖指向他。

夜的缘故，静，反而不说话了。马跃想起自己儿时的样子，觉得自己现在也像个小囡；一边在想北风。他其实和北风是近的，他们空调组和试验室，都属于生产技术部门，是一个团支部的，去年，团支部曾经做过一个青年业余生活兴趣爱好的调查，有个问题是——你业余生活最大的爱好是什么？他记得，北风交上的答案是，锁纽扣洞。当时，马跃真不明白，这个锁纽扣洞，究竟是什么事情。后来别人解释了，就是衣服上的纽扣洞，边上要用细密的针脚来"缲边"的针线活儿。

北风说，她就喜欢这样的女红生活。

在老洋房的假三层里，马跃第一次和北风单独相处，他们原先在厂里是有过片刻相视的；近近的，他们也曾经凝视。但此刻，北风有意避开马跃的视线。马跃低头，去看北风的脚尖。两根竹的绒线针的针头碰撞，在静夜里，哒哒哒哒。间或，北风起身，走到马跃背后，用手比量，拇指和中指撑开，比虎口大一点的间隔——一哈口。像一个大跨步。她就这样，一哈口，一哈口，在男人的后肩与背上丈量。她用马跃的肩宽，来比照自己男人的肩；两个男人比肩。一只女人的手，在马跃的后背上爬。手指头抵触在男人的背脊骨，像点到了穴道。

他开始想到音乐和舞蹈。北风吹。窗花舞。蒙山高,沂水长,我为亲人熬鸡汤。北风用她的脚尖和手指尖,激活他青春的思想。

北风现在是淳朴了,一些劳动的姿态,比如,绷绒线,像用芭蕾在演绎。他们配合着,一段绷绒线的男女双人舞。男人,或者孩童,微微撑开的双臂,像怀抱,旋转着;女人扯绒线,身子前倾,左右环顾,脚尖点着前方,圆圆的臀部,鼓起来……这一切,都是从日常生活经验中提取的隐喻,演绎着女人全部的淳朴和温情。一切都是始于淳朴,并终归于原始;女人和男人的故事是个万花筒。比如,英嫂把一个男人揽在自己的怀里,她解开衣襟。女人用奶水哺育战士。音乐与舞蹈让马跃的思想翻江倒海。他常常把自己幻想成一个被她们揽在怀里的男人,他相信她们会对他这样,因为他觉得生活在底层的女人,天生的心地就好,她们可以用自己的奶水来喂养革命,喂养男人。

但她依然充满神秘,在这个夜里。夜深人静。隔壁的老人。那件半成品的男式高领头绒线衫,那个男人。马跃像用精血签署了一个终身保守秘密的誓言。到现在,他还是对身材高挑的女孩,有着莫名的爱慕。到冬天,他会怀念北风。

不久,他就知道,住在隔壁的老人,其实就是北风男人的父母。北风结婚早,那男人,是东宫艺术团话剧队的。马跃也认得。甚至,连马跃到北风家来绷绒线这样的事儿,北风都如实告诉自己的男人。

马跃就不敢告诉海草——自己到过北风的家，还是深更半夜。

在纺织厂，人民的芭蕾，就这样在马跃的艺术生命里，完成了一次实践。随后，北风的舞蹈艺术，让她成为厂里文艺表演的头牌。他们有过一次珠联璧合，那是《天鹅》，节奏舒缓，马跃的大提琴独奏，北风独舞。北风一个转身，又一个转身；北风撩起裙角；北风朝着马跃展翅；然后，慢慢倒下。

北风在那时能做"倒踢紫金冠"。她下场的时候，总归要奔到后台的墙角落里，继续将她的腿脚，搬到头顶上。这是功力。马跃走过去。他们经常要对口，说一些就他俩听得明白的电影台词。听不明白的，以为他们在练词儿。像地下党。

他说："我——我现在多么依赖你，呵，该怎么办，简！"

"每个人以自己的行为向上帝负责，不能要求别人承担自己的命运。更不能要求英格拉姆小姐。"他们同时想到了秦海草。

她换了另一条腿，搬上了头顶。这是《简·爱》的台词。他们一脸的"文艺界"表情。

几天以后，人民的芭蕾结束了，工厂"文艺界"解体，他们回到各自的车间班组。他回到空调组，"四班三运转"，天天还是和秦海草见面。

1994年，也就是马跃和秦海草离婚，从日本回来后的第三年，马跃下岗，离开工厂。那一年，有一则新闻，让他再次怀念久违的市府礼堂，怀念北风，怀念绷绒线。那年11月，梅塔率以色列爱乐乐团亮相市府礼堂，轰动的；但马跃心目中永恒的市府礼堂，被大指挥家梅塔称为"最优秀的观众，最破旧的剧场"。

但他依然怀念"市府礼堂"。北风呢，1980年代末，便已经离开工厂，她和她的男人，专门去做电影电视剧里的群众演员。据说有钱，偶尔在银屏上，可以看到她。马跃更多想到北风的，是打麻将的时候，摸的一只牌是"北风"。经常自摸。

文艺小分队曾经像工厂上空的一片彩云，把那些青年，笼罩在欢乐底下；后来工厂消失了，工厂上空的那片彩云，也消散了。

阳光底下，青年的希望是永远存在的，欢乐的机会，也总是很多的。只是，马跃，已经过了春天的时辰。

那天，马跃坐在大背头的修琴铺里，听大背头调试手风琴。大背头是队长，过去宣传队里的创作演出，都是要听他的，用他的话说，他实际上就是"艺术总监""总导演""舞台监督"。所以跟他在一起，一面听他把琴弄出一些单音节，一面还要听他唠叨。马跃很早的时候，就把喜欢唠叨的男人，叫做"上了年纪的男人"。

工厂没有了，"上了年纪的男人"还是有点本事的，开了个手风琴修理铺，一边附带教琴。马跃经常闲着，就去到那个修理铺坐坐，一个上半天，听"上了年纪的男人"唠叨。马跃自己也有点上了年纪。

大背头原来在工厂，工人做得很窝囊——公用事业组的清洁工，其实就是清扫全厂男厕所、男浴室的清洁工。这个出身音乐世家的男人，年纪比马跃大，因为有手艺，实在不想在工厂里多待，一有下岗的机会，早早离开了工厂。

大背头真正的本事，不只是在小分队里拉手风琴，甚至不是表演，是修琴。他祖父早先开过自家的琴行，卖钢琴，修理钢琴，调音。几乎是中国第一代本土调音师。这种行业，似乎并不成全人，解放后，"家庭成分"始终是"小业主"。到了他父亲那一代，落寞了，钢琴属于"封资修"，大众更需要手风琴和口琴，便改做修理手风琴和口琴的营生，在闸北山西电影院隔壁，有一间门面很小的修理铺。这样的一个铺子，小归小，但在行业里，颇有名声，全上海，也找不到几家，是一种历史底蕴。就像大背头本人——修琴的男人，尽管终日佝背，看上去木讷，但听觉十分灵敏，头发始终纹丝不乱。

"文革"中，红卫兵的文艺小分队，宣传毛泽东思想，手风琴风靡。音乐学院的红卫兵，还晓得那个修理铺，专门找着来，修手风琴和口琴。

大背头自小耳濡目染，学得一手弄手风琴的好手艺。心相老好。晓乐理，识谱记谱，视唱练耳，即兴伴奏。上山下乡"一片红"的时候，死活不肯离开上海，耗在自家的铺子里，修琴。年纪轻轻的，做个"城市手工业者"，连"集体所有制"的里弄加工组也不如，阶级成分低。后来母亲在纺织厂办提前退休，他顶替进厂，总算是进了全民企业。

清扫厕所和浴室，没啥心相；想想也戆。但在工厂的文艺小分队里，大背头确立了地位。手风琴是"百搭"——可以为独唱、女声小组唱伴奏，可以伴舞，可以独奏。马跃跟着大背头，有了点心相，晓得每天要练琴，识了五线谱。还是大背头，给马跃介绍了音乐学院的大提琴老师，让马跃考出了一个大提琴的业余演奏级别。

大背头是最早下岗的，早早回到了他的修理铺。"随便什么事情，不要硬撑。"他说。

大背头回家，修琴也蛮好。有手艺。教的学生也多。这个时代，钢琴忽然又时兴起来了，冒出成千上万的琴童。大背头的工作重心，又开始向钢琴转移。他甚至重新捡起了祖上调音师的手艺。五十元调试一只钢琴，不贵的。有时候，马跃过来，店铺打烊；门板上会贴一张纸条，写明外出钢琴调音，何时归，立等片刻，云云。马跃立不停，附近瞎逛。所以，马跃对这条个体商业街熟。

马跃下岗后，曾经想跟大背头学做钢琴调音师。这种钢琴调音师，专门做钢琴调律，把钢琴按十二平均律的律制调准。同时，大背头还会做三角钢琴和立式钢琴的机械整调、零件修理和更换。大背头对马跃还是这句话——什么事情，不要硬撑。没有碰过钢琴的人，哪能敢去调钢琴？乱话三千。

毕竟比马跃长点年纪，大背头指点马跃——教孩子学大提琴。这个你可以。现在大提琴也吃香。只要是西洋乐器，皆吃香。还好，你不是拉二胡的。我可以给你介绍几个学生。

这个男人有心相，关照马跃："到琴童家里，记得要穿得得体。不要涕涕沓沓。好坏你还是个音乐家，老师。特别是穿的袜子，不要有破洞，脚指头露出来，或者脚后跟有一只大洞，老难看的。现在上海人家，很多新搬家的，都装修得好，进门要换鞋。我到过的有钢琴的人家，几乎皆是，新搬家，打蜡地板，买了钢琴，孩子要学，或者要调试。进门鞋子一脱，一双破袜子，很伤自尊的。下岗工人再穷，一双袜子，还是买得起的。"

马跃在大背头的修理铺里，还可以读谱，学习乐理，视唱练耳，识谱记谱。对于马跃，这里就像个音乐私塾。马跃随手拖过一架手风琴来视奏。和他的大提琴相比，手风琴的键盘，颇有点难度。手风琴演奏，是双手同时触键，演奏时，手指尖不停地在键盘和键钮上，进行不同速度、不同时间的接触，这样，便增加了神经末梢与大脑信息的传递，手指肌肉的控制能力，也相应提高；久而久之，左脑与右脑的信息处理能力，会大大加强，反应能力提高，手指更加灵活。他觉得，手风琴可以提高人的注意力；注意力提高了，记忆力也随之增长。上了年纪的男人要明白这点。

马跃就经常到大背头的修理铺，进行手风琴的初级练习，来提高自己双手以及身体的协调能力。

大背头就不断教导他——拉手风琴，看上去是拉风，其实耳朵将听到的声音信号，不断在传递给大脑，大脑需要及时对声音是否正确、音量是否合适、音符的长度是否符合乐谱的要求等迅速做出判断，"你来我这里练琴，眼睛、大脑、手指以及上肢肌肉的同步反应能力，都会得到训练，思维速度也随之加快。"

他把马跃当手风琴琴童了。而手风琴也的确别致，其他键盘乐器的键盘平面方向，都是向上的，在演奏中，是可视的；而手风琴在演奏中，键盘平面和键钮平面，是背向演奏者的，演奏中一般要求不看键，因此，演奏时的准确性和可靠性，只能靠手指触感来体验。这种有限的触觉，就要求在演奏中要"贴键"；手风琴的贴键演奏，实际上是增强了手指尖的灵敏度。但手风琴的构造，又决定了它的音量强弱，不是靠手指触键的力度来控制的，而是靠左手的拉风箱力度。所以，经常可以看到拉手风琴的，用很夸张的手势来拉琴，很拉风的样子。其实，不是手风琴手做作，实在是，手风琴靠大幅度的手指动作，对音量的控制毫无意义。

那时候，他们拉风。触摸琴键，触摸女人。青春少男少女。现在照样有琴，声音还是好听。人呢？女人，都到哪里去了？

"你离不开女人。你的手指触摸感的灵敏度有多少呢？比如，你摸过多少女人？你晓得她们之间的差异有多少啊？"大背头问马跃，"你只晓得把自己放得很低，以为这样就可以凑近女人，期望女人来对你温柔。你内心其实就是自卑，总想寻个女人，做精神依靠。"

马跃装戆,默然。

大背头告诉马跃,他做调音师的时候,内心也想博得更多的同情,去到有钢琴的人家,或者学校,人家是要差遣你的。你总希望多得到一点关照,至少不要辞了你。为此,他曾经想过,自己可以装扮成盲人,完全凭借听力和手指的触觉,来判断一架钢琴的音色音质和音阶的准确度。盲人可以获取许多同情,因为"看不见",所以别人也不会对他设防。

只要有一副深色墨镜就可以做到。

钢琴有二百多根琴弦,八千多个零件,但它们的调整和排列,都是有规律的。的确是有盲人来做调音师的。盲人钢琴调音师用灵敏的听觉和敏锐的触觉,来代替视觉。人们弹奏钢琴时,只是用手指来感受琴键的触感,用耳朵来听辨钢琴的音律,而眼睛,只是用来看琴谱的。调音师用不着看琴谱。所以,盲人完全可以让钢琴达到最佳的音律和触感。

钢琴自1709年由意大利人克里斯托弗里制造出来,至今已有三百多年的历史了。而最早的盲人钢琴调律师,其实在二百多年前,就已经出现了。在欧美发达国家里,便有很多盲人从事着调音师的工作。甚至还有些国家,把这项工作作为社会保障性工作,只允许盲人来做。中国的钢琴业发展缓慢,及至二十世纪后期的1978年,才有一个叫李任炜的盲人,凭着对音乐的执著追求和极高的天赋,开始自学钢琴调律。1990年,他得到美国钢琴调律大师安妮格瑞的真传,把先进的欧美调修技术带回中国。1991年,他在北京市盲人学校创办了全国第一个盲人钢琴调律职高班。1994年,他的第一批五名学生毕业,全部在钢琴厂或琴行找到了工作。

那倒蛮有意思的。马跃忽然觉得,这里面会有许多奥秘,会产生许多故事。一个人装着什么也看不见。别人相信他,以为他看不见,反而会把许多不可以看见的让他看见。那就像音乐。大家凭借听觉,来认知世界,而音乐家,还有着一双触觉独特的手,来触摸。

触摸女人。马跃脸色阴沉了。他身边没有女人。跟秦海草分手后,他回上海,有一阵,他痴迷于打麻将,整天摸麻将牌,可以摸出条子、筒子;万子还摸不准。但可以摸出北风。

马跃没事就经常去大背头的琴铺。通过大背头的手风琴修理铺,他们撮合了一次原工厂小分队的聚会。一帮上了年纪的男人女人,再一次"拉风"。北风也来了。

下岗工人有闲暇,十天半月的,大家就要碰一次,到一个房子比较大点的人家去,每人带只菜。那次在大背头家,老公房的两居室。摆了一桌子。

马跃带了只电烤鸡,一瓶红酒。北风离开工厂后,还是第一次跟大家碰上。她不知道要带菜。她看到马跃,稍许问了几句,就晓得各自的近况。北风晓得马跃离婚了,随口就问了秦海草的情况。马跃便多说了几句。他原是想,我跟你多说点我前妻的事情,你也可以告诉我一点你老公的事情啊。没想到,北风来一句:"老早就想到你们不会长的。""为啥?""因为你没有多少钞票。不要以为你跟她去了日本。比你有钞票的人，多得是。"

北风做"群众演员"，从《鸦片战争》里虎门销烟的围观群众，到医院的护士、病人，到汉宫清宫里的老妈子……做了五年。现在不做了。老公还在做；演戏的男人，上了年纪不要紧。女人就不行。她就蹲在上海家里，带孩子。放老公出去。她还接了点出口丝绸服装"锁纽扣洞"的生活，是一家外销服装厂的订货。厂里会送货到家里来，定期来取货。外商很看重她的一手女红精细活儿。

她还结绒线。有朋友盘下涉外五星级宾馆里的大堂铺面，会向她订货；她的手工编织物挂出来，外国人喜欢。有时候，还得到宾馆大堂的门铺里去坐坐，现场做给外国人看。外国女人看她；外国男人也看，还拍照。

说到钞票和秦海草，马跃无语。就一个人去了阳台上。北风一会儿也过来，端了两杯红酒，给了他一杯；另一杯的杯沿上，已经留下口红的粉色。两人就继续说话——

"你还是住在溧阳路吗？"

"是啊，老房子，拆不掉的。"

"还结高领头吗？那是陈燮阳穿的。"

"不，现在男人不穿高领头了。"

"其实，想想，高领头绒线衫还是蛮好看的。"

"你还是喜欢老底子的物事。"

"是啊。我在想……谁来帮你绷绒线呢？"

"我儿子呀。不过，小囡晚上要早睡的。男人不大在家。现在结绒线，大多是用新绒线，不大会去拆洗旧绒线衫的。"

"你家的老人呢，还好吗？"马跃问。

"哦，你是说那会你来我家的时候，为我留门的老人吧。那是我老公的爷娘。还好呢。你还记得啊。"

"嗯，嗯。"马跃随口应答着，心里想着许多过去的事情，一边就将目光投向北风，仔细打量起来。北风也上了年纪，头发染成棕黄色，还化妆，描了眉，就少了原先的天生丽质的感觉。脸色也不是很好，有雀斑，可以看出这几年来的奔波操劳。有点小缺憾了。就是这点小缺憾，让马跃觉得跟北风忽然就切近了许多。他仰起脖子，一口酒下去，一股热上来了，一边看着北风手里的高脚杯，那杯沿上残存的粉色。

"不过新绒线也要绷绒线的。"北风说。还有，好几年前，结婚，许多人晓得她喜欢结绒线，就送她绒线。好几绞。这样的绒线，现在也好派用场。要有人来帮着绷绒线。

"旧绒线衫拆拆洗洗，也很好。你结出来的绒线衫，那件高领头，真的好，那时候，就是很时髦的样式，是文艺界的人穿的。"马跃看着北风，说。

"嗯。最早还是阿尔巴尼亚电影里的样式。那次……我就是帮我老公结的。嗯。你有什么旧绒线衫，要拆洗，重新结，给我好了。你现在是一个人呀，没有人帮你的。"北风说。

他笑了，"那我先要来帮你绷绒线。"

"那倒是。我还真缺绷绒线的人。你来好了。"

里面有人在叫,让北风去烧只菜。北风答应用大背头冰箱里现成的鸡蛋和两只番茄,做个番茄炒蛋。

"我去开油锅了。"北风把手里的酒杯,交在马跃的手上,看一眼,"你等歇歇,过来好哦?"离开阳台,去了厨房。

老公房的厨房在隔壁。可以听见起油锅毕毕剥剥的声音。马跃放下酒杯,等不及"歇歇",就跟进去。看见北风背对着自己,将四只鸡蛋一一敲开,蛋黄和着蛋清滚进大碗。北风的身材,还是修长的,两腿直直,翘臀。马跃上前,从后面抱着北风,像怀抱大提琴一样,贴着。

北风身体一颤,就不动。手开始用筷子打动碗里的鸡蛋,刮刮刮刮……

隔壁还在喧闹,声音传过来。

厨房里,北风打鸡蛋的声音越来越响。她要让声音传过去,让那一屋子的人听到——刮刮刮刮……

第四章

19. 大鸟

薛晖现在是注意到了，许多年前，他从弄堂到杨树浦的工厂里，有时候是轻松快乐的，有时候是忧郁痛苦的，有时候是悠然游戏的，有时候是落寞惶恐的，有时候沉静而自信，有时候柔弱而缠绵。这么许多"有时候"，归结起来，那些工厂的岁月，薛晖便是扎在了那儿的女人堆里；众多的女人里，有一个秦海花。

想到他刻意在早班的时候，到细纱车间与秦海花会上一面，他会觉出一点忧伤。像犯一些小病小痛。秦海花已经没有时间和他一起打发一个上午的辰光。她总是在忙碌。他看她挡车，后来做值班长，做团干部……周围是小炉匠的目光，李名扬的目光，还有秦海花周围人的目光。他们打量他，满是打量一个外来人的疑虑——这个厂校老师来做啥。

薛晖无法深入到秦海花的工厂车间内部、团委办公室内部，只好看她出黑板报，听她打扫办公室的动静，听她站在厂办大楼的门廊口，和工人讲话。那些没有课的上午，或者下午，阳光透进厂校教师办公室的窗口，外面是隔了好几层的车间噪声，音量比车间现场要小很多，隐隐约约地传来，反倒像音乐一般。然而，没有秦海花的日子，变得毫无生趣。

工厂厂校在 1980 年代开始，承担为青年工人补习文化的工作。那些青工中学毕业，进厂；或者下乡，然后回城，顶替退休或提前退休的父母进厂。他们其实连初中文化都没有。而"读书热"、"文凭热"，就是在这样一个年龄阶段的青年里产生。"文革"后恢复高考，历届中学毕业生考大学的高潮已经过去，大学开始正规地从应届中学毕业生里招生。工厂的青工，只有靠补习文化，来获得文凭。工厂业余学校可以帮助他们获得初中和高中学历。

厂校老师薛晖吃香起来。青春期或青春将逝的男女——主体是女人——为了书本知识，再一次聚集在厂校教室里。薛晖看到许多赏心悦目的情景。那些年轻女人，一个个对他翘首以盼。为了她们，他甚至在已有的中学语文课程外，还增开了《世界近代史》课程。在工厂的背景下，讲述英国工业革命，也就是机器革命，比较生动。而在法国资产阶级革命的"雅各宾派专政"里，薛晖教会她们熟记罗伯斯庇尔的名字——萝卜丝饼儿；他顺便把记牢马克思生日的秘籍传授她们：1818 年 5 月 5 日——叭！叭！给资产阶级正手一记耳光，反手一记耳光，再高呼两句：无产阶级！无产阶级！

同时，薛晖也看到，许多工厂的青年男女，在他的课堂里，结为情侣。"在读书时认识的"，是他们日后向亲朋好友介绍的恋爱史最光彩的起点。为了读书而认识，抑或为了认识而读书，这并不重要，或一样重要。在灯火通明的教室里，透过窗户，可以看到夜色弥漫，隐约传来车间的轰鸣机声。春与秋，是读书的大好时光，也是恋爱季节。

薛晖老师开始学会喋喋不休。他的学生，几乎囊括全厂的女青工。这样的对全厂青年女工一网打尽的经历，培养了他对女青年的敏感。他一眼就可以看得出，一个出类拔萃的女孩、一个塌头落坯的女人、一个沉闷内向的女人……他到现在还保持这样的敏感。

他认识北风，她是沪东工人文化宫舞蹈队的。高挑的身材，出现在女工的堆里，是脱俗的。还有一个穿军装、说普通话的，厂工会广播站的播音员石榴，照现在的说法，称她是节目主持人也可以。她还是工厂文艺宣传队的女声独唱兼报幕。他曾经亲眼看见她提着一个"三洋"单喇叭录音机，在车间里作现场报道，当天的广播里，便是布机车间里轰然作响的噪声，夹杂着她的"本台记者从布机车间发回的现场报道"。她也有高挑身材，一身肥大的军衣军裤。她跟薛晖一样，也是从城市另外一个区域，来到这里的，每天骑着自行车。她的自行车总不上锁，一副大大咧咧的样子，有男工轮流替她擦车，用厂里的回丝和机油。她还喜欢用厂里上好的高支棉纱头，放在自己的鞋里当鞋垫，在教室里，课间，当众脱下鞋子，从鞋里扯出一长串泛了色的回丝。当她的脚，重新伸进垫平了新回丝的鞋子里的时候，薛晖也感到一种舒适。薛晖疑心她的脚趾缝里有脚癣。薛晖对女人的脚并不陌生。童年的他，曾经在自家弄堂口的过街楼下，整个下午看着皮匠钉鞋掌，无数女人光着脚，就坐在他的对面。

后来，薛晖借调到工会做宣传干事，跟石榴算做上了同事。开会的时候，他还是会看到，石榴脱了鞋，扯出一长串泛了色的回丝。

在那时，他能做的，便是悉心注意女孩的喜好，并且去努力地引导她们。比如，在给她们上语文课的时候，讲一点文学名著。他教"本台记者"石榴念稿的时候，将一些工人作者的诗歌里的"啊"，念成"哦"，比较有莎士比亚的情调。她也觉得好。

在厂工会，薛晖为石榴的广播站写稿；还为她写歌词。石榴把薛晖创作的歌词，拿到小分队去，有人来谱曲。金梭银梭纺织姑娘纺出一片新天地织出四化锦绣美之类。有一回，等人开会，就他俩，便先说着话，都是一些不着边际的事儿。石榴忽然唱开了，是薛晖写的歌。好听啊。薛晖还是第一次发觉，自己写的字和词，可以变成歌，被她唱出来，是那样的动听。她简直是天底下最好的歌唱家了。

那天，他们在一起，石榴唱着歌。薛晖注意到，她不时地把头转过去，照她放在办公桌上的镜子。她大约想看看，与他单独相处的时候，她自己说话和唱歌的表情。她努力地要表现出一点什么，这令他有些激动。一个青春期的小女子。他对这样的女子，总感觉自己是她们的老师，说话就显得很有分寸。她以为他为她写歌，是情诗，这里面有爱情。这女人天真。薛晖心里在笑,一边忽然想起秦海花。

陆续有几个人进来,她忽然对他说:"薛晖老师,我背后痒,难受死了,又挠不到。你帮我挠一下。"她说话的时候,把背转过来,对着他,语调并不是和颜悦色的,有一种命令式的口吻,再加上是普通话,很义正词严的样子,光一个"挠"字,便不是一般上海女人说得上口的,不同凡响。旁人听了,觉得他不帮她挠痒痒,便是他的不对了。

她几乎成全了他当时最大的凤愿——像一个男工一样摸一个女人。他从她的衣襟后面将手伸了进去,用他并不尖利的指甲,依着她的口令,"右边,再往右,上去。往上。对。……好了。"那一刻,他什么都不曾想,就觉得,好了,足够了。

现在,他是清楚地记得,女人后背皮肤表面的光滑与鸡皮疙瘩。在他初次接触她皮肤的一刻,她短暂地起过一阵毛糙,然而,她似乎是不屈不挠的,并且试图暗示过他,默许他将抓挠转换为抚摸,由后背延至前胸。但随着她的一声"好了",他几乎是跌倒在自己的座位上。坚持了片刻之后,他便很满足于坐在食堂角落的条凳上,去消费一个微甜的刀切馒头。

现在薛晖还记得,纺织厂,一年四季,都会有合适的室温。他们有马跃这样的空调工。女人单衣单裤的,饭单软帽。要漂亮的女工,还会把饭单做些改动——改短,下摆做成个弧。这样,就不会再及至膝盖,看上去像"烧香婆"了。如果是一线的挡车女工,比如细纱车间,女工的白色饭单上,胸口的吊带上，会串带着一只手表；女工挡车不能戴手表，但要看时间，手表就串在饭单的吊带上。所以她们的表带，一般都不是钢带，而是皮带。要看时间，头低一下。如果别人要看她的表，脸就要朝女人的前胸口，凑一下。薛晖就经常在车间里跟女工——也就是他的女学生——说话，然后问一下时间，就去看那表；面孔稍许凑近一下女人的前胸，闻到一股女人的气息。有女人还会把表拎起来一些，把表面朝向他，感觉是把乳房提了起来，对着他。纺织女工没去想那么多。是男人想。

她们饭单的前面，都有个贴袋，里面会有一根做皮辊小清洁挑花絮的花衣棒，一根扯纱线的钩针，一把安全剪刀——钢制的，做成 U 型，大小如女人的虎口一般，可以放在女人的虎口间，利用钢的弹性，将 U 型上方的两个快口夹起来，剪一些纱和线。这样的纺织女工特有的小剪刀，只能剪棉纱线。薛晖很喜欢这样的剪刀，精致小巧，用来剪纸张，也可以。他收藏了。据说还可以用来剪毛——有女工在车间里跟男工打闹嬉戏，就用这样的小剪刀，剪了一个男工的眉毛，并且威胁，如果不服帖，下次就剪他下面的毛。女工的动手动脚，与男人不一样，男人是直截了当，直奔主题，而女人，都是会用心机的，那便是，会让男人回去不好对自己老婆交代。最常用的，是扭拧男人的臂膊，扭出乌青块。啥人叫他跟女人先动手动脚。给他吃点这样的苦头——细心的老婆会发现，自家男人身上的乌青块；眉毛少了；或者下面的毛少了。男人要掩盖，就要圆谎，就要瞎编，甚至都不敢和自家老婆同房。女工想到这些，就很开心。

那些肥大的单衣单裤里，不戴文胸的身体，晃晃荡荡的前胸，以及挂在车间墙边的女人内衣内裤，种种有关男人女人的传说，都引发了薛晖少年、青春的无限渴望。那是如此的美妙，让一个人的心智和身体，朝着本来的方向而去。

那时他在教书，每天面对工厂的青年女工。有一阵清风从窗外吹拂进来。他试图从历代优秀文本里，汲取某种儒雅之气。许多年来，他的青春，他的思想，他的文字，从课堂开始，度过漫长的岁月，又回归课堂。他青春的目光，越过那些呆滞困倦、似懂非懂、表情各异的女人面孔。他可以同她们中的某一个相视片刻，可以随时发问，让她们中的一个站起来，面对他。这使得他的教学生活，有了某种含蓄而变得充实。女人不仅读书，也涂鸦般地记录自己的见识，在一些命题作文里，可以追究到她们的偏爱，还有情感，传递一些暧昧。书本作为诱因，可以引发她们的个人情感，这些本能和情感，长期被机器压抑着，或者被粗鲁的异性裹挟着，直奔主题了。性爱的引力和斥力一样受到压抑。薛晖用文字和语言，为她们生起一堆篝火。他与她们听见干柴在火炉里噼啪爆裂，给她们平淡无趣的生活里，留下了生动亲切之处。薛晖就这样，吸收了许多女青年来参加学习。

然而，他也不可避免地想进入深闺；当他试图走近帷幕，瞥见女人的倩影，并听到荡漾的尖叫和放浪的片段话语的时候，不由微微打战。男女之间总是有许多暧昧不清，掩盖着真相。他很想看到真相。一个男人的青春史，就像是一节语文课，一篇课文，在一个主题下，有一个两个女人的名字，在一节课里，被老师反复提及。就足够了。秦海花就是他青春教科书里的一个主人公。所有这些，和他的私人偏好有关。就像是为了和秦海花更契合，他必须要做好许多功课，包括真正意义上的教学备案。他为了接近秦海花，还必须跟秦海花周围所有的女工，保持良好的关系，保持一种正面形象，给她们留下一个好印象。在思想上、心智上，他总是在努力适应秦海花，不断做好调节和尝试。犹如一个夏天和秦海花的调情，可以和终生不渝的爱情相提并论。要下课了，他有一种若有所失的感觉。

他就这样记忆他的工厂，与文字和女人有着千丝万缕的联系。课堂是个最不讲道理、最不平等的地方，那时候，他占据了讲坛，就有了解释一切信口开河的权力，形象也随之高大魁伟；下边是女人，坐着，洗耳恭听。课堂与他一起象征着真理，象征着正义和道义；其实也象征着教条、愚蠢和死记硬背。他要她们晓得一些答案，却是为了应试；有些东西他不想告诉她们；有些东西她们也不想晓得。她们有些东西，却是他很想晓得的——关于女人，关于秦海花。他却不便问。他只会对着自己多年的备课教案，传授那几篇永远进入中学语文教材的课文。讲坛上的他，一成不变，或随意发挥，不着边际，又形散神不散。脱不了经年不改的陈词，同时，伴随一切知识连绵不断地延续。还有情感。

那时候，薛晖就像城市里的一只大鸟，他每天在一个规定的时间，飞出窝去打食，从城市的这一边到这个工厂来。他喜欢这种穿越城市的经历，这使他的青春时光，有了一点生气，像在一个瘪耷耷的皮球里，充进了一点气，鼓胀起来，弹来弹去，怦然心动。他到了工厂，就像到了秦海花的身边，心神安定。

在纺织厂，一个男人要做到对女人一无所知，几乎难以置信。形形色色的男女故事和玩笑，其中包括大庭广众之下，一个女人去摸一下男人或一个男人去摸一下女人。这在中、夜班很提精气神儿。倘使他在车间的一个暗角，碰巧看见一对男女在亲嘴，不管是老师傅还是小青工，他会被感动。那会令他感到美妙，也使他无限伤感，端得这样的念头，总是要寻得发现。

在那时，他培养起最初的伤感，像是这个城市里的一类特别的学龄男人。他们一点也看不出外表上的健壮和精神状态上的出众。事实上，除了有一个厂校教师的外在形象，薛晖时常是无精打采的，一脸的晦气，骨瘦如柴的体格，甚至还有过气胸的病史，营养不良。空气不好，工业烟尘，还有棉絮，刺激他的鼻炎。

从工厂出来，薛晖在外面兜了几个小圈。当个小报编辑记者，同时兼职一家广告公司的广告文案策划，有一段时期，专门为乡镇企业征集广告语，公开征集来的广告语，最后被他拼凑为自己的广告文案。也写过电视连续剧剧本，不具名，几乎是中国第一代电视剧剧本"枪手"。1990年代前期，他最愿意给房地产开发商写报告文学，对于土地批租的程序，他比真正的开发商还要懂。虹桥开发，徐家汇开发，曹家渡开发，陆家嘴金融区开发，静安"楼宇经济"开发，诸如此类。

唯独没有杨树浦。1995年，薛晖再一次踏上杨树浦，沿黄浦江边走，在靠近浦西的一侧，有一个岛，叫复兴岛，连接复兴岛与浦西杨树浦的，是定海桥。他主动接受了一个采写杨树浦老建筑和地域人文历史的报告文学任务。

那时，他偶然在《劳动报》上读到彩球师傅去世的讯息。一个劳动模范在某个时刻唤起了他的记忆。就像昨天晚上，或前天晚上，他去过一个地方，现在他又想去那个地方。虽然他对那个地方，其实并不是知根知底，但他曾经参与其间，在里面探头探脑。他凝视着"杨树浦""纺织厂""劳动模范"这样的词语，他的想象，已经超出了实际存在的琐碎与杂乱。在另外一个时间和空间，看工厂，薛晖就像从青铜器时代，看到了工业文明的辉煌瞬间，有着从容不迫的心境，去观察和思索，去概括一个逝去的老人，并赋予她阶级属性。一种告别，并向着城市敞开心扉。此外，他还产生一种迫切想见秦海花的欲望。有一种美，会持续下去，不管别人是否看得到，这样的美，都将繁茂开放。

这是一个容易被忽略的区域，但至少有关杨树浦的文字，多会涉及这里的工厂、工人、工人住宅或日式别墅。复兴岛，是个例外，是黄浦江上一个绝无仅有的岛，也是杨树浦的另类，城市的另类。

这另类的表现还在于，一过定海桥，便会看见一个牌子，上书：复兴岛军民欢迎你。这会令人联想到海岛女民兵和美蒋特务之类。

那时候，他骑着车，在岛上唯一的一条道上行进，车轮碾过的路面，满是头顶树枝落下的树籽，发出毕毕剥剥的声音。一路上，是沉寂的船厂和一些仓储建筑；到了岛的深处，是复兴岛公园，几乎没有游人，门口挂一块牌子："复兴岛土地置换办公室"。

提示他的是，这里也将发生变化。

他却在那时，真切地捡拾关于往昔杨树浦的一个个碎片，近乎痴迷。他在那里虔诚地伫立，追忆 1970—1980 年代的无数个日子，他的介于教师和学徒之间的厂校教师的生活。那一幕永远不会再次经历。他和他的同龄人都已经平静下来，杨树浦也平静下来。只有他，还会稍许有点骚动，是因为，他看见青春已逝的秦海花，还和杨树浦的工厂在一起。

他总是把城市看作一个女人，他与这个城市的联系，是一个青春少年与一个成熟的美丽少妇的恋情。1980 年代后期，他离开工厂，却看到城市这个女人，变得越来越高贵漂亮了，但离他远去，最终，是属于别人的女人。他与她在身体上摩肩接踵，并非有多少肉体上的接触，是城市擦肩而过的忧伤与欢愉，是一种精神上千丝万缕的联络。他记忆他的青春，杨树浦的工厂，是城市这个女人身上比较平易近人的一面。她给他更多的，是温情脉脉和眷顾，加助他身体与心智的发育，也给了他一点情欲的、粗俗的、野性的关照，让他琢磨出一点优雅和人性。

薛晖曾经写小说。他发现，在小说里，他可以和许多女人谈情说爱而不受干扰，并且可以非常轻巧地将文学创作里视为宝贝的"生活气息"随手拈来，还是非常"浓郁"的。那便是他的青春和工厂，以及秦海花。

20. 电工

高天宝稍早离开工厂。不过，外面的生活，比工厂忙。秦发奋说自己的女婿，是一点不错的——手里有生活，怎么会日子难过？

高天宝的电工生活，绝对是一把好手，所谓"名师出高徒"。

1990年代开始，上海成批新建高楼大厦，都要安装电路，这是需要大量电工来做的。而一般的民工，没有电工的工作执照；高天宝是六级电工，有证书。

开始的时候，高天宝是被一个朋友叫去，帮了一回忙，但凭着一手好生活，包工头看中他了，捉牢他不放。出了大工价。几个星期做下来，建筑商要高天宝请长病假。

那时候，厂里正在安排多余人员第一批下岗。高天宝顺势而下。厂里人都说，厂长秦海花让自己男人先下岗，大家无话。

高天宝在外面的活儿，太多。那几年，上海建造高楼，像搭积木一样。不出几个月，高天宝也要找帮手了。有丈人加师傅秦发咘出面，帮忙联络，高天宝手里，很快有了一批人。电工容易结帮。即便在厂里，机动车间电气工段，派工，起码两人搭档。安全生产规定，电工作业，两人一档；触电，还得有个人来救。哪怕换个电灯泡，爬扶梯，下面也要有个小工挡扶梯。电工还会有许多技术培训班，操作练兵，所以邻近几个工厂的高级电工，经常一起培训，彼此就认得。其中有一两个"老法师"，最喊得动人。

他自己做，还给别人派生活，开始包工程。这种外包的工作，每个普通电工一天的报酬，是高天宝在厂里十天的工资。

高天宝赚了钱，来当家。这个家的吃用开销、存款储蓄，一应由高天宝掌管，就连儿子高韵上幼儿园要缴多少费用，秦海花不晓得。这应了当初妹妹秦海草的话——家里的一摊子，就全交给他了。秦海花觉得也好，自己可以腾出空来，做自己的事体。

高天宝并不知道，秦海花在忙什么。对此，他一点没有兴趣。她不是下岗了吗？工厂不是关掉了吗？高天宝没有空去想这些。只要自己赚得动。

每天早上，他们会有一歇辰光，互相说些闲话。高天宝起得早，要弄好早饭，把一些要换的衣服给秦海花和孩子准备好，一边将换下的衣物，塞进洗衣机里。

那天，他收拾秦海花的衣物，其中有一条踏脚裤——那是1990年代上海市民生活的一个女性标志。高天宝第一次发现，女人的踏脚裤，是紧裹着女人下身的，从脚后跟开始，有一个搭袢，踏在脚后跟，往上直到腰际，紧绷着。他摸着踏脚裤，想，自己好久没有摸她了。忽然很想。

秦海花从被窝里探出脸，迷迷糊糊里，看见自家男人，捧着自己的一条踏脚裤，在发呆。晓得要去洗了，就说，帮我寻双丝袜来。她今天要出去谈事情，不穿踏脚裤了。丝袜，长裙。

高天宝从对女人美腿的遐想里，醒悟过来，忙去找来丝袜。看着秦海花的脚，笔直地伸进丝袜里去，像跳《天鹅湖》的。丝袜料作粗劣，带着静电，毕毕剥剥。薄而半透明的丝袜，有点起球，左脚的脚指头顶着，还好，没有露出来，脚后跟也是，已经极薄，半透明。右脚那只还好。高天宝是电工，长期对静电敏感，对正负极敏感，现在演变为对丝袜静电起球敏感，对女人袜子的左右脚敏感。

高天宝俯身，埋头，用手指帮秦海花除去丝袜上起的球，一点一点，很细心。像剥大饼上的芝麻。随手将女人的小腿，揣在了胸口，去亲了。秦海花抽回自己的腿，高天宝手上的茧勾了丝袜上的丝。他比女人还要心疼丝袜，松了手。高天宝已经在她的身上了。

高天宝在女人身上折腾，大清老早，他会很要。床弄乱了。一本书从床沿掉落下来。秦海花要他把书捡好再来。高天宝俯身,捡起了书本,看也不看,往床头柜上一搁。他向来对书本没有兴趣。但一转眼,看见地上有一张名片,是刚才夹在书里掉落出来的,他去捡起来,看见上面是"薛晖"的名字。

他坐在床沿,不动了。女人睁开眼,看了他一眼。他起身,去开洗衣机。老式洗衣机,哐啷哐啷。

21. 音乐

男人都会胡思乱想。高天宝看见女人的踏脚裤,会想到女人的腿,那是形似;马跃在参加室内乐演奏的时候,会想到,如果自己的大提琴,和小提琴、钢琴一起,全裸地在演奏,那场景,一定很好笑,那是神似。很好玩,很刺激。

他就是喜欢做这样的想象,对裸体的想象。他还会想到,开大会的主席台上,那些坐着的男人,他们要是脱了衣服,也可以做到这样的气宇轩昂吗?真的好玩。

他经常生活在自己的想象里。工厂上班的时候,他那种既不是很辛苦的体力工作,又不是很专心的音乐生活,让他多了许多想象的幸福时刻。他曾经想象自己有个乐队——以工厂、棉纺公司宣传队或者纺织艺术团为班底,组建一支管弦乐队,来完成他的作曲梦想。他最想谱写的,已经让北风演绎了——音乐舞蹈小品《北风吹》。他还有个比较大型的音乐作品,是根据电影《地道战》的音乐，改编成一个类似于钢琴协奏曲《黄河》那样的协奏曲，标题为：大平原。

他几乎把《地道战》的电影音乐，从头至尾视听记谱，然后一个人配器。在管弦乐队里，加了很多民族乐器，由此烘托出冀中平原的乡土色彩。高老忠发现鬼子偷偷进村后，急着去村口老槐树下打钟——那时候的音乐，急板，加上真正的中国小快板和胡琴，然后，是低沉的钟声。随后，钟声浩荡，管弦乐起……整部乐曲，分为四个乐章，光看标题，就可以大致看出主题的端倪——1. 扫荡；2. 抗争；3. 太阳；4. 胜利。

那首著名的《太阳出来照四方》，被他安排在第三乐章，重点推出，是一个华彩。如果是小提琴协奏曲，那是很适合小提琴高调亮丽的华彩段演奏风格；但作品究竟是小提琴协奏曲，还是钢琴，还是大提琴……他一直没有决定，因为，没有乐队。他除了用自己的大提琴，反复弄出几个主旋律来，一切都还是在他的脑子里。

那个年代，这样的根据电影音乐改编的音乐作品，还是有很成功的例子的。《创业》组曲，《海霞》组曲，这些其实都是电影音乐。《创业》组曲的标题是这样的——1. 序曲-解放（管弦乐合奏）；2. 井队出征歌（男声独唱）；3. 满怀深情望北京（女声独唱）；4. 人抬肩扛战风雪（管弦乐合奏）；5. 天涯万里飘油香（女声合唱）；6. 我们是一代创业人（合唱）。

那是原作曲秦咏诚自己弄出来的。《地道战》的作曲是傅庚辰。马跃不明白，傅庚辰为什么自己不去弄，要烦得他几乎整个心思扑在上面。他当然不知道，傅庚辰后来就有交响组曲《地道战——留给后人的故事》。那是留给后人的。

在那个年代，马跃没有原创的机会，也没有能力来实现自己做乐队的梦想，他只能在现有的作品里，去想象，然后照着葫芦画瓢。不过他真的对作曲充满梦想。1982年，第十届"上海之春"中，出现了一批交响乐作品，据说都有一定的艺术质量，在创作上还有所突破，在技巧上，借鉴和吸收了国外近现代的表现手法，在交响乐民族化方面，也取得了可喜的收获。马跃如数家珍：《黔岭素描》（朱践耳曲）、《草原风光》（瞿维曲）、《幻想音诗》（刘敦南曲）、交响音诗《向往》（奚其明曲）、交响组曲《油画五帧》（马友道曲）、狂想曲《帕米尔风情》（刘念劬曲）、管弦乐《喜马拉雅随想曲》（金复载曲）、《素描六首》（张千一曲）、小提琴协奏曲《创业》（沈传薪、倪文震曲）、组曲《南国》（陆在易曲）、音画《睡莲》（陆在易曲）。

马跃觉得，自己的《大平原》也可以排列其中。

马跃没有想到，自己作曲的梦想，困扰自己，却被儿子撩拨开来。

儿子六岁了。他们离婚后，儿子就跟秦海草了。海草回上海后，带着儿子，看到上海有点条件的人家，都培养儿子学琴；自己孩子，居然也对钢琴着迷，已经可以在琴上，弹出自己哼唱的小调，是即兴的，但会被他记下，然后反复弹唱。秦海草就跟她的日本男人商量，要把孩子送到日本学习。日本男人同意。

秦海草跟着那个日本男人，有了自己的烧卖店铺，很小，但生意很好。男人继续他的石油工程师的"干活"。后来，海草看到上海有发展机会，利用自己"外籍人士"的身份，往上海做点小投资，先是租房，开个日式料理店，在虹桥日籍人士集居地域。生意很好。

然后就是买房，投资房产。上海的外销房房价真的便宜啊。

1990年代，日本电子乐器品牌"雅马哈"流行。这跟音乐教学水平其实没有什么关系，但秦海草不管。她对马跃说，小囡要去日本学音乐，已经买好雅马哈钢琴。马跃一惊——小鬼头还小，懂什么音乐。分明是要将我们骨肉分开。秦海草说，早点晚点，小囡终归是跟我生活的，你又没有能力，给他最好的教育和生活。其实，不管怎么样，他总是你的儿子。面孔像你的呀，又不像御手洗二。

马跃无话。但晓得，那个石油工程师原来是叫"御手洗"。自己的儿子，大概也只好叫"御手洗"了。马跃心里在骂。

送儿子去东京，马跃还是感到了一种骨肉分离。要说孩子出生到现在，六年多，也没跟马跃有多少时间生活在一起。但因为还是在一个城市，感觉就近。内心保持着一种联络。

那天去机场送儿子，秦海草说，买好汽车了，"奥拓"。你是不是要跟我的车一起走？其实，从秦海草住的虹桥开发区，到虹桥机场，没有多少路。而马跃，从杨树浦到虹桥，再跟秦海草的车去机场，已经没有多少意思。马跃说，我有车——助动车，我自己直接去机场。

"哎哟，你算进步了啊？有助动车了。你这个人，怎么能好坏不懂的。我是为你着想啊，好让你跟小囡多待一歇。""我怎么能不懂啦？你不就是想在儿子面前，要我好看吗?"两个人在电话里，又吵了一通。

1990年代，城市生活里，一成不变的自行车，终于发生了变革。海草讲得是对的——进步了。先是一种用摩擦车轮来带动的助动车，是真正的助力自行车，还保留着"脚踏车"的形状和原始动力；后来便发展了，越来越摩托化，甚至还配备了头盔和工具箱，它们发出尖利的响声，喷着尾气，在慢车道上，超越一辆辆自行车。城市底层的百姓，在那时，通过助动车，最先感受了一点现代化的气息，是比较初级的现代化，质地粗粝。稍许好一点的，是一种号称用德国进口技术的助动车，唤作"萨克斯"，最有别于其他助动车的，是"萨克斯"的发动，提拉式，发动机声音轻快，车速也不快，显得文静；还有一种叫"霸伏"的，号称意大利进口，外观一般，但机械精致，那发动机，看上去就不吃力，跑起来很像模像样；美国过来的助动车，叫"汤姆斯"，很美国化的名字，完全是一辆小型的摩托车，经常看到红色的"汤姆斯"，在慢车道横冲直撞。

马跃开国产"斯必克"。发动机声音尖利,简直有点呼啸的意思,棕黄色的车架,跑起来要喷尾气,像喷气式飞机。马跃在这样的"喷气式"里,体会到一种源于脚踏车、高于脚踏车的历史进步。助动车在有限的经历里,花样百出,还带动了其他附属行业,诸如修理、零配件、燃油和机油等行业,包括装备——冬天的羽绒衣和夏天的墨镜。

那天,马跃就戴着墨镜,还戴了副手指头露在外面的皮手套。他在秦海草面前,摘下墨镜。秦海草嘲他:"一部机器脚踏车呀,你在我面前,装啥啦?"马跃不响。吵归吵,两个人在机场碰头后,一起搂着儿子,语气都很平和。马跃看着秦海草。

"我还像老早那样好看是哦?"秦海草心情好,感觉也好。她已经开始涂脂抹粉,脸还涂得白,完全是日本女人的化妆风格。没有办法。马跃说:"啥人教你嫁给日本人的。像艺伎。""你啦……""不过,你现在就是一个'妈妈桑'。我懂的。""钞票你懂哦?我不想完全靠男人。""你漂亮。"

马跃去抱儿子。六岁的小男人,不要大男人抱。下来,要上卫生间。马跃不想方便,但也跟着去,就想跟儿子,多待一歇也好。他端详儿子的面孔。海草说,儿子面孔像他的。到底像多少呢?马跃也看不出。何况,那个御手洗,面孔长得是什么样,已经忘记。

他和儿子一起进男卫生间,一起对着小便池,上一步。上前一小步,文明一大步。儿子像大男人一样,站立着,面壁,撒尿，完事后，也像大男人一样，抖几下。哪个男人教他的。马跃没有小便，只是做了个样子，侧眼，看着。

儿子小便后洗手，一边跟父亲说了事情。"妈咪说你有个乐队。我想，我将来要作曲。我作的曲子，你的乐队来演奏好吗？"

"好的呀。"

"你的乐队大吗？"

"一个庞大的交响乐队。还有一个小乐队。还有室内乐。你想要啥个样子的乐队呢？"

"等我写出曲子来再讲。爸爸，你一定要有自己的乐队。为了我，你也要有。晓得哦？"

"晓得了。"马跃像个孩子，忽然想哭。

那天从机场回来，马跃飞快地开着助动车，追着秦海草的"奥拓"。那时候，在出虹桥机场进入市区的路上，还有一个收费口。马跃就在这个收费口，赶上"奥拓"，故意在秦海草的车前晃了晃，一溜烟地远去。

22. 事业

1990年代，开始流行全棉织物。先前，多是化纤织物，的确良，维尼纶，腈纶氯纶卡珀纶混纺。大人小人，秋冬季节，脱毛衣毛裤，全是毕毕剥剥的；黑漆墨塌的夜里，还可以看见蓝色的静电火花。

现在算是回复到秦海花的老本行了。

秦海花着手组建一个实体，就命名为"布房间"。这几天，在进行工商行政注册登记。秦海花现在天天又要忙，准备开工生产。她盘点下原来工厂的所有库存布匹，用自己工厂生产的产品做原料。不做拖把和垫肩了，她要推出成衣品牌。从纺纱织布，到做衣裳，这让她来劲儿。那些卡其布、劳动布、灯芯绒，让她感到很亲近。她先是请人来，讨论和设计一些流行的宽松裤、牛仔裤的款式，布衣布衫布裤，不难的，样式，也可以动脑筋。

城市功能转型，原来的厂房用地，黄浦江畔统一开发，已经被规划。成衣工场，就先落在原来隆昌路的木管加工场，还有毗邻的翻砂间，都坐落在工厂的足球场边上。这片地，是通过李名扬在局里，为原先工厂下岗工人再就业，做实业，留下的一个生产用地。她还有这样一片领地，可以挂自己的牌子。先要做实，做出一个自己的品牌，有个实业，就可以安排工人再就业。

同时在开发新的服务型产业。她要争取贷款，将工厂原来的疗养所、俱乐部、单身宿舍和游泳池，合为一体，装修起来。装修的费用压缩到最低，只花材料费，人工全部由自己的工人来做。

这天，秦海花对高天宝说，到时候"布房间"集团的装修工作，其中的电气活儿，就派给他了。高天宝问："工价多少？"

秦海花一愣，问："外面是多少？"

"几年前，我在外面做，一天就是五十元。"高天宝答道。

"现在呢？"

"现在的行情，你更加出不起。"

"没有钞票，你也要做。这是我们工人自己的事情。"秦海花有点来气，想不到，自己丈夫也要跟自己"谈斤头"了。这几天，为了生产原料、劳动力成本、营销渠道，她没有少跟人家"谈斤头"，都有点烦了。

"我是可以来做的，但别人，我开不了这个口。现在这个辰光，哪能好叫人家来义务劳动。"

高天宝说的是老实话。但秦海花还是不开心，对高天宝不理不睬。

她就撇下高天宝，自己要出去了。寻丝袜。高天宝寻得到。家里放的东西，多时不用，秦海花就找不到，要问高天宝。

"穿丝袜。要出去啊？"

秦海花不睬他。她穿丝袜长裙，那就是要去会人的。高天宝晓得，帮她找来丝袜，看着她穿好。高天宝留意到，那只有勾丝的丝袜，穿在了女人的右脚上。

她去找薛晖，说这个事儿。

第四章

她现在一碰到事儿,便要想到找薛晖。

薛晖说,你男人外面要赚大钞票,也是为了家。你就不要太苛求男人了。你对别人都很宽让,就不会对自己男人宽让一点?

那就不管他了。两个人回归正题。

高天宝的"义务劳动"一说,倒让薛晖想起过去有个说法,叫"星期六义务劳动",还是列宁行出来的,现在是没有人再提起了,但为什么不可以叫局里的领导、机关干部,在星期六,到秦海花这里来一次义务劳动呢?现在不是要反腐倡廉么?老百姓对领导有看法,让领导来劳动,有好处的。过去厂里每星期四是干部劳动日,现在试行双休日,隔一个礼拜,就会有一个大礼拜——星期六也休息,更加好算"义务"了。报纸上再做个宣传——这便是薛晖要做的重点工作——免费为"布房间"的品牌做一次广告,又是为下岗工人做实事,是有社会效应和新闻性的。

秦海花觉得好。到时候就这样。

23. 同床

夜里,高天宝在床上躺着,睡不着,转过面孔,去看秦海花,进入眼帘的,是她有点虚肿的眼皮。她故意将面孔别转过去一点,让他看后脑勺。

今早，高天宝是看好秦海花穿了丝袜出去的；那只有勾丝的丝袜，分明是穿在了右脚上。晚上，他帮秦海花洗脚，是从左脚上，褪下了那只勾丝的丝袜。

男人心里七上八下。

眼皮有点跳。高天宝从被窝里伸出手，揉自己的眼睛，再去看自己的女人。秦海花面孔朝反方向，背对他说话。

"你好困觉了。"

"困不着。"

"有啥心事。你天天做生活，吃力的。"

"你也吃力的。"

一夜无话。

早上，秦海花忽然睁开眼睛，问他："几点了？"

"还早。"他说。秦海花一个翻身，头朝外，被头也卷过去了，正好把高天宝的被头掀开来。是让他先起来。高天宝坐起身来，回过头，看着妻子裸露的臂膊，视线一直往肩部和前胸过去，忽然有一阵子冲动，便去抱她，要吻。高天宝早上精神特别好。过去，工厂单身宿舍的男工都说，早上特别来劲，眼睛睁开来，男人的东西，就硬挺挺地撑起来，可以吊一只皮鞋。

高天宝现在就可以吊一只皮鞋。

"有许多事情呢。"她说。

高天宝不动了。男人的东西就缩回去了。翻身起来。

他要去拿牛奶，顺带买菜，带只折叠得很小的塑料马甲袋。本来买菜是岳母吴彩球的事儿，后来轮到岳父秦发奋，现在轮到他了。现在小菜好买，有"菜篮子"工程。他回来时，秦海花在给儿子洗脸，水泼了一地。

"天晓得！你也会得捣蛋了。"秦海花在光火。

"天晓得，妈妈也会哇啦哇啦了！"儿子也有脾气。

高天宝怪儿子："你怎么好对妈妈哇啦哇啦呢？"

他和秦海花什么都不说，两个人的内心很清楚，都是有点不快活的。不过，两个人都很有耐心，就像外面开始在落的小雨，细细密密，不紧不慢，很有耐心，很有耐力。

柏油路上是泥泞的，因为什么工程队在开工，马路掘开了，红白保险杆上系着红灯，亮了一夜。自行车发出急促的铃声，公共汽车慢吞吞地在开，开得越是慢，排出的尾气越是多，一股不知算香还是臭的汽油味。

"薛晖经常来找你？"高天宝问。

"我有点事情，要人家帮忙。"秦海花说，"你跟高韵先骑自行车走吧。我自己会等车子上去的。"

"我看你很吃力的。做不好，不做就是了。我可以的。"他说。

"什么可以？"

"我是说，靠我，日子也是可以过的。"他说。

"你好像也变了，变得有了点钞票，口气就大了。"秦海花有点感到奇怪，现在的男人动不动就要开口将女人养起来；养老婆还不够，还要养"小秘"。连高天宝这样的男人，也变得口气大来兮。现在的男人，还动不动就要买房子、车子，哪一天，高天宝也自己开一辆车子，带回来一个女人，倒蛮有新意的。

高天宝是向来喜欢自行车的，只要看高天宝的自行车，就可以晓得，这个男人是会做的。一辆自行车始终锃亮，到现在，刹车把还用塑料护管套好，前后叶子板，"克罗米"罩子罩了一截，后轮的天芯两边，两根不锈钢踏脚，让儿子坐在后面，有个踏脚的支点。到了星期天，他最要紧的事儿，便是将一辆自行车全部拆光，弹子盘用火油洗一遍，擦净，上足牛油，再装好。他喜欢自行车，用他的话来说，只要有自行车，办事情就便当了一半。她也晓得，高天宝到现在，还不会在路边扬手拦招出租车；他始终想象不出，可以这么挥手，让一部轿车在自己面前停下来。即便难得一家人叫辆出租车，也是要她来招的，在车上，他看着计价器上的数字翻动，心里跳得慌。

"你不是个口气大来兮的男人。"秦海花道。

"不是口气大，我不想看到你太吃力。"

"没什么吃力。你别忘记，我过去还是你的厂长。现在我是我们集团的董事长。"

"口气么，还是你大。"高天宝哭笑不得。

儿子坐在高天宝的自行车上，闻到一股香味，偏过脸来，"那个摊头的豆腐花很好喝的。"儿子说。

"个体户的东西不要去吃，不卫生的。"高天宝说。

"个体户的东西为什么不可以吃？个体户的东西也会做得很干净的，蛮好吃的。"秦海花不是诚心要跟高天宝过不去，是因为现在的个体户，大多是下岗的，她跟下岗工人，天然有一种同甘共苦的联系。

高天宝不再声响，让儿子坐稳了，跨上自行车要走，又回头，想要说什么，到了嘴边，吐出一句闲话，无关痛痒："雨停了，你不要撑伞了。"

一辆电车靠站。她自顾奔过去。高天宝一只脚着地，撑着自行车，望着她的背影。他喜欢在她不注意的时候，在背后打量自己的女人。他当然没想过，她的背影，也这样被许多男人打量过。现在他才开始想到了这点，心里就空落落。她是很耐看的，有点丰满，肩和腰下是宽宽的。今天下雨，她没有穿丝袜，也没有穿踏脚裤，是一条劳动布牛仔裤。紧身，臀部就很丰满。车很挤。她挤上去，在车门口，后面又上来一个男人，整个身子全贴在她后面，特别是下身全贴着她的下身，往里挺进。车门艰难地关上。他觉得很不是滋味。

送儿子到了幼儿园，高天宝就要直奔工地。高天宝包工的电工生活，工地多在上海西南地区。那是上海最早的开发区。新盖楼封顶后，大楼内部的电路设计安装就交给他。那些建筑商，喜欢用高天宝这样的电工——上海大工厂的熟练工，正宗，劳动成本低，连劳动工具和防护用品都自备。高天宝带上厂里发的电工旋凿、电笔、老虎钳等，一直到绝缘跑鞋、登高的牛皮保险带，一应俱全。他活儿好，人缘也好；喊得动人，自己也被建筑商喊。一个德国电气工程师，亲自过来，看了他一天的手工活儿，随后就要高天宝跟定他。有三个工地交给他。还要给他配部桑塔纳。高天宝哪里会开车，照样踏自己的脚踏车。

他必须早上九点钟之前到达工地。他七点钟送走秦海花和儿子，然后，一路骑自行车，两个小时。过去，高天宝骑脚踏车上班，从工厂单身宿舍到厂里，也就五分钟的路程。现在这样踏脚踏车，高天宝不是怕吃力，是心疼自己的脚踏车，轮胎很伤。换过好几条外胎内胎。过去一副内胎外胎，修修补补，不换的。难道自己真的应该开桑塔纳了？

从杨树浦到虹桥，每天早上，高天宝骑脚踏车，横穿大半个上海。

一个一个公交车站，过去了。车站上候车的男女，夏天为躲避烈日，在电线杆的阴影里，站成一排。高天宝就更喜欢自己的脚踏车。一个男人的体力，正当年。还有男人的脚力。高天宝想起自己在工厂当基干民兵的时候，野营拉练，还扛枪，做通讯员，就会配一部脚踏车，在行军的队伍前后传递消息。

过杨树浦路平凉路，一个不规则的四岔路口，平日车子窜来窜去，通行还算顺溜；有一天，这里就安装了自动红绿灯。社会越来越进步了。这个红绿灯，真正起到的作用，是阻碍汽车通行，与脚踏车无关。高天宝开心，穿行在排成一溜的汽车旁，总忍不住朝汽车里的人望几眼。公共汽车拥挤，里面的男人女人，前胸贴后背的。秦海花也这样，被人贴着。

高天宝注意到，一路上，也有女人骑车。一早骑车出门的，几乎皆是"老菜皮"，但在高天宝眼里，她们都相似于秦海花——略胖的身材，比较健康的美。背影看上去稍微差一些，就一个肥大的臀，满满的，压在坐垫上，左右扭动。也有新潮点的女性，穿件紧身短上衣，骑车时，后腰就会露出一截肉，白得耀眼，也蛮生动的。不过高天宝也会从别的角度去看女人。从侧面看，很可能就会看到女人面孔一侧的一夜天的枕头席印。回头从正面看，就有点不好意思了。闷头朝前，还是会忍不住回头，结果往往是，没啥好看。还有女人，夏天戴墨镜，或者太阳帽。这种太阳帽，有很大的遮阳镜，可以翻在面孔前，看上去像电焊工戴的防护面罩，老吓人的。还有女人，怕晒，戴袖套，甚或加长袖套，从手腕到肩胛，一根带子系在脖子上，宽大飘逸，像只蝴蝶，在慢车道上飞舞。

乍浦路桥，是检测骑脚踏车的男人体能状况的一个地方。桥陡，车多，隔壁外白渡桥、四川路桥，都不好走自行车，骑车人就要绕过来，走乍浦路桥，到了桥堍，下车推。像高天宝这样的，已经骑了二十多分钟车的男人，照样转弯上桥，奋力蹬几记，再做几个 S 形，脸红脖子粗，上来了。然后冲下桥，体验一次开摩托的快感。

夜里回来，在乍浦路桥，高天宝会做个停留。抽支烟。下面是乍浦路，那几年开饭店了，美食一条街，桥上望过去，一路霓虹灯招牌。桥面两旁，夹道欢迎骑车人似的，排满了小贩。晴天时，卖大兴手表，卖自行车零配件，修自行车摊头附带擦自行车；还有根据节气，卖石榴、杨梅、莲蓬子的；还卖鲜花，主顾多是去乍浦路吃饭的男人。雨天时，就只剩下卖自行车雨披的；还有一个卖自行车撑伞器的，据说还是日本引进的产品，可以将雨伞撑在自行车龙头上，像皇帝佬儿出行时头上的华盖。

1998年，高天宝钱越挣越多的时候，就在这桥上，买了一只"大哥大"包，十块钱，一直用着。那时候，高天宝已经用上"大哥大"。

过了乍浦路桥，借着下桥的惯性，几乎就径直到了全上海的骑车族都知道的那个著名的过街楼——北京东路虎丘路。

这个地方考验踏脚踏车人的素质。从虎丘路过北京东路，进入对面的过街楼，直插四川中路。北京东路到这里变窄，往东，已经可以看到外滩公园的树。早上，这里像一条湍急的大河，横卧在面前，东西向通行的车辆，挤成一长条。而虎丘路上，吃着红灯，自行车就堆积起来，密密匝匝地组成一个集团，把路口堵得水泄不通。此时，踏脚踏车的如正巧停在了助动车的旁边，会被蓝色的烟雾包围，不得不大口地吸进废气，动弹不得。助动车轰响，气氛紧张热烈。有一两个胆大的，等不及绿灯，在北京东路来往的机动车车流里，瞅准一个空当，冲进北京东路，横穿成功。此时，来不得半点犹豫，自行车们紧跟着一拥而上，北京东路上原来湍急的车流戛然而止，愕然地望着眼面前横杀出的自行车滚滚铁流。此刻，老实男人高天宝，也会像一头亚马逊平原上长途迁徙的角牛一样，义无反顾地跟着同类踏进河流，向着对岸奋力冲锋而去。

进入过街楼，自行车流双向对冲，马上与对面的自行车流搅在一起。过街楼长廊像一只巨大的共鸣音箱，放大了助动车的噪音，里面还充满蓝色的烟雾。谨慎地骑车，高天宝要避开地上坑坑洼洼，又要防止与横冲直撞的自行车碰擦。车铃声响成一片。

经四川中路，延安东路不好走脚踏车，就进入金陵东路。平静下来，一路向西。金陵东路两旁也有过街的长廊，却平静许多。有时走河南南路，到人民路，那是去往徐家汇工地。路过清晨的城隍庙，还没有开始做生意。懒懒散散的人，卖早点的女人，早锻炼的老人，背书包的小人，高鼻子蓝眼睛的外国人大清老早出来拍照片，还有外地人。

方斜路，"斜"得名副其实。一头云集了各种早点的贩卖者，另一头，是一个马路菜场。南市区的路，都会兜圈子。路不长，歪歪斜斜。过了这一段，肇嘉浜路就近了。

电工高天宝在这段时间里，会想很多事情。这天，他满脑子在想象，秦海花白天脱下丝袜的情景。她为什么要在白天脱丝袜呢？

24. 异梦

那天，秦海花有很多事，身子有一种要同时被拽向好几个方向的感觉。要见装潢公司的设计师；要参加在一家宾馆大堂举行的时装表演；要跟原来厂里的下岗工人见面，介绍自己的"布房间"集团。其实都是先前厂里的小姐妹，面熟陌生，但她有个习惯，有新人加盟她的"布房间"，她都要亲自见一面，关照一下。她还想到小炉匠，也要叫来。让他做什么活儿呢？还是机修吧，修缝纫机。但千万要关照他，不可以再在车间里跟女人"揩油"。文明生产。原来工厂的土地被置换了，她争取到一笔资金，看中江苏启东一个公社废弃的小学校。那里的地皮不贵，将来成衣工场可以迁过去。工场和宿舍，都在一起了。要让上海下岗工人再离开上海的家，到老远的地方，不大可能。还是要招聘外来劳动力，派几个专业技术工人带着，从服装厂下岗的工人要高价招聘，也要有个服装厂厂长或服装设计师之类的专业人员过去。这个可以找李名扬，在纺织系统的服装行业里想想办法。小炉匠还没有结婚，一个单身男人，放在女工堆里，天高皇帝远，早晚是要出事情的。得想办法帮他寻个女人，成了亲，也就有人会管他了。我说的话他应该还是会听的。寻啥人呢？

她发现，有许多事，是不能委派别人来代替自己的。她也算是做过多年的基层领导干部，养成的却是事必躬亲的习惯。

即便类似帮小炉匠说亲这样的事情，也由她出面，比较好。

不过，现在她又有个习惯，就是样样事儿都要跟薛晖商量一下，外出要他来陪着，什么事都要听他来对自己说好或不好，对或不对。这个人，有时候是会有一些稀奇古怪的想法，不一定对，却是可以开阔思路的。比如，他就很反对开宾馆和从事娱乐业，认为现在这些行当都不景气，更不是她秦海花所长。这一点恰恰和秦海草相反，妹妹就鼓励她开酒吧娱乐业，认为是现在所谓的新兴产业，城市功能在转型。服务性行业，也可以解读为，服务——性行业。歪门邪道。但好像都有道理啊，究竟谁更对呢？

秦海花的内心，其实是不服气的，是想要"挑战"一下娱乐业，但还是在盘算薛晖的新主意。薛晖的意思是，要尽量朝"擦皮鞋"的方向靠，就是朝中低档、大众化方向发展。"布房间"地处杨树浦，是城市的老工业集聚区，也是劳动人民的生活区，没有什么旅游景点，远离火车站飞机场轮船码头，开宾馆是不会有多少客源的，搞酒吧和高档娱乐设施，还要有点"花头"，诸如"三陪"服务之类。这让秦海花有点怵。

她必须要拿定主意了。因为接下来，便要按照规划的行当来装修了。

那天吃中饭的时候，她问了几个多年的小姐妹，国茂娣、余晖、杨月宁、计玉珍，这些人，现在都在"布房间"学缝纫机。她们大多有踏缝纫机的底子，却不会开电动缝纫机，先学着。随着年纪再往上，她们今后都要去做"三产"；缝纫工的活儿，本来就不是她们的本行。要她们再学新的行当，有点难。国茂娣一想到自己考"空嫂"的时候，鼻子被人说"有问题"，心里便来气，想想自己也算是好看的，不过年纪是大了，开酒吧，做服务员，"这种生活，我们是做不来了。不是不会做，是没有人要我们啊"。

余晖说："搞个招待所，还是可以的，照顾客人，把房间收拾得清清爽爽，我想应该是没有问题的。我也很喜欢。""小菜弄得好吃一点，也不难。"计玉珍也是会做的，主要是做家务，什么事情，只要可以划归到家务的范围里，她们都是有信心的。这也是她们大多数人的意思。就连秦海花自己，尽管不做家务，但晓得这些女工能做的，还是手里面的生活，哪怕是"擦皮鞋"，也一定会比别人擦得要好。秦海花看看这些小姐妹，毕竟不是十几年前了，那时候，都是姑娘，从车间里换好衣服，下班出厂，一个个都是蛮像模像样的。那时候，国茂娣在谈恋爱，男朋友是运动员，一身肌肉，中班下班大家便跟国茂娣一道走，不怕有小流氓来"吃豆腐"。

"哎，你老公现在做什么呀？"秦海花问。国茂娣如是答来："也下岗了。老早是击剑运动员，年纪大了，退下来了，又没读过什么书，连中学体育老师也做不好，待岗在家，天天孵在家里的阁楼上，看武打小说，号称有一天要去拍武打片，或者演个'佐罗'，绰绰有余，天天还要练身材，练肌肉，弄得身体好得不得了，一身肉，硬梆梆。"

男人的"硬梆梆"，引得一帮子女人哄笑。秦海花是觉得，好像还有点意思，一个男人不做什么事，但还晓得要练练身体，准备将来派大用场，这个男人还有梦，还是蛮有想法的。这倒跟薛晖有点像，手头并没有什么大事儿，一家市场消费类报纸的记者，却要弄得很忙，到处忙进忙出，什么事情都会充满兴趣，投进去，随便跟谁都有可能"合作"，还说要写小说，写电视剧，写报告文学，还有个"文学梦"。这要比什么梦都没有的好。自己不是也还有个梦么？

下午，薛晖来约她，一起去看时装表演。她一直对自己在服装业的发展雄心勃勃。

筹备"布房间"的那段日子，最美好的，莫过于和薛晖坐在自己那个小会议室壁炉旁的经历。那个小楼，最早是工厂还叫"大康纱厂"的时候日本大班的宿舍，解放后国营了，做过工厂职工业余学校。薛晖就是在这里，给青工上课。那个小会议室，薛晖很熟悉，过去是厂校教师办公室。再早前，这幢楼做过工人俱乐部，马跃、秦海草、北风、大背头等人，还有宝宝阿姨一类，最早就是在这里，唱歌跳舞唱戏。后来厂里要办业余学校，就把"备战"时候挖的防空洞清理整修后，让小分队活动。那时候，"读书热"。如果再追溯到1949年前，这里还是上海沪东地区中共地下党的主要活动点。那时候，叫"工人夜校"。共产党和左翼作家在这里宣传工人当家做主和革命文化、领导罢工、护厂运动。所以，这个地方，在不同的年代，留下过许多不同的年轻的身影。

进入 1990 年代中期，工厂的土地置换。这里被保留下来，成为一个老厂最后留守的根据地。秦海花转移到这里，开始她的第二次创业。

因为熟悉这个小楼，只要秦海花有事叫上薛晖，他就喜欢独自早早来这里，一个人坐在小会议室里，想一些事情；也等她。小楼老旧了，木头地板，木头楼梯，一级一级阶梯，脚步踏上去，软咚咚的。经常踏脚的地方，形成一个凹槽。那时候，上课下课，铃声响起来，青年人的脚步，上上下下。满楼轰隆隆响。过后，静下来。吱吱吱，一只老鼠，嗒嗒嗒过去；等一歇，嗒嗒嗒，老鼠原路返回。

两个人就坐在旧壁炉旁，对面有一架管风琴，几副锣鼓家什，几面竹竿挑起的红旗，墙上还挂着毛泽东像、华国锋像、刘少奇像，几面锦旗，几个夹着奖状的镜框……都是时代的遗留物。他们在这里学过邓小平南方讲话；学习"十四大"，"十五大"。几个时代来回穿越。

其实，启发他们内心的，不仅仅是这样的思想之旅。也许正好相反，开启一点心灵和情感令人愉悦，他们的思想可以更加健康和活跃；他们的内心一起前行。他们越来越信任自己和对方，信任自己的梦想、思想和直觉，越来越了解彼此内心的力量。

她和薛晖有默契。只要她有事情，想他，他肯定会来联系她，找她。有时候，她推开小会议室的门，忽然看到他，心里有一阵欢欣。像是梦境；画出来的一个男人。他是活在她的梦境和画面里的人物；还活在她的心里。

对自己身边的几个男人，她其实经常会觉得烦。只是，她很会掩饰这样的恶劣情绪。她知道，这样的不良情绪，与她通常的为人风格相异；她只是在自我感受里反省，明显地觉出这一点。越是有这样的感觉，她就加倍地注意掩饰，从来不在言语表情里有丁点表露。她烦过高天宝，烦过儿子高韵，烦过父亲秦发奋，烦过李名扬，烦过小炉匠，烦过曾经的妹夫马跃……但她从不觉得薛晖烦。这点，她自己也觉得奇怪。

她不知道他们的关系以后会怎么样，从来没有去想。表面上，他们之间的确没有太多的故事。但感觉上，他们两个人的时间，像两股溪流，并在了一道，源远流长；同时，有些东西，也像江水带来的泥沙，在堆积，渐渐地，堆积成山。

第五章

25. 欢愉

马跃去寻大背头，讨教组建乐队的事情。大背头思路清爽，就像他的背头上的头式纹路。

"组建一个小乐队吧。"他给马跃列了个清单——如果你是真的要往专业发展的，或是想做乐队经营这行生意的，就要做到这样的配置：一、乐器：1. 架子鼓：罗兰 HD1 电子鼓，5500 元；2. 电吉他：两把，5000 元；3. 贝司：2500 元；4. 合成器：KorgTR76，8000 元。二、效果器：1. 电吉他效果器：VOX TonelabLE，3000 元；2. DI 盒：SM Pro Audio DI1，两个，1000 元。三、调音台：雅马哈 MG166CX，3000 元。四、排练用音响（功放 + 音箱 + 话筒）：BMB450，4000 元。

"三万元可以打下来。这些都是大致价格，不算贵的。要贵的就没有底了。"大背头说，"全部设备都是全新的，如果是新人练习的话，也可以淘淘二手的乐器，用同样的价钱，买二手的话，可以买到上一代的旗舰乐器。一般来说，上一代的旗舰乐器，都会比这一代的普通乐器好一点。这个乐器配置，还要看你乐队的风格，现在的这些配置，是最基本的，各个风格都可以尝试。找到喜欢的风格，再根据情况，慢慢更换设备。"

马跃就想到，这个事情，似乎并不是很难了。像大背头说的，单看每件乐器的配置，现场表现已经算是比较高端的了。马跃要找一些人，那些原来文艺宣传队的乐手；他们也不是新手了，过去大工厂小分队的业余演奏水准，也有蛮高的，搞过乐队的，没有什么问题。就像他，工厂关门后，自己带把大提琴，就已经在几个舞厅里做伴奏。现在无非就是自己组建个小乐队，先做舞会伴奏，做些小型演唱会，民族乐器和乐手也有。

1990年代开始，杨浦、普陀、闸北、虹口一带，各种日场、夜场的舞厅很多。下岗工人和离退休人员，都喜欢跳日场的舞，便宜。白天他们有时间，不一定要到什么"百乐门"之类。街道文化馆、工人文化馆、文化宫、公园茶室、电影院，都会辟出个场地，做舞厅。一般点的，是放音响。稍许正式点的，会有现场乐队伴奏。

马跃就经常出入这样的舞厅，白天，滞留在控江地区或杨浦公园一带，或者是，钻进靠近沪东工人文化宫的那家保龄球馆；中午，在东宫对面吃碗面。如果上午的那个女舞伴还带着，就一起到控江路鞍山路的"红满天"火锅店，请女人吃一顿火锅。那个女人，多半也是原来工厂里的，面熟陌生。互相有点晓得，偶尔碰见，就会一下热络起来，彼此就少了拘谨。大家都脱离了工厂的管束。同时，女人也脱离了丈夫的管束。马跃对她们，只要晓得一点——她们是有夫之妇，便可以了。

他不喜欢单身女人，会没完没了。至于她们的丈夫——大家心照不宣——男人自然会有自己的麻将搭子，或者，是自己的妻子以外的女人；女人当然也就可以有丈夫以外的男人。也有的女人，是有一个长期生病在家的丈夫。对这样的女人，马跃会很来劲。他给予她更多的抚慰。女人很容易被感动，两只眼睛盯牢他，呈现出一种令人无比怜惜的柔弱。马跃就会对女人的身体多做一些动作。女人感觉很好。分手以后，回家，反而会对自己的男人加倍温柔。

到了晚上，他带着自己的大提琴，进入五角场或虹口四川北路一带，那几家夜总会和舞厅，是他工作的地方。这样的白天黑夜，他既会花一元两元请人跳舞，轻轻地把手搭在熟识的或不熟识的女人的肩上，或臀上，轻轻地抚摸；也会作为乐队乐手做伴奏，埋首于音乐里，赚个十元廿元。

大背头埋头修理手风琴。不时的，有琴的声音，被弄响起来，也好听。琴的修理铺，一个艺术的栖息之地，修理和重新调试。大背头依然把自己的头式，梳理得纹丝不乱。一个男人工作的形态，是多样的。按照大背头的说法，像他那样正宗的"自由职业者"，其实在生活和工作上，是最需要自律的。他从小看自己的祖父、父亲开店，尽管是这样一间极小的门店，但从来没有看见父亲睡过一天懒觉。每天六点半起床；八点半，是一定要到店里开门的；中饭，从来没有在家里吃过，都是母亲送到店里；晚上，只要店里还有一个顾客，就不允许动一下排门板。如果要上门调音，出门，一身出客的西装，领带；但要戴一副蓝布袖套，因为要到人家里去，掀开琴盖，墙角落里，总积灰；随手一块干抹布，撸一遍。琴盖上，相架、花瓶、琴灯、节拍器之类，收拢，调音后盖上琴盖，一一归位，纹丝不乱。不能穿西装的日子，也是中山装，深藏青涤卡。照样袖套一副，抹布一块。皮鞋锃亮。

马跃现在也就是个无业人员。但马跃依然也有身穿晚礼服的时候，那是要摆弄弦乐四重奏。盛装的女人，对他彬彬有礼。马跃没有任何拘谨。再说，那些胡子刮得很干净的服务生，对他几乎是敬仰的。城市的某些时间和空间，对立的物事，经常可以并存，因为金钱，或者其他缘由，就没有什么上等与下等的分别。就像城市的一条繁华大街，一个转角，也许就是一条阴暗的小巷。一个洗头妹，可以在洗头房里跟人"敲背"一个钟，两个钟；也可以被人带到某个社交场所，优雅地与人碰杯。到处是一样的欢愉。就像马跃用同样的手法，演奏同样的一首曲子，可以在舞会或婚礼的殿堂，也可以在车站广场。

修理铺的不远处，两个拉"黑车"的"摩的"，在吵架，为了其中一个没有遵守"价格同盟"。对面，裁缝铺里的女主人，宁波人，在唱歌，跟着卡拉OK的碟，一口带着宁波话音的歌声，唱闽南歌《爱拼才会赢》。女裁缝的生意很好。斜对面，是一个卖音像光碟的小铺子，整日里，电视机里播放着香港电视剧。TVB的对白穿过来，听得真切——"呐，做人呢，最要紧的就是开心……",诸如此类。1990年代,香港电视连续剧《大时代》、《天地男儿》、《笑看风云》之类,就这样在上海的街头巷尾演绎。

于是,这条个体经营街的空气里,总是飘荡着呼唤声和欢笑声,或吵闹声。

马跃抱着一架手风琴,开始属于自己的"琴童"体验。像回到孩童时代。他就愿意在许多时候,回到一个孩童的时光。他不缺工作,也不缺女人。有这两样,男人就足够了。一个男人,总会找到和自己匹配的女人,就像找到适合自己的工作一样,找到适合自己的生活方式。

现在找到一个对两性关系比较开放的中年女人,对马跃来说,不难。他心里清爽。是呀,如果你要生活得轻松愉快,那你最好不要再去工厂上班,那终日被机器管束的日子总算结束了。没有机器,也没有女人。单身。不要以为这两点让男人致命。恰恰相反。东游西荡的生活,是一种乐趣。只要你还身强力壮。保持节制,就像音乐,保持韵律;城市生活始终对人开放,像一个不收门票的展览馆。始终会教人一点什么。马跃可以走进旧书店,浏览五分钟的旧书;或者钻进一家熟识的碟片店,盗版碟很多,淘碟。买回去可以再来换,店主不会有什么抱怨。可以在股票交易场里,待一个上午。1992年,马跃偶然买进了股票认购证,让他完成了金钱的原始积累。

那时候,美国前总统尼克松访华,参观了上海证券交易所,马跃注意到了。还有1992年深圳"8·10"事件,"东方明珠"股票上市……这些中国证券市场早期很著名的事件,马跃都看在眼里。有一次,他在银行门口,看到一群人争论什么,像过去"文革"时候的街头辩论。他就去轧闹猛,听到的是,在说某个股票涨价的"内部消息",觉得很奇怪。他不知道股票是什么东西,而且,既然是"内部消息",怎么又会在街头传出来呢?但说的人振振有词,并且说,已经靠股票赚钱了。他问那个"赚钱"的人,到哪里可以赚钱。"我只要告诉你,到哪里可以买股票,就可以了。"马跃听了,以为碰到神经病了。当时想开玩笑。但那个人,很认真地告诉他,在外滩,外白渡桥下面的浦江饭店——上海证券交易所。去看看,不碍的。

马跃真的就去了。交易所里挤满了人,他看里面有个大屏幕,上头的数字红红绿绿,不断变动。买卖的人,并不直接操作,是由一些穿着红马甲的人代劳。有一点,马跃看懂了——红红绿绿,涨涨跌跌。几天看下来,马跃最大的发现是,股价基本上是在涨。这样的赚钱,比银行利息高,比"国库券"赚得快。后来,报纸上说,要发行"兴业房产"股票,马跃就想去买原始股。半个多月后,报纸上又说,"兴业房产"股票发行成功,由于买的人太多,上交所发行场所的铁拉门都拉不上,只能动用警力维持秩序。

马跃又明白了——股票吃香的。

这年年底,马跃等到了发行新股的消息,不过这时,购买股票要凭"认购证"了。他找到工商银行设在上海外滩的总部，以每本三十元的价格，买了八本"认购证"，图个吉利——"八"。也没有很大的成本，三八廿四——二百四十元。春节过后，证券公司开始摇号抽签，认购证一下子涨到每本一千。马跃最后排队去买股票时，有人想以八万元的价格，让马跃把认购证全转让给他。马跃想了想，二百四十元，换八万元。可以了。他抽身离开买股票的队伍，抱着一马甲袋人民币——八万元，感觉像捡到一只皮夹子，像梦里。

马跃最后还是不晓得股票买卖究竟是怎么一回事。因为事实上，他并没有真正买过股票。他甚至也不再去关心股市行情。因为后来他还是有点肉痛——1992年初春，邓小平南方讲话后，有人告诉他，上证指数从200点起步，4月达到400点以上，5月上旬冲破500点，几乎所有股票涨幅，都超过了200%。他当初的八张认购证，只要有一张中了，可以买股票，随便买哪个股，都是200%的收益。何况大盘持续上扬，资金迅速积累，真不晓得以后还会赚多少。至少远远不止八万。

马跃有点懊恼，但最后还是不为所动。想到最后，马跃就觉得，这样已经很好。总归比没有买认购证好。够了。他本来就对股票一窍不通，还是依然不通的好。永远不要去通，从此，就可以对所有的盈亏，淡然了。他已经有了八万元打底。确保他可以尝试柴爿馄饨、炒面、茶叶蛋、烤羊肉和茶餐厅、火锅店，以及良友、健牌外烟；还有马跃的行头——"DIADORA"和太子裤，还有鞋子。

马跃现在费鞋。在过去，工厂上班的日子，一双鞋穿两年，还是像新的一样。踏脚踏车，穿到厂里就换。回家也换。现在经常在外走，几乎不换鞋。一双鞋的后跟，很快磨出个斜面。马跃的鞋，春夏秋冬，一双"DIADORA"。上海人叫"跌咧哆啰"；这"跌咧哆啰"，原本是上海话里的象声词——"这雨真大啊，跌咧哆啰地落在窗门上。"严肃一点，就叫"迪亚多纳"，1990年代初，还被统一简称为"迪多"或"迪纳"。直到1990年代末，马跃终于晓得了，DIADORA只是运动品牌，而并非什么"奢侈品"。早先，马跃就很享受"跌咧哆啰"的感觉，以为很奢侈。不要以为工人没有工作了，就都涕涕沓沓。

工人读书少，那个薛晖——厂校里的语文老师，马跃认得。马跃弄不懂，一个语文老师，到工厂里来做什么。老师也没有太为他们补习什么文化课啊。马跃觉得，自己也蛮有文化，还懂艺术。反正，工人就觉得，文字的字节数，越少越好。就像那些品牌，"耐克"，"阿迪达斯"简称"阿迪"。

当年的DIADORA，有一点很奇怪——它的橡胶鞋底，会越穿越黄，到最后，那种黄，是很难描述的，反正，看上去挺舒服的颜色。于是，马跃判断是不是正宗的"迪多"，鞋底黄不黄，就成了标准。

太子裤呢，就是贴腰、中间比较肥大、下口收小的西裤；裤腰打褶，四褶起，越多越好，最多十几褶；褶子多，裤腿才够肥大，风一吹，哗啦啦的。酷酷的样子。谭咏麟就是这样穿的。他们都是搞音乐的。

马跃喜欢翻行头。就晓得榆林路、九江路，还有中山公园安西路——1990年代，上海几个著名的服饰市场。比后来的华亭路，成名更早。老人头皮鞋，260元就可以拿下了。伊士高220~240元，摩高190~220元。PUMA的鞋，只有98元，独一款。那时候，开始有阿迪达斯了，但只看见一款蓝白色的，类似于后来所谓的"复古鞋"，240元。T恤，有韩国衫——马头衫；宾奴——后来的班尼路——胸前有彩色的横条式样；西装，是双排纽的。都晓得是"大兴"的。但马跃觉得，穿得很合身；可以用作比较正式的演出服。真要买西服、丝巾、朗生打火机，还可以在卢湾、徐汇、南市找到更好的去处。马跃还晓得，南市和卢湾，有一阵，冬天还有很多人戴礼帽，穿黑色长大衣。杨浦和虹口，还是伊利衫。

大背头还向马跃提及宝宝阿姨。"她认识的人多，可以帮你找到你做乐队需要的人。北风，是没有什么用场的。她现在大概只会跳跳交谊舞。石榴呢，她还真的在酒吧唱歌，是拜过老师的。你还想跟哪些老女人恢复联系啊？"

没有女人呀。也许真的就需要宝宝阿姨。马跃不会忘记这个女人，很帮他。

26. 阿姨

宝宝阿姨年纪要比马跃大很多。"阿姨"级别，"老吃老做"的意思。

"文革"前，宝宝阿姨就因为拒绝下乡，早早做了"社会青年"。

其实，从工厂小分队文艺演出的角度上讲，宝宝阿姨出道是实在早，她从小跟淮剧的草台班子，学戏；早年，乡下人到上海，在杨浦高郎桥的"沪宁戏院"唱淮剧。说起沪宁戏院，那在杨树浦一带很著名。早在1950年，一个叫黄文亮的人与其他人合伙集资，在上海长阳路1261弄20号建成了一家里弄剧场。座位461个，设有茶房。这个小剧场，也就成了淮剧戏班在高郎桥地区进行户外流动性演出的一个落脚地。苏北过来的草台班子，源源不断地进上海，在1950年代初期，沪宁戏院内，最多的时候，曾住进五十户淮剧演员家庭。

早年的宝宝阿姨，混迹于此。后来，沪宁戏院改为群众文化演出场所，曾经还放过电影，主要是"样板戏"电影。封资修才子佳人帝王将相，就没有地方演出了。宝宝阿姨，是从乡下出来的，当然不愿意再回乡。作为"社会青年"，被招到纺织厂，做"临时工"——细纱车间落纱。"文革"初期，宝宝阿姨不满于自己的"临时工"身份，很早"造反"，俗称"老造反"。在杨浦，与"工总司"走得近，联合好几个工厂的"临时工"，组织了一个"临时工"的造反组织。

因为是"临时工"，对"资产阶级反动路线"，就更加"苦大仇深"，宝宝阿姨造反很起劲，"安亭事件"还睡过铁路。不过，她对自己厂里的老厂长，还算好。那个厂长，男人，长得眉清目秀。宝宝阿姨看到长得好看的男人，心肠便软。特别是，当初她进厂做临时工，还是厂长点头的。批斗会上，有人"揭发"——这个厂长，每天要喝两瓶牛奶，早上一瓶，临睡一瓶，很"资产阶级"。马上，有"造反派"跳将起来，对着厂长清癯的面庞，上去两记耳光，落下十只指印。宝宝阿姨心疼男人。夜里，看守关在地下室里的厂长，看到厂长睡不着，想心事，就大喝一声："你等着！"厂长吓一跳，不晓得出什么事情，越发紧张，不敢睡觉。没想到，宝宝阿姨踏脚踏车，星夜，到泥城桥的"星火日夜商店"，一角六分，买了瓶牛奶来。厂长哪里还敢喝牛奶。宝宝阿姨悄悄对厂长说苏北上海话：窝（我）做临时工，还是弄（侬）点头的呢。放心好了。窝（我）每天帮你买一瓶牛奶。两瓶没的。

宝宝阿姨和厂长的关于一瓶牛奶的故事，别人不晓得。宝宝阿姨有个特点，她跟男人的事情，都是一对一，短期的，偶发的，即兴的，单一的；其他人，不会晓得。

"造反派"掌权后，宝宝阿姨的"临时工"，就转正了。一段时间后，"工总司"代替了工会。工厂各级工会工作，开始趋于正常，宝宝阿姨就参加了工会工作，因了她有文娱活动能力。

就在那时，宝宝阿姨认得了刚进厂的马跃和秦海草他们——一帮文艺小分队的青年男女；她让这些小青年，做些诗歌音乐舞蹈，她主抓淮剧、锡剧、越剧、沪剧等地方戏曲，兼带工厂锣鼓队、练功十八法之类。在工厂小分队，马跃他们就有点高雅艺术阳春白雪的意思，曲高和寡；而宝宝阿姨呢，便有点俗，下里巴人，但更有观众。那时候，纺织厂还是以中老年工人为主。某年春节，文艺界到工厂慰问演出，宝宝阿姨请来筱文艳、何叫天和"唱不死的马秀英"，并且还和他们同台演唱淮剧小戏《拣煤渣》。戏里说的是老工人李海洲，有"艰苦奋斗、勤俭建国"的精神，主动担负起厂里拣煤渣的任务，挑起节约用煤的重任。他从三号炉的废渣中，发现许多没有烧透的煤块，决心要把三号炉这只"煤老虎"攻下来。李海洲的行动，使女青工高红梅受到了教育，宝宝阿姨就扮演了一回"高红梅"。她热情地向青年工人张小虎宣传节约用煤的意义——

张小虎：（直率地）（白）我是想不通！（唱）小小煤块，不是金来不是银，为它返工又能拣出多少斤？

高红梅：（唱）节煤就要争斤两，这煤块，本是工业粮食黑色金。

李海洲、高红梅、张小虎合唱：推起了筛子哗啦啦，哗呀么哗啦啦。仔仔细细拣煤渣，拣呀么拣煤渣。

从此，厂里的男人，看到宝宝阿姨，就要来一句——"推起了筛子哗啦啦，哗呀么哗啦啦。"

宝宝阿姨名声大噪。并不仅仅于此。男人喜欢她。她眼睛会说话，手势好，可以演穆桂英，也可以演江水英；最具扮相的，是柯湘——《乱云飞》，一招一式，一个亮相，都可人。一口苏北话，音色与调头，脆生生的。但她与不是苏北人的人对话，总是努力用上海话，带着苏北口音。她也不管。与比她年长的男人在一起，她像丫头，是宝宝，所以，最早，她就叫"宝宝"；后来，厂里小青年多起来，跟比她年少的男子在一起，她像"阿姨"——加起来，就变"宝宝阿姨"了。

"文革"结束后，清理"造反派"；"老造反"宝宝阿姨，也有个结论——"造反"过，但没有做坏事。所以，回到细纱车间，做落纱工。但厂里的文艺小分队活动，她还是起劲，一把抓。大家喜欢她。老厂长也喜欢她。不管老男人还是小男人，宝宝阿姨都可以表现出一种保姆式的关怀，体贴入微。

马跃跟秦海草要好，宝宝阿姨是老早看出来的。工会文艺宣传会议，就叫上他俩一起开；工会有好看的电影，给他俩准备好两张。秦海草晓得襄阳公园这个地方，最早还是因为宝宝阿姨给过他们两张国泰电影院的电影票，这俩人，早早到国泰电影院，然后在附近兜，兜着兜着，就兜到襄阳公园里去了。

宝宝阿姨事先打探过，"跃跃，弄（侬）真的要草儿啊。弄（侬）吃得牢伊？"

"吃不牢伊，也没有办法的，我吃煞伊了。就像吃煞你一样。"马跃跟宝宝阿姨，也随便。

"男人要让女人适意，晓得哦？"宝宝阿姨意味深长。"嗯嗯。"马跃应着。其实那时候，马跃并不晓得，男人怎样让女人适意。他以为，就是听女人的话，百依百顺。那天，马跃是上中班，被宝宝阿姨叫来，商量参加东宫文艺汇演的节目。商量来商量去，就商量到男女关系上了。

马跃穿着宽大的背带裤，刚刚清理好出风口，落得满头棉絮。

宝宝阿姨过来，替马跃撸去头上的棉絮。马跃一副百依百顺的样子。

"男人怎样叫女人适意，侬晓得哦？"

"嗯嗯。"马跃含糊答应着。宝宝阿姨一只手，从马跃的背带裤插袋里伸进去，隔着一层劳动布，在他宽大的裤裆里，摸索着。她触摸到马跃处男的身体，抚摸着，问："适意哦？"

"嗯嗯。"马跃喘息着，声音像呻吟。"宝宝……"他叫唤她。

"叫阿姨……"她说。

"阿姨，阿姨……"

"好了。侬晓得了，就可以了。"

她抽出手。

突如其来的快感。马跃就像被提上一个令人眩晕的巅峰，忽然又跌落下来。女人的手，在马跃裤裆里搅动，像一条水里的鱼。马跃身处女人堆里，耳闻目睹许多男女的身体接触，觉出是生活里的生动，让日子生发出一点趣意，像水里有一条活鱼。

宝宝阿姨从此就成为马跃内心的一个神秘隐私。她的一个笑容，一个眼神，一只手势，一段肤色，一段淮剧唱腔，都会令他浮想联翩。推起了筛子哗啦啦，哗呀么哗啦啦；仔仔细细拣煤渣，拣呀么拣煤渣。他感觉总是有一只女人的手，像一条鱼，在他的裤子里抖动。水被鱼儿的跳跃所波动，表面上还是平静如镜。没有人知道其中的奥秘。

27．适意

下午两三点钟的辰光，高天宝搭乘工程电梯，在刚封顶的大楼里，上上下下几个来回，验收手底下的人一天做的活儿。封顶后的大楼电路配置的安装活儿，一般都要掐在每天下午三点前基本收工。这样，即使碰上什么棘手的活儿、补救的活儿还可以有个缓冲辰光。电工有一个习性——不喜欢用电，他们的活儿，基本在断电的档口。比如照明电，尽量不用。不喜欢开夜工。那种开启照明电的生活，大多是抢修。电路安装送了电，电工早已拾掇家什走人了。再带电作业，那是活儿没有做清爽。开着应急照明电来做电路安装的活儿，是很坍台的。

有些事情是不可能改变的，日头就是。高天宝无法改变阳光从高楼还没有装上窗户的墙洞斜射进来的角度，只有抓紧自己手里的工作进度。电路安装，收工早，就是有腔调。所以，高天宝几乎每天要赶上午到午后的这段工时，几乎没有吃中饭的辰光。

收日工的时候,他喜欢自己头戴安全帽、腰束保险带的感觉。脖子旁还斜挂着一个步话机,里面不断发出各种呼叫的声音,间或,高天宝会跟里面的声音呼应一番,说上几句。后面有人跟着,手里为他端好电表仪器。两三百米的高空,光影若隐若现,大楼框架像一副巨人的骨架。风会不时从不同方向吹过来,飞沙走石。透过电工绝缘跑鞋带起的尘土,他在没有门窗裸露着钢筋的水泥毛坯建筑里,寻着电路管线:已被测定到的电路,零线火线,双孔插座,电流电压。宛如人体血脉,毛细血管。

有人摊开图纸。手下人的技术素养,还是差劲。要是在过去的工厂,会有定期技术培训。现在啥人有心相做这种功课。高天宝顺便往外面看一眼,只看到一片天。他感觉悬在半空。他要寻觅出阴阳两极的生活。他想到单相线插头,最长的那根接地,另一端连在电器金属外壳上。如果有电器漏电,就会从这根接地线流向大地。人也要接地。

高天宝从这具骨架里出来,重新站在平地上。一种踏实。一天的活儿,差不多好了。回头再看这具骨架,慢慢地就会通了电路,活了血脉活转起来。这个黄昏,让他产生无限的眷恋之感。

有人拆烂污,出纰漏,他就要做点擦屁股的活儿。那个拆烂污的,站在边上。"钞票不是好拿的。"高天宝说一句,"下次再这样,就不要来了。"

他在工程单上签字。高天宝过去很少签名,现在每天要签。还是签得歪歪斜斜，没练过。他关掉那只步话机，放进安全帽里，一并交给身边跟着的小工。小工递上刚洗净的中饭饭盒，他要带回家的，明天带饭。小工开口："高师傅，明天开始，你不要带饭了，我们轮流带上你的中饭。你想吃啥，说好了。"

高天宝没应。建筑商的人正递上工钱单，让他过目。他也让手下每个工人来看一下数字，认可后签字。他不是一个从中吃回扣的人。

那个拆烂污的，过来，怯生生地对高天宝说："高师傅，想请你去浴场汰个浴。好哦？"

高天宝心里一动。汰浴。工地不像过去的工厂，没有洗澡间，每天一身臭汗，灰头土脸地回家。想想那时候的工厂，有很大的浴室，一个大池，一个烫水池，几十个莲蓬头。高天宝长期住工厂单身宿舍，工厂下班后，不汰浴，如何换得上干净衣裳？男人，下班最大的愿望，就是在大池里泡上一歇，再冲洗。还有食堂。热饭热菜热心肠，连饭后洗碗，都有热水龙头。哪里像现在，每天要带饭带菜。一个饭盒子，吃了还要自己洗。或者盒饭，五元一份。不舍得。

高天宝是用不着自己洗饭盒的，下面的人会得替他洗。现在他也不带饭菜了，下面的人，轮流带上他的口粮。他们已经晓得他的口味——饭量大，要吃肉。

汰浴。高天宝还是问了句："几钿？""浴资廿块。""哦，还好。"

高天宝便晓得了，现在城市开了很多大浴场。大池，烫水池，搓背，擦澡，指压，按摩，捏脚，修脚……

那天，高天宝终于又重温了过去工厂里那种"工作以后洗个澡，好像穿件大皮袄"的感觉。后来也没有要人替他埋单。廿块铜钿。他看到手下人还要修脚，敲背，他先离开了。出来的时候，从手脖子上取下号牌，结账，拿回自己的一双鞋子。

老适意的。以后隔几天，他就要自己一个人来汰一次。

像回到过去住单身宿舍的辰光。高天宝的爷娘去世得早，进厂后，住单身宿舍。上班跟着秦发奋，一步不离，连秦发奋要去寻个女工说个话儿，让他自己去寻方向，他还是执意跟着师傅。女工说他像"跟屁虫"。秦发奋说，"乖的，是个好人"。下班，他照例跟着师傅到浴室洗浴，帮师傅搓澡。大池边上，师傅秦发奋仰面躺着，高天宝俯身，毛巾裹着手掌，像个很专业的搓澡师傅。秦发奋和一边上了年纪的男工说笑，说女人。秦发奋平时话少，到了汰浴辰光，就讲点下作闲话。一天活儿做下来后的松弛。秦发奋老鬼，男浴室里，脱光，看到有男人两个胳膊肘上，留着擦破的伤痕，结痂，那一定是昨天夜里在床上，趴在女人身上冲撞，两只胳膊肘撑在席子上擦出来的。男人木知木觉，只晓得适意，事后还不晓得，皮擦破了。秦发奋讲，老鬼的男人，在做这个常规动作前，会拉过一些布衫短裤做胳膊肘的铺垫。弄起来就适意，随便你怎么弄。大家皆要弄的。你不要看你师母，劳动模范，在我手下，就是个"生产"模范。至于别的女人，秦发奋也会东看看，西讲讲。也可以的，碰就不要去碰。其实都差不多的。秦发奋起身，到洗面台前，立定，俯身，两只手在洗面台上撑好，作俯卧撑状，让高天宝搓背。高天宝年轻的身子，在秦发奋的背面，俯身，手掌用力搓背。秦发奋扭头望下面，两个男人，下面黑黝黝的长东西，一道荡下来，钟摆似的，连晃的节律和方向，也一致。渐渐地，秦发奋说得兴起，瞥一眼徒弟。高天宝男人的东西，刚才还是晃晃荡荡的，渐渐地粗起来，荡得有点硬翘翘。秦发奋随手拿起边上盛凉水的木桶，一桶凉水浇上去。那东西，立马缩进去，寻不着了。旁边的笑声很响。

"你人长。我是越来越短了。"师傅秦发奋对徒弟说了一句评判。立好，手一把搭在高天宝的肩胛上。这个徒弟要做自己的上门女婿，检验一下小鬼的身体，也应该。师徒俩赤身裸体。工厂里的男人便是这样，互相知根知底，开过盲肠炎、胃切除、皮脂腺囊肿……身上的刀疤，像是记认，熟视无睹。男人的家什，长长短短，毛发的多少，一目了然。师徒俩分头到两个莲蓬头下站好，冲淋。他们都有自己习惯使用的莲蓬头。相隔四五个人的距离。师徒俩，这一刻短暂分离，都会专心于自己的身体，用心洗一下自己的某些部位，搓几下。然后换上清爽衣裳，出厂。高天宝脚踏车踏五分钟，回宿舍。

工厂的单身宿舍，总是保持安静。墙壁刷白。双人床，上铺下铺，白天夜里，都会有人在睡觉。三班。厂休日，各人忙自己的事务，洗被头床单，木头箱子搬出来，晒衣物。年纪轻的，出去轧朋友。大家过着单身生活，没有什么分心的事情。

自己的钱，都小心锁好在一只木箱子里。上班，或者回来睡觉。所以，高天宝养成了很好的睡眠习惯。在上班以前，自然醒。这种在日夜三班倒的工作之外，依然保持良好的睡眠习惯的特点，在住单身宿舍的工人身上，表现得更加真切。就像高天宝，保证睡眠的安然酣畅，与他对工作一样，保持着认真和严肃的态度。

他一直到和秦海花结婚那天，才离开单身宿舍。做了秦发奋的上门女婿。后来做长日班了，夜里睡觉反而有点乱。直到现在自己出来做，钞票多了，却睡不好。

他把这样的睡眠不好，归咎于下班没有洗浴。过去下班，浑身上下，泡得通红，血气通畅；早上，一觉醒转来，身子软，家什硬——真的可以吊一只皮鞋。书上写，叫"晨勃"。住单身宿舍的人，要看书报杂志，床头就有，多是家庭生活类，男女情感故事，医学常识。男人"晨勃"后，自己弄，就经常要换内裤；上班前，洗了内裤，挂在衣架上，晾出来。

现在，高天宝泡了澡，换了浴场宽大的浴袍，躺着。男人的身体，真的有点软，血脉贲张，肌肤爽滑，皮是皮，毛是毛，很清爽。一种健康的力量，蛰伏于体内。大浴场有休息厅，灯光昏暗，大屏幕电视，放录像。男人女人。海滩。男人看着电视屏幕上的女人，吃茶，抽烟，手总是要在自己的身体上摸索着。有男人抠脚趾缝里的脚癣，满心舒坦的神情，抠几下，就要将手指头放在自己的鼻子前闻闻。高天宝也有这样的习惯动作。人都是差不多的。他在自己的脚后跟腱，又搓出不少老垢，小面条状，两头尖。多少日子没有汰浴了。

过来一个小女人，穿着丝袜、短裙，问要不要捏脚。高天宝最怕人家摸他的脚底板。"要不，做个套餐吧——全身按摩加推油。""几钿？""九十八块。免浴资。单间的。"高天宝一个犹豫，心里有点乱。女人已经捧起他的茶具和香烟打火机。高天宝就跟着去了。

按摩床，头的位置，有个洞，洞的边沿，敷上柔软的毛巾，男人俯身躺下，一张脸，就搁在这个洞的边沿上。面孔朝下，鼻子正好对着床头下面；床下居然已预先放置了什么香料，一股清香袭进男人的鼻孔。女人就骑在男人的后背上，从后颈部开始按摩，背，腰，臀……

高天宝趴着，不动。任女人的手，推，按，揿，捏。油，使女人的手，在男人的身体上，更柔滑地抚过。顺着脊椎，往下，至尾骨。女人的手，继续往下，扒拉男人的短裤。他想起，过去厂里的男工说一个段子：某护士长名"汪霞"，为高级首长服务，按摩。那首长，湖南口音，叫她的名字"汪霞，汪霞"。那护士长的手，就只好听命，不断"汪霞"——往下。

现在，女人的手，也在往下；手指在男人的臀上滑动，慢慢地，痒兮兮的。正痒着，女人的手，就往男人的胯间去了，轻轻揉捏，再往里，在男人的身体和按摩床之间，伸进去。

高天宝不动，感受着。从来没有女人这样摸过他，而且是从后面往前探过来。他把下体稍微抬起，让自己的身体和按摩床之间，腾出个空隙来。男人的身体在膨胀，体量增大。女人的手，适时地进入，和着油，搅动起来，间或手指出来，在男人的臀部，用指尖滑动，划来划去，像小时候老师在自己的手心上写字；又伸进去，摸索，搅动。

高天宝感受着这样的肌肤之亲。他坚定的一个信念是，不会去用自己的手碰别的女人。他甚至都没有好好端详过这个女人，就是闭眼，调整自己的呼吸，去感受女人的温存。他的身体越来越膨胀，臀，抬得老高。女人适时地说，翻过来吧。

高天宝翻转身体，顺势两脚踢掉已经褪到脚脖子上的短裤。勃然。女人情不自禁地轻声呼唤。男人坚定地不动，任女人尽情拨弄，握紧，摩擦，翻搓。高天宝不动。

这个单间里的"套餐"，使高天宝在一个女人的职业关照下，完成了一次宣泄。他没有碰这个女人。他只碰自己的女人秦海花。而自己的女人秦海花呢，却从来不碰他，更别说这样来弄他。秦海花从来只是任着他，由他主动进入，甚至强行进入。他只是在这样一种强行里，会感受到一种占有欲的满足，兴致勃发。他和秦海花，从来不曾有过任何互动。他需要有女人来拨弄。自己的女人不愿意，现在就只好让别的女人代劳了。高天宝在心里，对自己，就有了这样一个交代。

完事了。女人稍许整理了一下自己，明显感觉没有怎么被弄乱。"大哥很懂规矩的。"女人说，抄了高天宝手牌的号。女人关照高天宝，她到点了，但他可以在这里再休息一下，然后去冲一把澡。高天宝问了一句，"你是几号？""三号。大哥，以后记得点我的钟哦。下回，我帮大哥做胸推。"

什么叫胸推？高天宝不懂。但他想知道。以后吧。这一天，花掉了高天宝半天的工钱，换来了他一辈子都没有得到过的女人给他带来的感受。

每次"三号"帮高天宝做好"套餐"，记好手牌号码，随后高天宝看着她拉好自己的丝袜，出去。高天宝又想到秦海花那只有勾丝的丝袜，从右脚换到了左脚。

这只换过脚的丝袜，让高天宝心生疑虑。不是我高天宝疑心病重，是女人在白天真的脱过丝袜。越是疑惑，他越是对秦海花不声不响，只有闷着，才可以把这个心思，越来越深地藏到心底里去。

28. 豁边

下午两三点钟的辰光，是秦发奋在家一天里最沉寂的一段时光，外孙高韵还在幼儿园里，年轻人都在外面工作。回想在厂里上班，这个时候，一天的活儿，快要收工了，都是一些扫尾的事儿，打开的配电盒要拧上，裸露的线头裹上绝缘胶布，工具做一样收一样，放在皮套子里……和现在的女婿高天宝一样，他们都是电工界的"老法师"。他有时候都可以想象出，女婿高天宝每天的电工操作流水进程。只是，高天宝现在承包的工程更大，设备更先进；技术上，是差不多的。

秦发奋对高天宝很放心。一手带大的徒弟，大女儿秦海花嫁了他，其实就是让自己多了个儿子；腰板硬了许多。高天宝比儿子还要好的地方，是听话；要是生一个不听话的儿子，老头子要被他烦死的。

到现在，高天宝在外面做工程，回来还跟他汇报进度。人手不够，秦发奋出面相帮招兵买马，管用。连电工的工具和劳保用品，也是秦发奋寻到原来工厂劳动用品仓库主任，一句话，加一条过滤嘴"牡丹"，原来已经没有用场的电工家什，立马派了大用场。

秦发奋去翻出自己的一套电工工具，多时不用了，便要拿出来擦拭一番。他饶有兴致地将一大堆旋凿、扳头擦了一遍，整齐地排列在地上，从中拿起一把中号旋凿——这是用得最多的一把，平头，红色的木把，开了几道槽沟，捏在手里，很缠手。他手指捻着旋凿口，仿佛听见木螺钉旋进木头里的声音，吱吱的；手臂膊上的力道，也是吱吱地要冒出来。他手里拿着旋凿，唇上抿着一颗木螺钉，爬上自家的楼梯，在楼板的横梁上，旋进这只木螺钉。这是他的一个秘密，每到一个月领退休工资的一天，便要爬上楼梯，在横梁上旋进一个木螺钉。操作练兵，技术还是可以的；平头螺钉嵌在木头里，摸上去，刷平。只是，上楼梯的时候，腿脚有点不灵便；过去上竹梯，随便怎样晃晃悠悠，他几步登梯上去后，一只脚插进一个挡子里，侧身，倚靠在梯子上，那劳动的姿态，是伟岸的。电工的生活，是要爬上爬下的。如果自己还能爬上爬下，早就跟高天宝出去做了。秦发奋这时候便想，高天宝是碰上好时光了，这么多的高楼，有多少电工活儿要做。工程设计人员将大楼配电图往你这边一扔，你这个电工工头，也就是过去厂里的工段长，按图索骥，像个作战指挥员，分配工作……如果自己年轻十岁，是好叫高天宝靠边站站的，当然，钞票也是好赚的。这种钞票，赚得有劲。

门口有人叫"收旧货"，是看相了他的一套电工家什。他吓了一跳，忙着从楼梯上下来，就听见有人讲："这是我阿爸的吃饭家什。"这话是他的心里话。听上去是海草的声音。收旧货的走开了，小女儿海草进来问阿爸："你一个人在家里，爬在楼梯上做啥？"

秦发奋不搭话，忙着拾掇自己的"吃饭家什"。他不愿意对小女儿说自己的秘密心事。海草说："我来看看你。顺便问阿姐，她的酒店什么时候开张，我有事儿要同她商量，今天我在家里吃了晚饭走。我等一会儿去买菜。"

秦发奋鼻子嗅嗅，他闻到一股汽油味道。老电工，嗅觉灵敏，工作中，对塑料烧烊的气味敏感，那是有人用打火机烧电线塑料护套。正宗的电工，怎么可以这样？用电工钳，轧出来，那段裸露的电线，看上去也是舒服的。用打火机烧，这算什么本事。何况，纺织厂的车间里，是禁火的。现在秦发奋闻到的，是汽车排气管的那种气味。还是新车子。

"你是不是买车子啦？"父亲问。

"因为要……"海草嘴巴上不利索，秦发奋索性打断她。

"不要多讲。你有钞票,好哦?你买你的汽车,我管不着,不过,不要开到我这里来,掼派头的样子,我吃不消的。"

这天晚上,秦发奋一家人团坐在灯下,吃夜饭。这个时候,在这个小弄堂里,是有些嘈杂的,电视机、收音机都开着,节目的声音,都是互相纠杂的,就像是各家饭菜的味道,也是互相融合在一起。海花和海草吃了饭,就上了三层楼,姊妹俩关起门来,便说起海花开酒吧的事儿。海草自己有个酒吧,好几年了,是她从日本回来后就盘下的,做得很好的,装潢是东洋风格,进去要换木拖鞋,一间一间隔开来,装了移门,蛮有异国情调。秦海草是晓得,这里面是有花头的,日本跟中国有点相像,便是男人要喝酒,要唱歌,还要跳舞,就是跟着音乐原地转圈的那种;再有,就是女人,喝酒的男人,最喜欢不过的,就是有女人来陪。秦海草就弄了几个小女人,表面上是跳舞,兼带做卖酒陪酒的生意。

"哪能好做皮肉生意呢?"海花发问。

"你不做这个,开什么酒吧?"海草说,"其实,有些事情,并不是你想象的那么严重,不过是一种娱乐,是娱乐业的生存之道,你不懂,我来帮你,我可以承包你的酒吧,先期投入资金,也算是帮你了。只是,这种事情,千万不要让阿爸晓得。"

"听你这样说,我想还是算了。这酒吧,我是不开了。赚这种钞票,你叫我怎么跟领导和厂里的女工交代。"海花说,"我真的不晓得,你这几年,是这样赚钞票的。不好的。"

海草听见姐姐这样说道,眉头一拧,心里觉得,这个人,真是不识好歹，我是一片好心要来帮她，却落得个拖她下水的意思，什么叫"不好的"。海草有点动气了，便正色道："阿姐，你闲话要讲讲清爽，这几年，我是赚了一些钞票，但也不是为了我一个人，要不是我自己买了房子，你也不可能就在这个家里结婚。我靠的是政策，靠到日本打工，靠回来日日夜夜地做，才有了点积蓄，也是血汗铜钿，并不是偷来抢来的。"

海花向来是不会跟人吵架的，一碰上有人跟她板了面孔，心里先要怪自己。这时候，她便说："我没说你什么，只是，我不会像你这样来做事情的。你不要不开心，我是你阿姐，说什么话，你听得进就听，听不进，只当我没说。"

"这么便当？你是轻松哦，说过就好了。我是晓得的，你和阿爸，从心里是看不惯我的。我随便。我自己有房子，有钞票，有车子，也不怕什么，就当我是马路上的陌生人好了，大家也要客客气气的。"海草这样一说，眼泪便要落下来。

海花忙摆手道："我也晓得，现在做生意是不容易的。只是，我做不来你的这一套，也不好让你来承包我这里的酒店。说出去不好听。"

"你是嫌我这个'妈妈桑'的钞票不干净，也好，我跟你不沾这个边。但是，你要晓得，你现在这样做，也不过是为了生存，是想让更多的小姐妹，有个吃饭的着落，你去问问，先前跟我出来做的小姐妹，现在哪个手里没有个十万廿万的？她们如果跟你，你能够给人家多少呢？"

"这不是钞票的事情。"海花说，"我不跟你争，各人有各人的想法，说老实话，你这个钱，也不是人人都想要挣的，当然，也不是人人都做得来的，现在我就是叫人家来做，也不一定人家就会来。我还是做我自己会得做的事情。"

海草听着这话，不适意，便转身出去了，秦海花跟着，两个人便一起下了楼。楼梯上，有两个人一道走下来，这小楼的楼梯，有点摇摇晃晃。海草一抬头，看见楼板上，有一块木板，上面有好多个木螺钉旋了进去，就对秦发奋道："阿爸，你下午在修楼梯是么？这楼梯是要修了，走上去是摇摇晃晃的。"

"啥人来修？"秦发奋答道，"你是做不来这种生计活儿的，还要靠高天宝。不过，你是要出点钱的。"

"一句话。不过，阿爸，我看，最好的办法，你还是跟我去住，我有房子，住得要比这里好。"海草这样说，心里晓得，秦发奋是不会答应的，没有这个可能性。便等着父亲来回绝，一边看见姐姐面有愧色，觉得心里有一阵痛快，也算出了口恶气。

想想这个家，如果真的碰上什么要花钞票的事，还得找她。

秦发奋并未搭话，就叫海草早点回去，"路很远的，你能经常来走走，我就觉得蛮好了。你娘走了，我现在一个人，是有点冷清的。"这话让一家人都有点伤感。秦发奋这一次没有对海草发什么火，是因为觉得，自己是有点老了，下午爬在楼梯上旋那只木螺钉的时候，脚上有点打飘。年纪大了，对着小辈的口气，自然也会软下来的。"草儿，我还想问你，小囡在日本，还好吗？"

"蛮好的呀。"

"马跃现在做啥呢？"

"我现在是有老公的，怎么会知道他在做啥。"

"你现在的老公，怎么会有这么多钞票啊？"秦发奋问。其实是故意表达他对有钞票人的不满。

"阿爸，赚钞票的事情，你不懂。你要是懂，你就不是我阿爸了。我讲得对吧。"秦海草跟阿爸，故意"唬弄"过去。她知道，跟阿爸，实在没什么好多讲。

海花送妹妹出来。今晚的月亮很好，弯七弯八的小弄堂里，还投下一点人影，叫人感觉到一种清凉与寂寞。海草将姐姐拉到一边，凑近，两个人影的头叠在一起。海草说："我买了车子，就停在弄堂口。这种地方，车子也开不进来。不过，老头子不许我开车子来。"

"那你就不要开来。小弄堂里，也不像样的。"海花点点头，心里是为妹妹海草开心的，有钱总比没钱要好。只是，自己不晓得怎样来对妹妹表达一种很复杂的情感，想到方才还让海草气呼呼的，就觉得有点对不住，一时也想不出来怎么说，便道："你自己当心。"这话听上去，只是要海草开车当心一点。

"晓得的。"姊妹之间，总归会有些心里话。

"你日子好过了，要帮帮马跃。他一个人，不管怎样，他总归是你儿子的爷。"海花关照一句。

"阿姐,你好好叫好哦?他又饿不死的。"

"本来一家人家蛮好。"

"阿姐,你老了。"

海草对姐姐,就是不愿被她强过一头。便如她过去,参加民兵训练,背上一把枪,坐上三轮摩托车,就有革命战士、先进分子的感觉。参加小分队,唱唱革命歌曲,就觉得自己是很正义的。啥人不会啦。

现在比的是钞票。

隔了几天,也是吃夜饭的辰光。秦海花一家人团坐于饭桌边。边上的电视机开着,在播本市新闻,"扫黄"。一组镜头,警察冲击 KTV:画面晃,昏暗的包房,忽然被强光照亮,几个陪酒女人和几个男人蹲下,抱着头;背景的电视荧屏,还在放卡拉 OK 画面。酒吧老板被带过来。一个女人对着镜头,忙用手遮着脸,还用另外一只手推摄像机。摄像镜头猛地晃几下。嘈杂。几个身影晃来晃去。

秦海花一眼就认出,那个酒吧老板,是海草。这下,海草是豁边了。秦海花脚骨都软了,还是赶忙起身,过去关了电视机。回到饭桌边,端起饭碗,筷子都捏不住。

一连好几天,没有秦海草的声息。

秦海花寻了薛晖,让他出马打探。薛晖回报,那家酒吧,被查封了。薛晖再托人,转弯抹角,把秦海草"捞"出来。罚了一笔钱。秦海草还心疼。薛晖告诉秦海花，罚款已经从轻了。那秦海草，犟啊，还不服，在里面跟人来香港电影里看来的一套——叫上自己的律师，论理，没有提供色情服务。反复诠释"三陪"——陪酒陪聊陪唱歌，小姐出台——被客人带出去，那是他们的事情。没有容留卖淫。

不过，秦海草还是很感激"薛晖哥哥"出面帮忙的，她有点江湖义气。好歹也没有出大事。而且，她私底下告诉薛晖，这其实也不是第一次，起先做起来，就晓得有难度，就是因为有些"黄色"，被派出所冲过，后来歇业整顿，再开起来，就稳当多了。秦海草说，是"搞定"了。这次是个意外。毕竟，她还没有到事事都搞得定的腔势。

后来，还是秦海草自己把自己搞定了。掉转方向吧，做正规酒吧。想想那笔罚款，是真的肉痛。

29. 湿滑

大背头告诉马跃一个地址。按这个地址，一定可以找到宝宝阿姨。

马跃看着这个地址，一愣。很熟悉。他可以不费吹灰之力，就认得。这是他父母的老房子呀。

马跃和父母分开住。父母住在五角场附近的政本路上，老公房，一楼。他自己一直住在宁武路河间路的一个小单间。这是当年他要结婚厂里分给他的。后来结婚也没有住，就去日本了。回来后，他还是喜欢一个人住，离厂近。一个人方便，要练大提琴；他父母烦他。

后来父母去世了，他也懒得搬过去，就把这房子租出去了。每个月有一千元的收入，可以补贴自己的生活。不至于穷得嗒嗒滴。

那个中午，马跃在大背头的手风琴修理铺，叫了碗馄饨，吃了。就赶紧去政本路。闭着眼睛，也可以找到。这是自己从小生活的地皮。远远看见，街面的老公房，原来的天井，被盖了个顶，天井的外墙，开出了门面，加装了卷帘门，拉开来，蓝幽幽的玻璃门，遮光，紧闭；门口还有个理发店的标志——红蓝白三色转灯。是个洗头房。他记得，当初出租给一个福建人，讲好是开茶叶铺的，那人最想开"沙县小吃"，邻居死活不答应，嫌鄙油烟气味。

现在，里面透出粉红色的灯光。走近，隔着磨砂玻璃，可以看到一些女人的大腿。他拉开玻璃移门。门的轨道也不是很活络，玻璃门就七歪八倒，还发出难听的刺啦声。同时，几个女人就站起来。"大哥，洗头吗？"

他第一次进这样的洗头店，也不知道为什么要有专门的洗头店。洗个头，多少钱呢？答曰，十块。不由分说，他就被按在了理发椅上。

一头洗发膏的泡沫，女人的手指在抓，她们适事地留有指甲。还跟"大哥"搭讪。重吗？还好。第一次来吗？是的。头还痒吗？可以了。冲掉吧。

你们老板呢？我们老板娘要晚上才来，你找她？是的。下午老板娘要么睡觉，要么打麻将，你打她拷机好了。这里有电话。老板娘关照，有事情就打她拷机。马跃瞥见，门边还有个小收银台，上面有电话。

电话铃响了。一个洗头妹去接。是老板娘。老板娘在电话里关照，今天谁做夜饭，买些什么菜。伊要过来吃夜饭的。"窝（我）来吃夜饭的。"洗头妹挂了电话，学着老板娘的语气——"窝"。

头洗好了。洗头妹的手继续在马跃的脖子上捏捏，头顶心上捏捏，肩胛上捏捏。似乎有点舍不得。敲个背吧？里面去。我帮你叫个"敲背"小姐……

敲背多少钱？五十。洗头十块就不收了。洗头敲背加在一起，五十。便宜，很舒服的。

反正要等老板娘。马跃就进去了。一想到要五十块，真生气。这里是我的房子。我的家。我进到里间，居然要付五十块。方才洗头的，招呼来穿得袒胸露背的小女人。进去吧。马跃想想，在自己的家里，又能怎么样呢。

里面才是房间的正间，方才洗头的地方，其实只是个天井。现在，厅里平行摆了几张单人床，互相用帷布隔开；因为天井搭出了棚，房间就显得暗。里面还有单间。说是，进去可以"敲大背"。马跃朝里面走进去，看看老早爷娘睡觉的地方；再进去，就是朝北的厨房和卫生间了。马跃一个进出，算是把自家房间的格局弄清爽了。

与秦海草的婚姻生活结束后,对马跃来说,女人的身体,就像是一些破碎的片段。其间,会断断续续,有一些肌肤之亲,跟北风,跟宝宝阿姨……那就像是几部不着边际的电视连续剧,人物之间互相错开。他的思维,串联不起来。现在,他无意之间找到一个空间,他被年轻的、袒胸露背的女人引领着;他们像钻进了一个用于庇护的洞穴里。因为在洞穴,人就像动物;这个动物的联想,让马跃苏醒。内衣内裤,顷刻之间就成为多余之物。

雌性动物用尽温情,抚摸他,舔他,还发出一点呻吟,像压抑不住的轻声叫唤;但不肯由他摆布。"敲大背"好了。多少钱?一百呀。雄性动物往洞穴深处去了;雌性动物开始听任他摆布。男人不粗鲁,一点不急吼吼,他倾心投入保持着固有的对女人的温柔,用一只手,慢慢让女人适意。宝宝阿姨教的。封闭的空间里,热流令人窒息;他喜欢窒息的感觉,一种快感,幽闭,缠绕,勃动,喷发……向来拘谨的身体,忽然被打开。色情、淫荡、放浪……那些平时禁忌的感受,忽然奔涌而至,像空调室里拧开的高压蒸汽阀。

男女之间没有情感交集,无从悔恨,没有爱恨交加,没有悲喜交加,没有内疚,没有犯罪感。互相之间,只有极为有效和快速高涨的快感。在洞穴之外,生活照旧。两个世界之间的转换,仅一墙之隔。笼统括之,一百元买断。一个湿润的洞穴；无拘无束地宣泄。男人以一个孤独的夜游者的态度，与陌生女人在一起。

这是在自己的家里——这个意念总是在宽慰马跃。他少年时光，就是在这里，有过第一次梦遗；还有，夏天，隔着窗帘，透过天井的花墙，偷窥外面走过的女人，她们的裙角，裸露的腿，丰满的胸脯和臀……以至于，少年马跃，对天井外面人行道上走过的高跟皮鞋声，极度敏感。现在，他又寻觅到了一个令他恢复活力的自然活动。犹如秃鹰尽情掠过田野一样。他一点不感到疲乏，一次令人愉悦的掠过，正在慢慢引导他打造生命柔韧的技巧。

"我是这里的房东。"马跃告诉"敲背"的女人。"不相信。我们老板娘是从一个福建人那里租下来的。""是我租给那个福建人的。""敲背"的女人还是不相信，以为他要赖账。马跃就付了账，然后说，要在这里等她们的老板娘。他不想打她的拷机。自己到里面原来爷娘吃饭的地方去等着，顺便去了趟卫生间。他看到自己过去装修的瓷砖和卫生洁具，已经被弄得一塌糊涂。他出来，去到后面的厨房间，洗手，取肥皂。他看见那只肥皂缸。

那只金属材质的肥皂缸，是用冲床冲成的碟状，圆形，大小如一只大饼。是小炉匠的手艺。其时，马跃和秦海草结婚，小炉匠要送礼，他不舍得花钱。"你讨老婆，是就地取材，我送礼，也就地取材了。"小炉匠这样说，就在废料堆里，寻来一块铝板，冲出了个碟状，当场问马跃，你想要烟灰缸呢，还是肥皂缸？如果是烟灰缸，就在圆碟的边沿，六十度等分的位置上，分别锉三个搁香烟的凹槽；如果要肥皂缸，便在底部钻几个洞。小炉匠这样说，也不听马跃的意见，径直走到钻床前，用五毫米钻头，按下钻床，不由分说，钻了五个洞。这五个洞的位置，排列得规整，像麻将牌里的"五筒"。"我是送给秦海花的妹妹秦海草的，还是肥皂缸吧。"小炉匠说，随手用钢丝球一擦，"还是铝合金的哦。"这铝合金材质的肥皂缸，还真的铮亮崭新。

小炉匠素来小气，有时候还出奇。早先，小炉匠带徒弟，在食堂吃饭，跟徒弟借贰元菜票，过后，也不提。徒弟跟他要，小炉匠随手把刚刚奖给他的工会积极分子的奖品——一套《毛选》，给了徒弟。"拿去。不止贰元了。"徒弟无话。

这只肥皂缸，带着工厂的粗粝和精致，带着龌龊和洗净龌龊的肥皂残渣，带给马跃诸多往昔千疮百孔的记忆。"五筒"被肥皂残渣堵着了。他拧开水龙头来冲洗，一手的肥皂泡沫。马跃一遍一遍地清洗。

随后，他在自己方才"敲背"的那张单人床上躺着，想睡觉。迷迷糊糊之中，听到有人进来，先是男人哇啦哇啦，像是熟客。女人说，就这里。那边有人。随手拉上帷布。短暂地，静下来。随后就是窸窸窣窣。耳语，轻轻的调笑，尖叫。轻轻拉开裤子门襟拉锁的声音。呻吟。又进来一对。刚才的那对，男人开始要顶腰，踩腰，让"敲背"的攀着房顶上安装的两个环，脚踩在男人的腰上，像做酱菜腌咸菜那样地踩。完全是另外一种风格。

到下午三四点钟的辰光，这个房间居然满了。马跃只好让出来。小姐都在里面了。外面洗头的地方，反而没有人了。马跃坐定，就听得："没得人啦。哪块去啦？"

是宝宝阿姨。马跃立起来。女人叫他坐一歇，马上就好，快的，忽然眼睛定样样地看着他——哎哟喂，妈妈哎。宝宝阿姨。马跃叫她一声，女人眼睛明亮一下，飞红了面孔。快六十岁的女人，还是妩媚。

弄（侬）寻窝（我）？做啥啦？啥人告诉弄（侬），窝（我）在做这个的？大背头。这只下作坯；弄（侬）还在跟伊混啊。

两人坦诚，没有障碍。马跃说起要叫她帮忙寻一些人。键盘，吉他，小提琴，圆号，萨克斯。他要做乐队。

晓得了。宝宝阿姨一口答应。不急，我会帮你找的。随后就拉拉扯扯。说到秦海草，还有他儿子。宝宝阿姨的生意好。不断有男人来洗头，敲背。她一边收钱，找钱。给小姐记账，一块小黑板上，吸着一块块小磁铁，是小姐的号，老板娘为她们排队轮号。有点钟的，进去关照一下；被点钟的小姐，往往又被加钟。宝宝阿姨再出来跟客人打招呼——不好意思，下趟早点，或者先打只电话进来。

当晚，宝宝阿姨留饭。那就不去外面吃了。马跃说，在自己家里吃饭，感觉很好。马跃就混在一帮洗头妹和"敲背"小姐里，吃夜饭。宝宝阿姨为马跃盛饭，还夹了两只狮子头。小菜都有点偏咸。一个半天，他在这里完成了吃喝拉撒。还晓得，自己的房子租给福建人，一千元一个月；福建人现在再租给宝宝阿姨，是一千五。平白无故被剥了一层皮。宝宝阿姨说，无所谓，还是有赚头的。但说好了，租期一到，房子就直接租给她。租金一千五，就直接给马跃。

他现在端详这套父母留下的老公房，有些可爱，有些怪异，似乎寓意匪浅。里间挂满女人的内衣内裤，堆满各种各样的拉杆箱旅行包。上面，还搭了阁楼，一把梯子上去。晓得是外来妹的宿舍。一边的角落，堆着劣质卫生纸。一看就是批发的，大宗货色。进来的男人，完事后，都要用这样的卫生纸，擦一擦。

宝宝阿姨跟着他进来。他晓得，她进来，就是要和他抱抱了。他去抱抱她。她贴着他身子。她告诉他，"这是小姐做生意的地方。不是窝（我）的房间。不可以的。"

他的手，还是在她的小腹底下，放了一歇。只一歇歇，她还是觉得有热流上来，来自身体里面。

"窝（我）没有'老朋友'了。"她推开他的手，"但看到弄（侬），我还是会湿。人嘎（家）把这个也讲把弄（侬）听了。"

她以这种方式，让马跃感动，并且感到了她的湿润。

30. 拷机

秦海草寻到马跃，全不费工夫。他们就在五角场附近的国权路政本路口，偶然碰到了。

秦海草手里有些钱。买车子是小事，她喜欢买房子。也许是儿时家里住房困难，跟阿姐秦海花挤在阁楼上的情境，一直让她记忆犹新；她有个情结——要有自己的房子，房子要大，要多。

1990年代，城市开始进入商品房时代。可以买房子了。楼盘广告就像卖小菜一样在吆喝。秦海草看到国权路政本路口，有个新楼开盘。她很中意。她晓得这个地方，靠近马跃父母的家。当初，她要和马跃结婚，为了婚房，曾经跟马跃闹过不愉快。她的意思是，马跃父母当然应该把那套公房让出来给他们做婚房，马跃增配到的小间，让老人住蛮好。但马跃不愿意。那时候，她就专门一个人来过，悄悄看这里的房子、地段和环境。觉得蛮好，算杨浦区一个比较好的地段。后来干脆，两个人去日本。什么婚房都不要了。但秦海草对这个地方，是有印象的。

那天下午，她办理了购房手续，十五万，两房一厅的公寓。从售楼处出来，满面喜气洋洋。她觉得，她这个女人，有财运，今天是个好天气，是一个旺的兆头。酒吧生意还是要做，但可以换个做法。她这样想着，迎面就碰上马跃。

"你来看你爷娘啊?"秦海草问。马跃心里一惊,支支吾吾。秦海草正好是有事情要寻他。真的是吉星高照,想啥有啥。

马跃刚好也的确是要去他爷娘的家,也就是宝宝阿姨的洗头店。被秦海草这样一问,似乎已经被秦海草知道了他生活的一个底细,慌张着。

"是不是在做什么坏事情啊?"秦海草眼光凶,嘴巴也毒。马跃心里觉得晦气。怎么会在这里碰上这个辣手辣脚的女人。

"我有啥坏事情好做啊。一个下岗工人,作孽巴拉的。哪像你,阔太太的腔势。"

秦海草被马跃这样一说,想起不久前,阿姐海花刚刚对自己说过的话——帮帮马跃,总归是自己儿子的爷。心肠还是软下来的。

"腔势再浓,不是还是做过你的女人嘛。"秦海草说。马跃恢复了一点常态,"你还蛮记情的啊。我也是,到老房子来看看,怀旧了。"

他们就在一起,在五角场,寻个茶室坐下,熟门熟路,怀旧,然后说些新鲜的事——秦海草出让了自己原先闯过祸的KTV酒吧,觉得触霉头,重新盘下了一个更大一点的酒吧,要改造。简单说,是做个中西式餐厅,白天做中西式餐饮,到夜里,做酒吧。她想要马跃帮她设计一个乐队演出的音响功效。

这个酒吧的演出场地有点复杂,原来街道工厂的旧厂房,分室内和户外两部分组成。户外是狭长通道，室外遮阳伞，桌椅，敞开的通道两侧，分别各有八间单独的包房；吧台位于通道中间，通道还呈一个轻微的弧度。秦海草的描述不是很清爽，就在一张纸上绘出了简易的图。

"店堂地形嘛，想着好像有点像雪佛兰的标志。"马跃说。秦海草觉得，这个男人的确有点聪明过人，会很形象化地表达一种感觉。

"搞乐队，有难度的。"马跃自己正在张罗乐队，不过，他忽然觉得，不妨合二为一。这真的是天赐良机。"不知道你要搞成啥类型的乐队，要摇滚的话，配个超低，但是，看你画的这个房型和地势，像是旧区里的改造项目，周边有民居，怕扰民的，批不下来。如果不是摇滚或者金属，就流行节奏的话，轻音乐，就另当别论了。其实，作为演出，音乐的动态很重要，12英寸全频做主箱，是比较保守的，有可能，最好加个重低，这样下潜会好点，包围感也会更好。你地方大，摊得开，环境比较长型，得再加一个处理器，可做同步和相位调整，这样做出来声音，会干净些。台子和处理器是声源的基本，选择好的功放音箱，只要找稳定平衡的国产品牌，都能信任。"

马跃的专业表述，很得秦海草的欢心。她越发信任他。随后，马跃开始介绍自己的乐队组合。"你以后的乐队可以让我做。你就省心得多。我给你一把吉他，加一个键盘，加我的大提琴，这样的编制叫作'小编'。我的小编乐队还是带女歌手的，就是石榴，你认得的。'小编'比一般乐队的人要少。所以工资方面，你就少了几个人的开销，很经济实惠的。而且用键盘自动伴奏出来的歌，很整齐，很适合改版一些东西，就特别适合酒吧。但小编乐队对键盘手要求非常高。你看这样好不好？我们一起寻一个好点的键盘手，有很好的业务，再配上高端的琴。当然，按照常规，这些东西都是我的乐队和乐手自己准备的，酒吧基本可以不管。但我们是你的驻唱，你做点投资，也好的呀。一台好点的琴，像 S-700、S-900、PA 系列，将近万把元一台。"

秦海草发觉，马跃这个人，现在也是有点商业头脑的。估计他已经有点小钱了。如果按照马跃的计划，乐队的事情，她就不用去操心了，签下他为驻唱乐队就是了。只要在音响方面做好设计，就行了。这个属于酒吧投资，音响是硬件。马跃说："规模中等的话，装 1—2 套单 15 音响就够了，最好不要装双 15，我个人这么多年没听过几个双 15 好听的。当然，最好你还是找专业的人帮你选，能找到自己组装音响的，经济实惠。"

马跃的乐队还没有组建好，就已经有了一个"驻唱"酒吧。这个下午也没白搭。天色暗下来，马跃赶紧要秦海草走，再晚，路上堵。四平路到外滩，出名的交通堵塞。秦海草惊讶——这个男人，也晓得体贴女人了。

看到秦海草，马跃自然就会想到北风。很久没有去北风那里，帮她绷绒线了。他尽早把秦海草支走，就是因为想起了北风。秦海草一离开，他就找了个公用电话，打了北风的拷机，留言——今晚帮你绷绒线好吗。128 拷台小姐问了老半天——什么是"绷绒线"？字怎么写？拷台小姐多是外地人，小姑娘，不懂"绷绒线"的意思。马跃在电话里解释老半天。

1990 年代中期，有点事情在做的男人，开始流行佩戴拷机，别在裤带上。126 是数字机，可以留个电话号码；128 是中文机，留言，有字数限制。大多数要等回电。所以，公用电话很派用场。烟纸店、便利店、小超市、投币电话……随处可觅。"大哥大"还是很招摇，手机也开始出现，是少数高端人士的象征。

自从有了宝宝阿姨的洗头店做落脚地，马跃经常去。那里有电话，回电便当的。马跃就弄了个拷机。他把拷机号告诉过北风，北风有时候就会给他一句留言——有空来。

来做啥呢？马跃想过，还是绷绒线，比较好。约莫一刻钟，也就是北风从家里到弄堂口传呼电话的路程时间，马跃腰间的拷机，就有反应了，他还调在振动挡，一阵急促的震荡，弄得他有点心急慌忙。一按，显示——不方便。

马跃晓得，那边的不方便——男人回来了。他有点失落，转眼，便一门心思去寻宝宝阿姨，还可以顺带搭上一顿夜饭。到自己爷娘老早的家。熟门熟路，拉开移门；门照例丁零哐啷。一群女人，围坐在一张长条茶几上，吃夜饭。一股酱油辣酱的气息。宝宝阿姨一个人坐在账台前，抽烟。几只女人面孔转向他，只看到，只只油光光的嘴。

他已经是这里的常客。比过去到这里来探望自己的父母，勤快得多。他身陷在这个简陋的风月场所，但女人，跟高档会所的，又有什么两样呢？是一样的。他在这里吻了好几个女人，而且，在过来之前，就已经先想好，今天要谁；他可以选择，随意换，像看一台信号不好的电视机，随时可以换频道。一种有点古怪的体验。

马跃总是要在这样有点龌龊的环境里，去寻觅一点美感。就像过去在工厂艰辛的劳动中，去寻觅艺术感一样。他在这里为数不多的几个洗头妹和"敲背"小姐里，就感觉到那个清瘦的小红，长相是有点像章子怡的，脾气有点倔，有点横，动作也有点野；那个妖媚的东北女子小蓝，高个，丝袜高跟鞋，长腿笔直抬起来，脚伸向空中，把她当麦当娜，也可以；也有清纯的，刚刚从贵州山里出来的小白，羞涩，忸怩，一看就晓得不是装的，是发自内心的，要对她特别温存，抚慰，轻轻地做动作，用手指触摸、撩拨，她会抑制，满脸涨得通红，一种极其痛苦的表情，然后抑制不住，身子像潮水一样起伏翻卷，情窦初开的样子，真的可人，让他联想到《小花》时候的陈冲，一点不输。这三个小女子的名字，组合起来正好是"红蓝白"，就像店门口转动的理发店招牌灯。他就经常这样来幻想——与"麦当娜"、与谁谁谁——粗放浪荡，细腻温柔，也真诚，还本色；为此，他让宝宝阿姨把店名直接唤作"红蓝白艺术发廊"。

他也尝试着走向另外的发廊或洗脚店，去探索一些更加让男人适意的事情。有两个女人一起来"敲背"的，叫"双飞"。马跃在女人的手下，去感受一些温情。他不会忘记纺织厂里那些女人的手,她们的手,比洗头洗脚的外来妹的,要细洁和小巧,带着车间棉花和布的细软和爽滑;手势也不一样,她们在男人身上,不轻不重地撸一记,捏一把,便过去了。裤裆里的东西,不会有太大的反应,只是皮肤上的感受。现在各种各样女人的手势,显示出一种职业感,有明显的套路和顺序,男人的东西,会在这样的手势下,急速膨胀。只有宝宝阿姨有过这样的摸索。宝宝阿姨一定感觉很好,觉得一个男人在自己手里长大,很有成就感。这点让女人可以老卵。马跃买账。女人不断呵护着马跃,现在也是。马跃需要。曾经一次,在洗头房里,被一个女人摸得舒服,胀大,马跃是躺着的,门襟拉链拉下,那东西却卡在紧身牛仔裤的裤裆里,拿不出来。马跃故意不动弹。洗头妹实在拿不出那东西,叹为观止。"太大了。"马跃却想起,看芭蕾舞《天鹅湖》,里面的王子,那东西就是大,紧身裤的裤裆,很大的一堆。先前大家都看在眼里,内心都叹为观止。怎么这么大。现在晓得,是大。其实女人看芭蕾,也会看到王子的下体。好大啊。她们只是不说,心里还是想的。

还有些更加简陋的发廊,价格更加便宜,缘由是,里面的女人,年纪大。三四十岁的女人,有对男人的体己之处,晓得自己的生意不容易,便很尽心,特别是对"熟客"。马跃就跟一个将近四十岁的女人熟,那女人第一次为他"敲背",先拉着他的手,问:"你习惯哪只手,左手还是右手?"马跃还真没想过自己习惯左手还是右手,便任意伸出一只手。那女子,便从裤袋里摸出把指甲钳,帮他把那只手的中指、食指和无名指，都剪了指甲；还锉磨，用消毒湿纸巾，将手指头一一揩干净。随后，让他这三根手指头，要怎样就怎样。他以一种典型的抚摸和插入的手势，去摸索探究一种新生活，摸索人生的一个湿滑的阶段。每个人都会有属于自己的一个天地，一个时代，其中包含着一段隐秘的私人生活。像一块自留地。时代的风气已经允许开垦自留地了，并且鼓励男人女人开始自己的享乐。日子里，开始提供许多前所未有的机遇和奇遇，和一些场合。男人与女人的关系，隐隐约约地在摆脱禁忌，摆脱一些管束，摆脱一些坚硬的外壳和古板的契约。人心在柔滑，人生也分泌出许多滋润的液体。爱情或性爱不再排他。身体可以艺术地创作，也可以彼此相守，或彼此享受；销售，消受。

一种享乐的文化，短暂地铲除了贫富差异，消释了嫉妒和愤怒，终结了身体的欲望。就像到了午夜时分，当他排空体内的所有欲望，就觉得，可以重新开始了。反正，时间的主要部分，已经消磨掉了。剩下的，才是最值得珍惜的。他总是这样，从极端的一个点上，突然掉头。只有出现一个急刹车，才能体会到速度和惯性。

那天夜里，马跃就在"敲背"的床上，和一个年纪比较大的"小姐"缠绵。他那天倒真不是为了要宣泄欲望，而仅仅是因为指甲长了，要剪。他就寻到了那家更加简陋的洗头房，让女人帮他剪指甲，顺便，跟女人睡在一起了。欲望照例还是被激发。

就在这个时候，拷机响了。北风留言——明早来。

第六章

31. 连襟

秦海花要让高天宝帮忙做原来单身宿舍改建装修的事情。高天宝还是放在心里的。他很怀念自己过去的单身宿舍生活。有一天下班,踏脚踏车,就过去。想看看。

单身宿舍已经没有人住了,空关。有几块窗户的玻璃,被敲碎了,有人翻进去过,想偷什么。高天宝晓得,单身宿舍,没有人住,就没有什么好偷了。他踹了门,进去,到了自己住过的那间寝室,双人床还在,木头床绷。墙面灰白,结了蜘蛛网。地上有几只破袜子。他当年用过的一只小矮凳,还在。还是厂里木工做了送给他的,让他天热好到外面路口去乘风凉坐坐。小矮凳上,用毛笔写了自己的名字。往昔的日子,一下子涌到了心头。住在这里的男人,要么是农村来的,一人一只木头箱子;要么就像他那时,没有爷娘,一只木头箱子,再多一只小矮凳,一部脚踏车。

门房间,那时候有一部电话机,工厂内线电话。没有拨盘,拨外线,要叫总机拨。所以,高天宝做电话总机房的电气生活十分认真,跟总机接线员认得,有时候在宿舍,要拨电话外线，只要跟总机说"我是高天宝"，然后告诉她们电话号码，她们都会帮他拨。

高天宝出来，路过隔壁的翻砂间。也停工了。只是有人，还传来电子音乐的声音。他走进去。一个电工，只要是这个厂的地盘，角角落落，皆熟门熟路。

他迎面就碰上马跃。他在做小乐队，借了翻砂车间的场地排练。他们曾经是连襟兄弟。两个男人讨了一家门的两个女人，也算曾经是一家门的男人。说得上话。

马跃对高天宝说："这家人家的女人，老难吃得牢。你算得上是个老好人了。没有用的。你老婆，我的大姨子，那是啥人啊？厂长呀。怎么弄得过。你吃不牢她，也是正常。"

"你是不是在外面弄过许多女人？"高天宝可以这样说马跃。像是数落他，也有讨教的意思。

"瞎讲有啥讲头啦。我是先被自己老婆戴绿帽子的。我老婆，要比你老婆野。他家老头子，自己也晓得。"马跃说话直爽，"大姨子嘛，其实属于闷骚。"

小姨子，半只屁股。连襟之间，就可以说些男女私事，探讨一下他们共同面对的女人。两个男人就坐在翻砂车间的模具上，互相敬香烟，你一支，我一支，促膝长谈，推心置腹。马跃想啥讲啥。再说，现在的秦海花，既不是他的大姨子，也不是他的厂长，没有顾忌。"我告诉你，她们这对姐妹，阿姐比阿妹大，是真的大，大就大在这只屁股上。"

他这样说着，一面想象自己曾经的大姨子。这个女人的臀部，曾经引发他无限的欲望。但因为要叫她"厂长"，又因为是自己的大姨子，内心有一种高不可攀的恐惧，但似乎又是触手可及的。为此，他想入非非，但骨子里，却觉得无所适从。就只有秦海花的臀，引发他无限的遐想。在马跃眼里，秦海花的臀，偏大，不翘，就是腰下横着，宽大出来，但因为有身高，所以并不显得难看，反倒显得款款的，落落大方。适合穿宽松长裤长裙。秦海花走路的姿态，也随这样的臀——迈一步，胯先以四十五度，朝前方的一侧斜着出去。这种由胯来带动的步履，人挨着她边上走，经常会被她的胯碰撞。老法人讲，这样的屁股，一看就是生儿子的。

老法人的话是有道理的啊。男人看到这样的屁股，就有要上去的冲动。

他那时每天上班，在纺织厂的粗纱、细纱、筒子、整经、布机等各个车间兜来兜去，一天下来，要看到几十个女人的背影和她们的臀。老的，小的，大的，翘的，包的，松的，塌的，扭的，不扭的，扁平的，宽大的……哪个女人今天操月经带，明天垫草纸，他一眼望穿。

秦海花对于马跃，似乎永远是个难以开启的口子。以至于，马跃都很少敢正眼看一眼秦海花。马跃偷眼看秦海花，他们之间似乎永远处于一个封闭状态；但马跃又觉得，他们彼此好像都很切近，因为有几次，他偷眼看她，而她其实也在注意他，眼睛瞟过来。有一次，在秦海花家里，马跃坐在小矮凳上，海花从面前走过，一个胯，横着过来，到了他面前。那时

第六章　247

候，女裤少有前门襟。秦海花穿的是老式样女裤——裤腰的纽子搭扣在右侧腰头，三粒纽扣。马跃看到她的裤腰头搭扣，少扣了一粒纽扣。像一只嘴巴咧了口。有一点精细繁复的褶皱，从内中泄露出来，还有肉体温暖的气息。秦海花的眼睛马上瞟过来，似乎一眼看透了他，十分了解他脑子里在想什么东西。就像儿时，马跃面对自己的小学女教师。马跃曾经被女教师看见过一次，自己的手在摸自己的身体。女教师就一个眼神，一个表情，一个微笑，却看透他的私下。她可以震撼到他的心灵。但她从不做声，既不批评，也不鼓励；她看透他，也相信他不一定就很坏。大姨子秦海花就给马跃这样一种女教师般的感受。她没有觉得他很坏。所以他暗地里，会从私处，去想秦海花。

越是这样想，越是觉得秦海花是深不可测的。粗看，好像妹妹海草要比姐姐海花好看得多，但长期看下来，大姨子要比秦海草好看，耐看。就像秦海花的臀——他认为，要比秦海草的好。尽管她们姊妹俩都生了儿子，秦海花的臀，还是比海草的高级。没有得到的，总是好的。充满想象。

"是有点大。"高天宝老实，跟着说，"也不翘。不好看的。"

"你又要大，又要翘，哪里来。"马跃说。他想到北风的臀，那是翘。

他关照高天宝，看在这样的臀的分上，也要多弄弄自己的女人。弄得她适意。"我是没有办法了。我就是因为弄不适意，才被人抛掉了。""我的那个女人,你小姨子,还是'草',我大姨子,那可是'花'啊。"

要让她适意。这种成天辛苦操劳的女人,再没有男人给一点适意,那是真的要完结。马跃说,一边咽口水。高天宝吞吞吐吐,问,秦海花外面会不会有男人。马跃直截了当,这样的女人,外面有男人喜欢,一点不奇怪。你又不会弄,那只好人家来弄了。好女人,大家皆想的。这么好的女人,落在你的手里,浪费啊。当初你做秦家的上门女婿,厂里哪个男人不眼热你。眼热归眼热,也没有人敢上手,那是厂长啊。现在,人家好歹也给你生了儿子。大家皆下岗了,原来的排列组合,打乱了。我跟秦海草的关系,就先乱掉了。现在轮到你,也不奇怪。

秦海花毕竟不是秦海草。不一样的。高天宝坚持认为,她们姊妹俩,有差异,就像他和马跃不同,远开八只脚。马跃你瞎三话四。

马跃不争。心里想,连襟兄弟,一样的命。看不牢自家的女人。随他去,只是也不晓得,哪个男人,会让大姨子看上呢。

高天宝没有心相了,稀里糊涂,出得翻砂间。刚才嘴巴上,牢结结的,现在,心里却更加七上八下。后面,呜哩哇啦。马跃的小乐队,一片狂欢,像是发泄一通快感。

高天宝发现,自己的自行车车胎没气了。翻砂车间的场地，还是会有很多铁钉铁屑，扎了内胎。

他推着自行车，一边想心事，一边寻修自行车摊头。慢吞吞走到河间路口，就看到一个修自行车摊。摆摊头的，是原来细纱车间机修工小炉匠。因为曾经和秦海花是一个班头的，认得。

是秦海花的男人，小炉匠也一眼认出来高天宝。补胎。小炉匠放下手里的生活，帮高天宝做。先要剥外胎，抽出内胎，打气，将充了气的内胎，放在一盆水里，一截一截地过，有冒泡，就捉了漏。锉内胎皮，找到小洞眼，再剪一块内胎皮，锉，两块被锉过的内胎面，露出一小片肉色，都涂上胶水，晾一会儿。这个过程，小炉匠无话。本来就是个闷声不响的男人，碰上秦海花的男人。两个人都是闷声不响。

小炉匠自"砸锭"后，就再也回不到自己的机器旁了。他没有接受任何下岗再就业的安排。秦海花要他找高天宝帮忙，安排他做电工的下手生活；他眼皮都不抬。我凭什么要做你下手。你已经把我喜欢的女人弄到手了，还要我做你下手。想也别想。

那时候，小炉匠就整天在马路上逛。他没有女人，在家里待不住。他总是像上班一样，早上准时出门，在马路上东游西荡。看到煤气公司的工人，在马路当中，弄开一个窨井盖头，往里面放进一根软水管，接上一个人力泵，然后，两个工人一左一右，像玩跷跷板一样，一高一低地压水泵，水管里就出水了，带着一股煤气味道。他一个上午，就跟着这两个煤气工人，一条马路、一条马路地跟着。原来窨井盖头里，不都是排污水的阴沟洞；煤气公司也有窨井。他很注意地看了窨井盖，上面铸有"上煤"字样。这两个煤气工人，一上一下地力压水泵，像煞很好玩。这样的画面，让他觉得开心。他还是不懂，水管里的水怎么会有煤气味道，上去搭讪。工人告诉他，煤气管道里会积水，时间长了，积水多了，就会影响供气；他们的工作，就是排除煤气管道里的积水。没有什么稀奇的。但小炉匠还是觉得，这样的一个工作，真的很好，很舒心。

马路上，真的会看到很多平时忽略而无知的事体。小炉匠还看到一个油漆工，提着油漆喷灯，对着大家平时熟视无睹的老旧的邮筒，很仔细地喷出了个碧绿生青，眉清目秀。原来邮筒还有人专门来喷漆的。喷漆邮筒的工作，小炉匠也觉得好。

他羡慕这样的有工作做的人。他会做。他会使工具，会加工机件。后来，他还在马路上，认识了一个摆修鞋摊的鞋匠。原来是上海皮鞋厂的工人，正宗做皮鞋的。小炉匠记得，自己工作后买的第一双皮鞋，就是上海皮鞋厂生产的猪皮"荷兰头"皮鞋，七元六角五分，俗称"765"。鞋匠就做过"765"。他们从回忆"765"开始。从"765"时代，然后经历1980年代的"温州皮鞋"时代，直到最后，鞋匠索性不做皮鞋了，改做修鞋补鞋的师傅。他手艺娴熟，在眉州路杨树浦路的小弄堂口，摆鞋摊。用他自己的话说，他是一个"原装正版"的下岗工人，"不一样的。手里曾经有过'铁饭碗'，晓得饭碗头的要紧。"工人阶级本色，人坐在摊头里，穿一身原来皮鞋厂的蓝

第六章

卡其工装，强调自己和"待业青年"不一样。

傍晚，杨树浦路上有点热闹，还是有人下班，在路上走；不像过去下班辰光，杨树浦路上的每个工厂大门，人流涌出来。现在不是人流涌动，是稀稀拉拉的。小炉匠经常去看鞋匠。那鞋匠，自己赤脚，燥热。周边的居民，还保留出来乘风凉的习惯。这时候的修鞋摊，比较忙，鞋匠一边做事一边说话。"这是我的第二份工作。"身着蓝装、黝黑消瘦的鞋匠一脸平静，"我的'本职'工作，是在社区做清洁工。也就是下班辰光，出来做做自己的手艺。"

他告诉小炉匠，自己做清洁工的月收入，是九百多元。怎么够？"本来一家三口，生活还过得去。后来女儿考上了北京航空航天大学，要供孩子读书。必须再做点生活。还好，有手艺，拿得起，就不想荒废，老简单的。"

看来，要在马路上寻一个属于自己的工作，可以摆只摊头。

小炉匠很快就有了自己的修自行车摊头。小炉匠路道粗。有人帮他搭了个棚，有人车来一只工具柜，厚实的木头，一看便是老早哪个工厂金工车间的现成工作台，安上台虎钳，全套钳工家什。马上有人送来一只旧沙发。十几年前，上海小青年流行自己做沙发：钉只木头沙发架子，装上沙发弹簧，用麻线将弹簧互相牵连牢，先铺一层旧棉花胎，再敷一层棕丝，再一层海绵，最后，包沙发——把麻袋拆开，拼接成大块麻布，粗针穿麻线，将沙发包裹起来，那是要专门花钱请人来做的，据说是上海沙发厂的人。他们包出来的沙发挺括，针脚平整，连扶手、靠背的弯势，花式——航空背翘头、花卷馒头扶手、大包手等也呈现出来，有点技术含量。他们顺带会推销几款沙发布，也据说，只有上海沙发厂有，别处没得卖。选定花样，一并给包上。一只沙发就做好了。一样做，就多做一只；自家用一只，另外一只用黄鱼车推到马路打弯角落，叫卖。一个人卖，几个人撬边——装作买家，谈价。是比家具店的沙发要便宜一半，总归卖得脱。这样，自家用的那只沙发，几乎就是白捡。

到了1990年代，这样的自制沙发，用得差不多了，沙发布、麻袋布破损，弹簧直出来，便轮到被掼到马路上了。小炉匠的修车摊里，一只旧沙发便是人家掼出来的。闲时，坐坐；一只方凳，一缸茶，一只热水瓶，一副象棋。四方闲人云集，轮番坐庄，人来人往。这只旧沙发上，坐过很多人，来修车子的，不修车的，下棋的，喝茶的，不想再上班的。过去在工厂，小炉匠也算是经常接受教育的，晓得"理想和前途"。现在，不会有人教育他们了。他们对自己前途的认识，便是"没什么前途，只能混日子"，或者只要吃饱，有的吃好，最好。这把年纪了。

经常来闲坐的，是那些原本在工厂里接受教育和管束最多的，他们其实也是最需要依靠组织的混混、光棍、长病假的、不务正业的、脑子有点坏脱的……小炉匠可以开导他们——过去还有人可以管你们，关键时候可以救你们，或者，还有说话你们可以听得进的那些人，是工厂的领导、工会、班组、师傅师兄师弟，现在工厂没有了，你们就混吧。到我摊头来，我不会赶你。有口茶，大家一道喝。但你们，要么流氓做大点，要么就跟我一样，学点技术，做点手艺。一日到夜，散在外头，混世，但不魔王。有啥意思。

那个叫石建德的，老早细纱车间的拉纱工——工厂里的落后分子，长期需要帮助和帮困的对象，现在啥地方还有纱给他拉。他居然想出个拉黄包车的主意——在一个石库门风景点，租一辆黄包车，供人拍照留念。他自己一身黄包车夫的打扮，但看上去更像一个地痞流氓，他有时候拉黄包车，有时候坐黄包车，让游客来拉。也算是一举两得。只是改不了骂骂咧咧的习性，从车夫到地痞，就一步之遥，与人几句话不和，就要开架。不出一个月，这个摄影点就被景点取消。这样的"经商"经历，却让石建德满脑子就是做生意，再也不想从事体力劳动。夏天，就在小炉匠的修车摊边上做西瓜生意，摆个摊。还是会和人争执起来，手起刀落，把人的头，当西瓜砍；进去了。小炉匠帮他送过秋冬的衣裳。进了班房，石建德对小炉匠说了一句老实话——其实他很早就应该进来了，只是那时候有工厂，有工会，会有人出面保他。现在没有人来保了。要在里面待上十年。小炉匠时常会想他。想那石建德，喜欢下象棋，棋臭，还要用棋子在棋盘上敲得啪啪响。双炮哒哒将。抽车将。哇啦哇啦。抽车将便是在将对方老帅的同时，可以吃车；对方为了保帅，只好眼看自己的车被吃。"抽车将"是老卯。

石建德却发明"抽兵将"——将别人军的同时，可以吃兵。老得意的，叫唤着"抽兵将"。吃只兵，有啥好五斤夯六斤的。兵本来就是被牺牲的，丢卒保车。

从石建德身上，小炉匠想到自己的一些旧事，一些工人的前世今生。十年前，二十年前，三十年前——那些平常日子，忽然就到了一个买断的辰光。他们的一生，维系在工厂；工厂没有了，大家从此一别，再也回不到从前了。也不再有工人了。戴顶"下岗工人"的帽子，啥叫"下岗工人"？没有工作，又不是工人的错。老早，只有严重违反厂纪厂规，才会被开除。我又没有犯什么错，活儿做得好好的，却敲了自己的饭碗头。丢卒保车。我们就是兵卒，牺牲了。那些好日子，欢乐与痛苦，只能留在自己的口头上，在城市的角角落落，在自己的小摊头，一只破沙发上。今天一拨子，明天一拨子。

饿不死的，手里有自己的生活。过了十年、二十年，我们就是"退休工人"；那时候，大家太平。不会因为工作问题，给政府添麻烦。

其实，小炉匠想说——我从来就没有给政府添过麻烦。

随着时代的发展，自行车，助动车，还有摩托车……小炉匠修车的技术含量，在增加。便如往昔包沙发的上海沙发厂的人，他便是这样的技术人才。

小炉匠最后把那块内胎皮贴在内胎的破洞处，两处锉过的内胎表皮，粘合在一起。小炉匠使锤，就着自行车车把，将粘合处敲打粘实。然后，重新将内胎置内，外胎箍入钢圈，充气。临了,像往常一样,要把自行车在地上颠几下,让充气十足的车胎,在地上很有力地弹几下。

整个过程,小炉匠只是闷头做事,不睬高天宝。高天宝也不响,表示对小炉匠的尊重,高天宝就一直立在旁边,没有在那只旧沙发上落座。想想过去,这种生活,他高天宝也是一把好手,经常自己补胎。只是现在,缺了工具,也没了时间。这种事情,就只好有劳人家了。最后,小炉匠说:"好了。""几钿?""要啥钞票。""谢谢啊。""谢啥。"

高天宝无话。还是小炉匠多说了一句——好换助动车了,每天这么远。修修弄弄,寻我好了。反正认得了。

32. 容颜

秦海花是晓得的,妹妹海草的眼光很"毒"。用海草的话来说,看现在三四十岁的女人,有一副姣好的容颜,是靠保养,还是靠化妆,还是天生的好,她一眼就看得出来。女人到了这个年纪,容颜是会自然老化的,但有的是人为的刺激,还有的是外在的侵蚀,也有内在的失调,阴阳不调和——都是要在容颜上反映出来的。

海草说她"老了"。这话让海花记得。这个早上,秦海花一个人坐在镜子前,看着镜子里的自己。这一刻,是会有点伤感的。女人会晓得,青春已逝,时光不再。她忽然怀疑起来——对着这张脸,男人是不是还会有要吻一下的冲动。反正,高天宝是已经好久没有跟她亲热了。他们甚至连互相仔细地打量一番的劲头儿,都没了,熟视无睹,看不出什么特别的好看和特别的意味。

她想,她是老了,激不起男人的什么兴致;或者说,她对男人,也没有什么兴致。倒是有了更多的平静和安宁,却是寂寞的。她也没什么好多感叹,只是感到忙是真的,等忙过了这一阵,跟高天宝好好谈谈。但有什么好谈呢?她忽然感到一种凄惨,从认得高天宝,到谈恋爱、结婚、生儿子,两个人很少有什么事情要商量,要么她听他的,要么他听她的,要么大家听阿爸的。高天宝看上去没太多想法,这秦海花是晓得的,你要他想出点正经事体来跟你商量,还不如就由你来拿主意得了;这个人不会多费口舌,但眼睛里和心底里,都是会藏进东西的。两个人心里的事情,是长此以往、日积月累,一点点往心底里藏进去的,越藏越深;所以,两个人很少有争执。太平是太平的,但连彼此之间的要求,也都"太平"完了,两个人的感情,便也变得淡淡的,要寻个谈话的题目,恐怕谁也想不出、想不好。

好在两个人都有事情,都有忙的借口,彼此忙得不照面,也无妨。便想起以往常挂在嘴边的一句老话:时间紧,任务重;时间过半,任务过半。

年纪也过半。

她对着镜子,从镜子里看自己的这张脸,看出了跟高天宝之间已经存在着的无趣与冷漠，心里是觉得了一点苦涩。她羞于再看，双手把脸蒙了起来。

慢慢地，她用手抚摸着自己的脸，去想象，这是另外一个人的一只手，一个男人的手。她自己抚摸着，渐渐入神。

这一天，她一个人坐在办公室里，脑子里很空，静不下心来。她没有再多考虑什么，便拨了薛晖的寻呼。很快，薛晖回电了。秦海花对着话筒，一时觉得也没什么话好说的，只是她的听觉正在习惯他的声音，听着他的声音，能够激起某种情绪，是很靠得住的，让人放心。

他们在电话里也没谈什么，只是约了一起吃晚饭。电话挂了之后，她好像感到了一点充实，心定了许多。这便是薛晖对她的好处。秦海花在内心里很晓得自己，这么多年来，她能够不将他忘记，意味着他对她，维系着的是一种情绪，一种信念，一种连贯多年的精神。是一个时代的情结。实际上，他们已经分开得长远了，或者说，从来就没有结合过，但内心，却一刻都没有分离；只要心里在一起就行，这样，他们都有一种安全感，是没有什么危险的。

墙边的净水机水桶，间或发出汩汩的水声，翻着气泡。她想起这家生产净水的工厂，也是下岗工人办的。秦海花专程跑到郊区的这家厂，直接找到他们的厂长，要订净水机和水。这让人家厂长好感动。那个净水厂的厂长，也是女的，与秦海花年纪相仿，对秦海花说，她到市区商务楼里，推销自己厂的饮水机和饮用水，那些公司白领只会对她翻白眼。他们嫌鄙我们水厂的水不正宗。这些小白领，放在十年前，他们都是乡下人。现在好了，西装笔挺的样子，头颈上还要挂块胸牌，算是白领了。秦海花对她说，我们大家都是下岗再就业，我们要互相支持。净水厂厂长连连点头。秦海花说："我们的'布房间'可以为你们定制工作服，如果可能的话……"对方忙道："不要多说了，我们的工作服全部由你们做。一百套。"这是"布房间"的第一批生产订单。

水厂送水的定点单位很多。秦海花无意间看见水厂厂长办公桌上有一份送水单位的清单，想出个办法，跟着水厂的送水工人跑一遭，那些有可能要做工作服的单位，就可以上门服务，量体裁衣。后来她真的跟着到了那个"杨彩娣净菜小组"，那其实也是个注册公司，但实际和过去工厂食堂差不多。食堂要穿白色工作服。

杨彩娣和她的小姐妹朱银娣、包根梅、小心心、杏芬五人，她们很低调，不叫"公司"，采用过去工厂车间的"班组"叫法。秦海花扛着桶装水，进门，一脚踏在地上一棵黄芽菜上。杨彩娣心疼得要命——刚汰清爽，是要送三家客户的。上海女人有心相，小菜洗净，最后一遍，要用净水过一过。所以净水用量很大。秦海花看杨彩娣，已经快老年的女人，本来就在工厂食堂里做洗菜工。老公是食堂跑采购的，现在参加了老婆的"班组"，跑三角地菜场、江西北路菜场，进货。五个女人，根据前一天的电话订菜菜单，上午洗菜、配菜、装盒，下午分头出发,送菜上门。同时,接受次日的订菜。

工场,是一个废弃的仓库。进去,一地鸡毛——菜,一汪水。橡皮管接了自来水龙头,汰菜。还有斩肉的刀,很大的砧墩板。小心心似乎还年轻,带着一个小囡。后来知道,是帮人家带的,每月多了一千元。五个女人还要轮流值夜班,睡在工场里,防止被人偷菜。

与秦海花一样,杨彩娣的工厂关门后,她把几个最要好的小姐妹组织起来,因为过去就是一个厂里的,感情好。但杨彩娣告诉秦海花,小姐妹对组织起来的好处,认识并不深刻。虽然感情好,但总归为自己想得更多一些。比如,大家对小心心带着小囡上班,就有意见,认为工作时间带小囡会分心,却为自己多挣得了一份收入。就像过去工厂,哪有上班还带着小囡的?

思想工作也没有办法做。杨彩娣说,都是为了生存,怎么办?杨彩娣和她的净菜公司已经小有名气,口气就像个领导。工人阶级里,总归会有一些人,说话有号召力,出头来领导另外一些人。上级领导、区工会、区妇联,都很关心;杨彩娣还是很有信心的。至于发工作服,杨彩娣有点肉痛。"没有工作服做得也蛮好。"女人之间直说了,省一点是一点。"有统一餐饮工作服,会觉得规范。"秦海花说。不过,省一点也对;想杨彩娣的公司做得大,影响也大,为她们设计一件白卡其工作马甲,成本低,设计感很强,带有标志性的品牌效应。不妨就送她们了。笼统括之,六个人。有人送工作服,杨彩娣当然开心。秦海花感到，自己还是要比杨彩娣强一点。她们有点像互助组，几个人，弄成个"大锅饭"，大家好有一口饭吃吃。跟杨彩娣相比，秦海花有一个企业集团。关于"大锅饭"，秦海花有自己的理解。她认为，就应该帮下岗工人——那些"40、50"的，准备一口"大锅饭"。对他们来说，没有什么比还有一口"大锅饭"更有意义了。他们习惯有"大锅饭"了。在退休前，多一口饭，总比没有的好。

33. 留恋

那天，秦海花去送裁好的水厂工作服大样，让水厂厂长过目。进门，就看到女厂长在哭。这家水厂新近推出了一种"上工"牌瓶装矿泉水，这种牌子知道的人真不多，销路也不好。秦海花就是订这个牌子的水。但在一次食品卫生部门的抽样检查中，这个水厂的几瓶矿泉水里，发现含苯量超标准。要受处罚。这对一个小工厂来说，几乎就到了绝境。

女厂长哭得很伤心，看到秦海花，根本没有心情招呼，说到新做的工作服，愈发伤心。刚刚开门的工厂，马上又要关门了。还要工作服做啥啦。秦海花先是劝，劝着劝着，也跟着哭起来。她想到了自己。至少自己的一百套工作服订单，是要黄掉了。

她很久没有这样哭过。她本来就不是个喜欢哭哭啼啼的女人。哪怕下岗，前程暗淡，她的内心，也没有真正的伤心之至。哭一顿也不解决事情。但这次，她看到那个女厂长伤心，忽然想到许多。

会不会有一天，自己手里的事业，也遭受这样的打击，一夜之间便死掉。如何是好。谁会来帮我呢？工厂死掉了，如果自己开创的实业也这样死掉，我真的也会死掉。李名扬要打官腔，面孔板起来，老难看的；这面容，曾经对她几乎从来不露出一点心烦焦躁的表情。她曾经长期顺从他，听从他的意见，他们按照工厂生产的规章计划，以及人才培养内定好的梯队建设，一起按部就班，听从指示，携手共进。现在李名扬渐行渐远。他曾经对她的温存，到哪里去了呢？好像从来没有发生过一样。他曾经热烈地抱着她，用身体强烈地压迫她，他脑子里究竟在想什么呢？忽然就放手。有点不耐烦。他是嫌鄙我了，嫌鄙我没有本事，嫌鄙我没有知识，嫌鄙我找他麻烦，也嫌鄙我不好看。我是不是经常麻烦人家啊。秦海花感到自己的无能和柔弱，像骑在一部脚踏车上，晃着，憋不住，失去重心。她要摔下来了，也没有人来扶一把。

还有父亲，已经老了。父亲想要有一个他自己喜欢的女婿。那一点没错啊。可那个成为自己丈夫的男人呢，在自己的身边，若隐若现，不紧不慢，像跟着自己，面孔却朝着别的方向。她似乎到现在，都没有正视过自己的男人；反正，两个人，都朝着各自不同的方向在看。这场面，大概是几年前决定结婚就开始的，似乎也是迟早会抵达的一个终结。最让她伤心的是，父亲、李名扬、高天宝……他们对于这些与她秦海花有关的事体，似乎都若无其事，他们一点都没有觉得有什么做得不好，甚至认为他们对她都做得很好；很正常地，他们按照自然而然的常态，在往前头跑。他们平静地往前走，脸上毫无表情，或者装着没有看见她。他们的情绪一点不外露，没有对她弹眼落睛，嫉恨，怜悯，同情，愤怒……都没有。一切皆平静如水，心安理得。

他们越是心安理得，她就越是觉得委屈。心里挖塞。就剩下她一个人，走在一条危机丛生的路上。这不是一条通向战场的路，不会有战斗或暗杀，但在这里，她觉得她会被自己杀死。别人都不晓得她是怎么死的。这样一想，是真正地伤在了心里，索性哭开来。

这样哭过，她反而坦然了。因为她在心里生起了一个根——哪怕真的会一塌糊涂，也比干等着什么都不做要好。

当晚她和薛晖在一起。眼泡皮，有点肿。说了事情的原委，倒没有哭。听上去，也就是水厂厂长的事情。内心深处，关于自己快要死了的念头，好像已经忘记了。不说。唉声叹气，怎么办呢。

薛晖不出声。一个人在想她哭的事情。上一次，她什么时候这样哭过。"好像彩球师傅去世，你也没有这样哭过。"

他去抓住了她的手，抚摸着。她抽出手，一边撸一下自己的头发。

薛晖耐心地等她把头发撸好，再去抓过她的手，抓牢了，不放。他把她的手放在唇上，亲吻。

"你做啥这样啦。"秦海花说，"乘人之危是哦？"

是他想好了一个主意。他觉得是一个很好的创意策划，窃喜、冲动起来。他觉得，是她给他带来灵感。

他告诉秦海花，让水厂厂长为了企业和产品的质量信誉，将所有的"上工"瓶装矿泉水全部销毁，并且从宣布销毁产品的那天开始，一个月内，在市场上售出的"上工"水，不管是何时的产品，都可以到公司营销部调换。

他们很快计算了一下，如果一瓶水的成本一元的话，十万瓶就是十万元。销毁十万瓶矿泉水，将给企业带来十万元的直接经济损失。

但这一举措本身，却是个新闻。薛晖开始说出他的全部意思——要讲诚信。一个下岗工人创办的企业，有这样的诚信，对社会是有积极意义的，是值得做文章的。媒体在这方面可以做选题。他要做这个独家新闻——城市直击，联手电视台。一家企业，可以在工作中出错，但更讲究诚信，勇于担当，为顾客的健康着想。这是老百姓最要看到的。这比眼下被曝光的"大量矿泉水质量不合格"的新闻，要更具轰动效应。这样做，企业确实要损失，也许是十万，廿万，一百万，但随之而来的是"上工"水的广告效应和对受众的感染力，这是难以用钱来计算的。

干脆搏一记。现在要的就是企业形象和社会效应，而媒体要的是新闻效应。我们都是从整个社会效益来考虑的,我们都做对了,各取所需。就看薛晖的手笔了。

秦海花不得不承认,薛晖的主意有点死里逃生的意思。但不晓得人家水厂厂长是不是愿意这样做。

"不愿意也要这样做。你跟她说,只有这样,也许还有一点生路。光哭,是不解决事体的。"

薛晖与电视台"城市直击"栏目联手,全程现场跟踪报道了这一事件。作为首先爆料的消费类报纸的文字记者,薛晖充当了一回电视新闻的"前方记者",还出镜,手里拿着话筒。他做过老师,也算吃过开口饭,只是普通话不那么流利了,但语言造型是他曾经悉心钻研过的。他有过人的语速,言辞犀利,中央电视台的"东方时空"、"焦点访谈"初露锋芒,水均益、白岩松之类,在电视屏幕上叱咤风云。他们不过是比他的普通话说得更溜一点罢了。薛晖是这样认为的。

水厂经过这样的生产、销毁、再生产,又活转来了。大家都晓得了"上工"。上海工人做的事情,经得起折腾。

水厂的事情,让秦海花感受到薛晖对于自己的重要性——他给她一种精神和智慧。而水厂厂长就觉得,这个秦海花真的心肠好,肯帮人,还很有办法。哪怕不是自己的事情,照样哭得伤心,哭完后,照样像自己的事情,全力出手帮。这样的人,当然人缘好。好心好报。

秦海花想到这,心里又活转过来。觉得还是应该有信心,自己蛮有人缘，做点事情，一定会有很多人来相帮。这样一想，情绪也好起来，精神一上来，心里便决定了要做什么。

她从自己的办公室里出来，叫了几个帮手，到了实地，便是先前的工厂俱乐部、单身宿舍和疗养院，开了个现场办公会议。在会上，她决定，将单身宿舍和疗养院改建为一个大型的敬老院；俱乐部和游泳池联建成集文化娱乐、体育健身、餐饮为一体的文娱设施。这样，一个以"布房间"为名的工贸集团，就以衣饰制品厂、休闲娱乐城、老人之家为三个支柱。

那天，她跟李名扬在一起，详尽讲了她的计划进展。严格地讲，秦海花的这个计划，最早就是和李名扬商量，得到李名扬的首肯，并且他很关注，全力出手相助。李名扬端坐着，听汇报，两个人又像过去那样，面对面。李名扬已经老成发胖，肚子凸出来，看着秦海花，心里是在想自己——是不是还要抱抱她的那种冲动。自己曾经那样冲动。她不漂亮啊。但还是有很多可人的地方。她走近他面前的那一刻，他脑海里，就闪现出另一个形象——一个年轻、意气风发的自我形象。

这种自我形象时常出现在李名扬眼前，像很自恋。但看到秦海花，的确会很怀想——他心里会很想她，想那消逝的青春时光。他们一个是"司令"，还有一个是"参谋长"。过去他们在一起，秦海花总是开玩笑地以"参谋长"自居，这里面有点让李名扬"一头"的意思，秦海花还是承认"总司令"是李名扬，她自己是分享了一点喜悦，却也是蛮骄傲的。

现在，秦海花坐在李名扬的对面，脸上又恢复了某种自信，便有了"参谋长"的表情。这让李名扬看到了秦海花的美妙之处。那便是，她跟他会有一种很好的配合，是一前一后的，但彼此心领神会。从骨子里去想，海花没有心机，内心很顾及他人，不带邪念，坚守与人为善的人际关系；相形之下，自己是有点心机和私心的。但就是这样的互相接受，有许多时候，反而让他们两个人，达成某种默契——他们需要互相支持，并且这样的结合，总是被一种很至高无上的、纯粹的东西所刺激而成。

李名扬从心底里，留恋着一个无限美妙的她。这与爱情有关，也与性欲有关。这是李名扬心底里最隐秘的一个角落，只有自己，会不由自主地触动一下，却是不动声色的。不过，现在他不会对她无动于衷。他要帮她，这是他的职责，对秦海花的支持，也是自己作为上级主管领导能力的一个强有力显示。现在做领导是要办实事的，是好是差，要看手里的业绩。这是一种政绩。从中央到地方，都把再就业工程看做是关乎国计民生的大事儿，当然是要紧的，也体现了这事儿的难度。环境很残酷，当生存都要面临危机的时刻，李名扬选择了和她一起坚守阵地，越是在困难境地，越是能体现个人价值，这便是机会。他便是这样，不断地挑战自己，令他感到惊异的是，每到这样一个紧要关头，秦海花都会不约而同地跟自己走到一起，并且走在前头。他跟她有着不解之缘。

想到这，李名扬脸上的微笑流露出来，轻轻地对她说：

"参谋长，这是一个完整的作战方案，就这么决定了吧。"他们先前经常在一起商量工作，会套用一句"样板戏"的台词。"嗨。"她轻快地答道。这一刻，她和他，都有一种时光倒流的感觉，他们像回到了过去，彼此便获取了某种力量。

原先的工厂地皮和房产的租让协议，可以有五百万的资金；局里将其先期投入到秦海花的"布房间"。这是在李名扬的帮助下达成的结果，再加上她自己筹来的银行贷款一百万，一个新的企业，便可以启动了。除了衣饰工场已经开工生产外，一年后，娱乐城和敬老院也将正式启用。

"这事情是要靠人做起来的。我相信，只要做起来，就会活起来。"有六百来个员工，又集结在她的周围。她所组建的"布房间"工贸集团，是这个城市罕见的清一色由下岗人员组成的经济实体。她对昔日的小姐妹和工厂的工友说："谢谢你们相信我。我也相信大家。我们一起把事情做起来。这是我们大家的机会，我们都不要错过。"

34. 有空

白天的阳光，从老房子三层阁老虎窗的窗口洒进来。一房间的亮堂。北风让马跃坐在房间中央。一把椅子，绒线扯过来，连着坐在床边的她。床沿上铺着被单。后面叠着的被头，两床。

男人出去跑码头。北风朝里间努努嘴，老人在里面。"他们看见我，怎么说呢？""都已经痴呆了。我都不认得，还认得你？"

过去，马跃都是深更半夜里来。一是马跃在四川北路海宁路的国际电影院，有舞会伴奏的场子，伴奏结束后，正好过来；二来，也是因为躲人耳目，老人和孩子都睡着了。现在，孩子大了，十岁的小学生，夜里已经要做很多功课；上次马跃过来，孩子就用异样的目光打量他。这让北风感到不适。

现在，老人反正不认得人，那就索性白天也好，孩子上学去了。北风的生活就是，照顾两个老人和一个孩子，一日三餐，结绒线，睡觉。上海人家，那时候住房拥挤，老人孩子三代同堂的很多。一般就是，两个老人，渐渐地，剩一个老人，再往后，另一个老人也去了，孩子大了，轮到自己，开始变老。

马跃还是第一次白天坐在这个房间里。绷绒线。扬起来细小的尘，在阳光的照射下飞舞。马跃的鼻子痒，一个喷嚏；隔壁的老人也会跟着一个咳嗽。起先，马跃以为是偶然的巧合，后来他故意咳嗽，隔壁老人也跟着咳嗽，一边还发出咯咯的怪笑声。北风对他做个手势，食指竖在嘴唇上——嘘，闭嘴；一边用手比划下自己的脑袋。马跃晓得，脑子坏脱的老人在搞笑。

马跃手臂张开着，绷着绒线，做逆时针或顺时针旋转运动。他们面对面，脚尖对脚尖，北风的脚尖永远是这样的——

一只脚搁在另一只脚背上,脚尖朝前。

马跃和她说起组建乐队的事情。已经有低音贝斯,键盘手,吉他手……稍许扩展一点,还会有几把小提琴、中提琴和铜管乐器加入。"你来和我一起做好吗?北风啊,你就在痴呆老人的咳嗽管束下,与现实生活隔绝吗?""没有呀。你不是经常来看我吗?有你来看我,就可以了。"

马跃无话。北风是理智的,即便那一回,他们在工厂关门后第一次聚会,在大背头家的厨房间里,马跃从后面抱着她,用自己男人的身体,摩挲她的臀。她一边用那种克制的、原始的喘息轻轻回应他,一边依然不忘用手捧着碗,用筷子搅动碗里的蛋,用打蛋的"刮刮刮"的声音,告诉外面房间里的人,她在厨房里炒鸡蛋。没有发生别的什么。北风就长期处在这样一种不大健康、有点压抑的气氛里;她需要透一口气。

马跃就是她的一个透气的窗。马跃的到来,让她的对面,坐了个新鲜活泼的男人,对她充满饱满的情感和活力。她感受得到。这个男人还会带来一种家庭和男人的气味。

自己的男人呢,常年在外。可以带钞票回来,但也给她带来一些惆怅和困惑。她自己也不知道,外面的世界,是不是真的很精彩啊;里面的生活,却是很寂寞。很多年来,她习惯对情欲保持着克制、隐忍和缄默,她让马跃也陪她一起,在她身上,保持这样的姿态。这个男人做到了。绒线是从马跃那边送出去,她晓得,送过来的,还有情欲;她随手,飞快地把情欲都缠在绒线团里了,缠成一团。绒线团就在北风的手里,她在做拉扯、缠绕的动作。他们互相凝视，虽然没有肌肤之亲，却也知道得巨细无遗。他与她，利用这一飘忽的、跃跃欲试的时刻，彼此潜伏到对方的心底里去，再从内心深处，升起来一个气泡，承载着记忆。"窗花舞"就是一个气泡；一个气泡爆掉，会不断升出新的气泡。他们之间就像在不断充氧。

他们就这样维系在一起，正在创造一种自己新的艺术——做得很自然。事实上，这个艺术很完美，并非刻意设计，但是在一定的时刻，能够比处于男女交欢的实际姿势，和与此有关的文字本身，表达出更多的意蕴。艺术拥有无限的情感符号。他们感受到了一种更深的表达方式，于生活有补益。

绷好了五大团绒线，马跃完成了一个行为艺术。像一个蝌蚪的形状——它露出一个头，膨胀、颤巍巍，又消失得无影无踪。

马跃重新站在城市喧哗的大街上，四川北路。他闻到一股好闻的气味——"一定好"的鲜肉月饼。他想起，要过中秋了。许多人在排队，买鲜肉月饼。也有人，手里是有月饼票子的。那是有工作单位的人，有得发票子。没有工作的人，没有单位给他们发月饼票。就像在超市里，用各种卡消费的，都是有工作的人。过去厂里的一个下岗女工，现在就到超市做收银员，一次，马跃去那家超市购物，出来结账，碰上了。马跃摸出零钱付账。收银员说，你也下岗啦？还没有工作啊，没有卡的。原来下岗工人会有这样的标识。马跃想想，自己也是有"票子"

的——"人民币"。马跃下岗后,口袋里就习惯要有些钞票,在外面到处走,随时要用的,跳舞,吃咖啡,吃茶,吃中饭夜饭,唱歌,打麻将……这个社会就是这样的,有钞票的人,口袋里不会放钞票,就像秦海草,出手买房子,哪里会带上钞票呢?摸摸她口袋里,皮夹子里,没有钞票,只有卡。像跟马跃一起在五角场复旦大学附近的咖吧里喝杯咖啡,店主不拉卡,人家是针对大学生消费群的,只好马跃埋单;像他这样没有工作的人,口袋里才摸得出钞票,大票小票硬币,一大把。

至少钞票是不会"过期"的,不像那些单位发的月饼票,就截止于中秋节。

马跃就去排队,买月饼。带到"红蓝白"去,让宝宝阿姨和洗头敲背的小姐们尝尝。这个男人在讨好女人这一点上,向来很有心相。做得总是自然。

"一定好"店门口,已经有很长的队伍,从上街沿迤逦到路口,再拐上了岔路。他就排在了最后,并且是望不到头的。他相信,他会跟随着队伍的迤逦,在某个时辰,捱出头。事情的这个结果应该是可以预见的。马跃极富于耐心,在排队的时候,可以想想北风。他其实一直很想她。在平时,似乎是没有很多时间和闲情,来对北风去做许多想象。现在反而可以静下心来,好好想想女人。这样,排队就不觉得枯燥乏味了。

临近买月饼的窗口了,马跃发现身边挨着个女人。因为他一直沉浸于对北风的想象世界里,一点没有发觉这个女人在他身边,等他发现并打量她的时候,女人递给他两张票子,要他帮忙代领一下。顺带便的呀。女人微笑着，说话的声音像耳语，仿佛很熟识的样子。马跃一下子倒难以拒绝，再想，也不过是举手之劳，便点头允诺。

"我到对面的糕团店买点心。再过来，你也正好差不多了。"女人说着，使了个温和的眼神，表达的是一种充分的信任。去了。马跃觉得去了也好，一个陌生女人站在身边，会不自然，找话说，很吃力；旁人也会起疑心，现在这样，索性可以给人我们本来就是自家人的感觉。这样很好，他同时觉出，女人对他的信任。

马跃很快买好自己要买的月饼，也把凭票领取的月饼拎在了手里；也算过了把"凭票领取"的瘾。正急着等那个女人出现，女人真的很善解人意，"没事儿。我回来了。"

这个声音后来一直萦绕于马跃的生活和生命中。那时候，只有一片蓝天展现在他的眼前，与此同时，马跃把女人顺带便仔细地观察了一番。他们的视线相遇了，都有一丝柔和可亲，因为跟他做了点作弊的事情，就像儿时一起考试作弊的孩子，彼此就没有拘谨了。女人抬起自己手中拎着的一个马甲袋，那里面是熟食和点心。要不要吃点？不要。因为女人手里不是很空，马跃就将他代领的两盒月饼，继续拎着，一边就想——她凭什么就知道自己愿意帮她拎呢？

女人回家。马跃也不知道自己要去哪里，就顺着女人，自然就继续拎着月饼盒。

他们走在街上，马跃开始还没法完全放松开来，身子都有些僵直,有些摇晃;他们的肩跟肩,就会有些碰撞。熙熙攘攘的城市街头,在男人的眼里变得空空荡荡,像一条梦幻之街。

马跃忽然觉得,自己已经很久没有和人这样出来走走了。老是窝在洗头店里。马跃甚至回想不起来,自己是不是曾经这样和人走在街上过,是和什么人在一起呢?他忽然想起,曾经和海草,在淮海路襄阳公园;还有,就是跟北风一起,从外滩市府礼堂,走到四川北路溧阳路。马跃感到有一种很感人的东西,在心底里萌动。

他被这种感动推动着走,有一种从此要好好过日子的感觉。

这一天,其实和许多平常的日子一样,没有发生什么意外的事故。阳光照在街头,亮亮堂堂的。他和某个女人,只是在初秋的阳光下,彼此合作作弊了一回,然后并肩走了一段而已。他们像许多逛街的人一样,闲聊着,互相打量着,情绪镇定下来;他们看上去既像是一对小夫妻,也像许多陌生人一样,闲逛着,然后回各自的家。

拷机又响了。北风向来是发三个字"有空来",这次多了一个字——"有空就来"。

35. 好看

她现在相信,事业是可以重新营造的。那天,她跟她的合作伙伴巡视了一遍属于自己的"领地",回来后,一个人关在了办公室里,将自己精心打扮了一番。

秦海花身材高挑,丰满,但没有因为人到中年而变得过于丰满,当然也不是女学生的那种纤瘦类型。她是一种成熟的、丰满的妖娆,略作修饰,便能勾勒出更具性感的体态。在时装行业中,现时的制作与零售的业主,应该将这样的体型,来作为设计和销售的对象——这是秦海花初涉时装业而颇具心得的一点。

秦海花对自己的外在形象,向来没有心相,不过,久而久之,反倒形成了一种顺其自然的并不十分刻意的风格。就像马跃说过的——她的臀,自然,宽大,饱满,既不刻意表现,也不刻意掩饰;是天然的显摆,不加掩饰的凸显。这与她的为人一致。是不过分讲究的,还稍许有点随心所欲的意思;似乎漫不经心,却是很看得顺眼的。

她的这种对体形和外在形象的不经意,几乎可以达到时尚界所谓的"训练有素"的素质,这对她从事时装业,很有补益,并能衬托出这个城市的时装业"漂亮"和"讲究"的成熟女人的风情。这个城市的女人,不应该再是豆蔻年华,而是风韵犹存。便如中年女人的发胖,要胖在她身上合适的部位,比如,臀。她们有与生俱来的白皙肤色和黑眼睛,她们是这个城市成熟透了的精灵。

这个时候,便需要有一种布的面料来包装女人。是纯棉的,可以柔软飘逸,也可以厚实硬扎;纱卡、线卡、双面卡、平纹花呢、斜纹花呢、灯芯绒、龙头细布、府绸……色彩各异，有米黄、咖啡、烟灰、藏青、石磨蓝、苹果绿。还有一些棉织制品，泡泡纱、人造棉、朝阳格等，市场断档长远，对城市女人来说却具有永恒的意味。卧室，起居室，床上，餐桌上……在城市生活的角角落落里，布的风情是民间的、大众的、女性化的，它编织着一个温馨的布衣社会，对今日的城市生活做了适时的补益，有一种自给自足的满足，充满小康情趣。纺纱织布，永远于人类是一个母系社会的回忆，女人一手从播种开始，间苗、除草、摘顶、施肥、灌溉，直至采棉、纺线、染纱、织布。

这"布房间"三个字，便是这个城市的一个中年女人，给男人打点的一个布包裹，里面包了一身新布衣，一条新毛巾，一双新布鞋。她曾经就挽着一个布包裹，和一个男人一起，走进城市湿润的风中。

秦海花看到薛晖今天穿着一身"布房间"的产品——米黄色卡其的直筒裤，上身穿的夹克是蓝布的高腰式样，介于牛仔和猎装之间的那种款式，敞开的衣襟里，可以看见格子绒布衬衣，色彩是红与黑的间隔，有点"跳"。这是她从事纺织与服装业以来，看到的最令人兴奋的一个全部由"布房间"包装而成的男人形象。这是一个细节，当然是薛晖的刻意，却很要紧。两个人见了面，一下子便靠得很近了，已经没有什么距离感了，省略了许多开头。

薛晖看着一脸兴奋的秦海花，说："我忽然感到很好奇。"的确有点奇怪，这事儿就发生在一个瞬间，十几年过来了，要发生的都给小心翼翼地避免了，却在一个不经意之间，突如其来地完成了。薛晖说着，便把她的双手握住，在拥抱她之前，先吻了她的手。随后，薛晖说："照我的想法，你大概不喜欢我这样对你。"

"你以为你的脑子一直是很清醒的么？"秦海花问，自己的脑子倒一下子清醒起来。有时候，人被感情支配了，也没有办法。她想自己为了父亲，便给自己带来了一场婚姻，也是在顷刻之间建立的一个关系。她在这个时候，想到了高天宝。她不想回避什么，十几年的时光过去了，她已经经历了生活，为人之女、为人之妻、为人之母所要面临的挑战，所有的冒险经历，都会磨去棱角。她所要坚守的，是自己的纯正情感和事业。她将所有的爱，投入于此，也许，所有的人际关系便会变得纯熟了。她一想起这个，便会感到踏实，自然，有稍许的忧郁与怀旧。一切很快便平静下来。就此摆脱了某种差异，也便限定了她和他人的种种关系，那种情感可能要出现的超负荷的强度，便会被她疏导到远离卧室的她的事业中去。

他们第一次拥抱了。

然后，是在往餐厅去的电梯里，秦海花从电梯的镜子里，看了一眼自己，觉着自己的模样，还是有点动人的，特别是对这突如其来的亲热，有点手足无措的样子，还像个小姑娘，很惹人的。她想，薛晖是有点冲动了，还是借着这一身"布房间"壮了胆,不过自己既然还有那么一点动人,便不好拒绝。她本来就不大会拒绝人家,不管是好意还是恶意,都习惯于先自己"扛"下来,然后再慢慢地消受或者化解。从电梯里走出来的时候,秦海花重新又在镜子里打量了一下自己,认定自己不像一个"陪生意人吃饭的女人",但还是下意识地拉了一下衣服,手去理了一下头发,尽量让自己去想象一个女教师的模样。

这顿饭是吃得蛮好的,用薛晖的话说,是要"庆祝"她的诸事顺利,然后,还要庆祝一点——你越来越好看了。

秦海花心里一动:他哪里晓得,便在早上,我还觉得自己的模样越来越糟。薛晖是自己开心而故意逗她开心。男人要讨好女人,最好的办法,便是说女人"漂亮",不过,秦海花过去是不大在乎别人说她好看难看的,没有心相。但就在她稍许对自己的外貌有点在意的时候,薛晖就适时地进来了。他是越来越会得走进她的内心深处了。她不晓得,她和他之间,究竟有多少相近。两个人都是敢作敢为的,努力进取,持之以恒,富有耐心,十几年这么过来了。他跟她一样,都在长期的磨砺中学会了、习惯了"一点一点来",对缓慢而可靠的行为方式,饶有兴致。

那天夜里,他们从饭店出来,在一个小弄口分手的时候,她忽然说:"问你呀,你要一直这样单身一个人过下去?"

薛晖说:"我不想说我是为了你,在等待着什么。不。我自己只是觉得,这样很好。就这样。"薛晖给了她一个很圆满的答案。"你用不着为我分心。你尽可以放心而去。我对你不会有什么特别的要求,一切都会做得顺其自然。"

她低头想他说的话。这话往深处去想,会被带到一个感人肺腑的境地里去。弄口有个妇女推着童车走出来,那孩子出得弄口,便从童车上下来,撒腿跑起来。孩子一旦开了步,便不愿再让人塞进童车里了。秦海花站在红色的童车边上,驻足,仿佛在等待着什么。童车歪斜着车把,一只空坐垫,鼓鼓的,做成屁股坐下的凹型,让人联想到小孩肉笃笃的带有乌青块的屁股。

她等待着,一个男人,性格刚毅,神情安详自若,悠然自得之中,蕴含着品格和意志。他找到自己的意中人了?他在等。那只有等。哪怕等到这两个人头发斑白,他们俩都会彼此理解。她伸出手,去迎接他,将所有深沉多情的底蕴全释放出来。他们紧紧地相拥而立。他和她进行了一次长吻;这一吻,让时光倒流,直吻到两个人青春焕发英姿勃勃。那便像天堂一般。

在这个暮春的夜晚,她便望着弄口的一辆童车,静静地闭上眼,不让眼泪流下来。

36. 记录

没有什么比冥想那些与秦海花相处的情景以及所感受到的

激情更甜蜜、更奇特的了。薛晖感觉是在尘封的一个掩体里，停留了片刻。他们属于一个完美青春的和谐世界，并且确切可感，在他的记忆里，他和秦海花都拥有自然而然的可塑形式，彼此契合对接，几乎不费什么力气。他希望能够把这些记住。

还有她的父亲母亲。这个城市应该保持对劳动人民的尊敬。因为劳动提高了城市和工人的地位，并扩大了影响。薛晖渐渐变得深入浅出——不仅仅是一个个青春的记忆，他要记录工人，他们的过去与现在。在储存记忆与印象方面，薛晖比他人更具备天赋。仿佛命运通过秦海花，交付给了他更多份额以外的东西——城市的巨变，在改变他们的同时，也在扫除他们所熟知的生活。他需要把一些东西存放起来，仅仅一段个体的记忆和词语还不够。

他开始大量走访没有了工厂的工人。一个曾经是城市主体的阶层，当没有工作，他们会怎样。有走基层的意味。是啊，老简单的，生活在最底层的人，就是最大多数。

永福新里，一个新开发城区的居民小区。这里的居民，原来都住在市中心的一个石库门旧式弄堂房子区域；地块规划了，房子动迁，政府专门在这里置地开发了新小区，还将原来市中心的地段名搬来。原来弄堂房子的邻居隔壁，现在还是做隔壁邻居。彼此熟，有点事情，就有一呼百应的效果。薛晖统计过，"永福新里"住着的下岗工人，达两千余人，可以说是下岗工人的一个缩影。

通过街道社区，稍微呼吁了一下，薛晖下发问卷100张，回收91张，调查对象是45—60岁的国有企业下岗工人。收回的问卷表明，夫妻双下岗的家庭比例相当高，占了66％，而且他们的家庭结构较为相似，都是夫妻俩带一个正在读书的孩子。

"永福新里"附近城郊接合部的集市，哄闹的一条小马路两侧，很多下岗工人在摆地摊。类似五角场，提篮桥霍山路。这样的集市有个特点——夜饭后开市。摊主都是"第二职业"。薛晖觉得，1990年代允许部分马路"摆摊"，是为许多下岗工人开拓一个"生存空间"。尤其是"双下岗"家庭，有50％的被调查者还是碰到了经济困难，主要原因就是家庭中有子女在上大学，眼下吃紧。但正是那些"吃紧"的，并不悲观，反而更乐观，缘由是他们的孩子是大学生。"困难是暂时的，还可以过得去。重要的是，孩子很好啊。只要孩子一毕业，找到工作，就都好了。"搪瓷品厂的工人唐美凤说。四十七岁的女人，有个读"大三"的儿子。不算名牌大学，但一样要支付一大笔费用。"还好有个摊头可以摆摆。我下岗后，厂里发不出工资，把产品分发给我们，自己去处理，换钱。那些搪瓷面盆痰盂什么的，过去都是日常用品，现在搬了新工房，都有卫生设备了，没有人用了啊。商店里也不卖了。但这里还有许多老房子，还是有人需要的。我就每天夜里摆个日用搪瓷用品的摊头，生意蛮好。我们夫妻一个月收入平均起来，有三千左右，节约一点，再咬咬牙，坚持几年，等孩子一出来——毕业，找个工作，就好了。至少我们动迁过来，有房子住，连儿子将来结婚的房子，也解决了。蛮好了。儿子的房子现在正好做仓库，里厢堆满搪瓷产品，省得我三天两头往厂里的仓库提货。你是儿子还是女儿啊？"唐美凤问薛晖。薛晖说自己还没有老婆。

"永福新里"的居委会干部，已经跟薛晖熟了。他们会帮薛晖分析：理论层面的"双下岗"，其实并不一定就是"零就业"。因为他们在外面，的确还可以做点买卖什么的，还算是有生活出路。真正的"双下岗"，是指夫妻俩同时下岗，无生活出路的。里弄干部会宣传，说有政策扶助。1990年代，上海还是个"户口高地"，这是上海人的心理优势，也是个实际优势。外地人在上海，没有户口，就业会受到许多限制。新兴的出租车行业，许多具备驾驶技术的外地劳动力，没有上海户口，再有技术，也进不了。现在薛晖晓得，为什么上海出租车驾驶员很多都带有崇明口音。崇明人是上海户口。的确还是有一些下岗的国企工人，再去学驾驶，加入了这个行业。上海"大华出租"的吴桂明经理告诉薛晖，排除本地人好管理的因素，出租车队吸纳"下岗工人"，既支持了政府，又促进了上海地区的社会和谐与稳定。

与选择创业不同的是，也有一些没有工作的人，选择了不再工作。薛晖听得许多下岗工人对他说过这样的话："下岗了，只能休息，干吗再去忙进忙出的。"研究下岗工人生活状态的社会学教授告诉薛晖："本埠所谓的下岗职工，由于'买断'、'内退'的比例较高，其实小日子还算比较平稳，和一般市民没有多少区别。继续工作的，有 30% 在国企；在新兴的股份制企业和民营企业中就业的，也有 30% 左右；其他诸如做些家政和个体劳动，摆摊、开店、开出租车等自谋职业的，占 40%；当然，去外企或做白领的很少，主要是由于技术和知识的储备不足。"

他们自娱自乐。很多小区都有棋牌室，有老男人，早上用家里大号的雀巢咖啡瓶泡了茶，在麻将桌前坐半天。许多时候，这样的老男人，被称为"张师傅""王师傅"之类。他们自找娱乐，养狗种花。张师傅下岗后，干脆把自己 56 平方米的房子租出去，自己蜗居在一个 9 平方米的小间，"我的房子租金是 1800 元，这样，我的生活就没有风险了。"张师傅很知足，"我不抽烟喝酒，这样的日子，比'阿地宁'（外地人）太平多了。"

他们不想再工作，因为他们曾经在工厂做过，有自己的劳动和报酬的标准——只希望能找到工资与原来差不多的工作，但不能比过去更加辛苦。这是他们心目中衡量的标准，如果比原来工厂里的工作还要苦，还要累，待遇也没有原来工厂的高，他们认为——只有外地人才会做。而类似环卫、搬运、建筑、装修这一类的工作，基本上就是民工来做。

即便是"永福新里"的动迁居民，本身没有工作，但搬场是叫"搬场公司"的；新房子装修，叫上一支装修队。做监工，很内行。他们本身可能就是木工电工泥瓦工出身，做个示范——比如什么叫木工，看看。那些装修队的所谓木匠，不会拉锯、刨木头，只会用电锯电刨；从来没装过榫头，钉个钉子还要用枪钉。这叫啥工人啊？

不过，那些真正的工人，现在是做不动了。他们一点不掩饰什么。

第七章

37. 石榴

宝宝阿姨帮马跃找来了键盘手、吉他手和萨克斯。宝宝阿姨先把四个男人撮合到麻将桌上；他们在凑合为一个"小编"乐队之前，先凑成了一桌麻将。宝宝阿姨体贴，为四个男人定好"辣子"——封顶的尺寸，赌局规则；看好他们摸风向，坐定位子，开始了小赌。输赢就在几百元之间。很尽兴。

麻将桌上，男人容易彼此了解各自的脾性。键盘手是老手，手指上摸麻将牌的老茧，很硬结，手感很好，麻将牌只只摸得出；萨克斯，话多，麻将也老，嘴里喜欢把打出的牌喊出来，名称形象生动，"五筒"为"四菜一汤"，"二筒"为"胸罩"，"一万"叫"伊万诺夫"，三筒，被喊成"斜土路"，有点别出心裁——三个圆，斜着排列，指头摸上去，一路斜的感觉。吉他手，闷声不响，勤于思考，衬衫笔挺，硬领纽扣也不解开，手托下巴，像走国际象棋。这人还有个习惯——牌局间上厕所，别人都是便后洗手，他是便前先要洗手。问之，其答，摸麻将牌的手最龌龊，直接小便，摸男人的东西，最容易感染细菌；男人的这个东西，最怕感染，皆懂的。略思忖，还真有逻辑。马跃坐在吉他手的对家，一个通宵，整夜抬头，就看到吉他手的严肃状，逻辑性太强。马跃想笑，但每每他就和牌，大家付账。金钱的输赢之间，也可以了解各自大致的经济状况，以及对钱的计较程度。最后结账，就看到吉他手的面孔，抬起来，一夜之间，胡子拉碴。

他们还有各自熟悉的场子，就像各自有自己的麻将老搭子一样。但都是零敲碎打，东一榔头西一棒子的，宝宝阿姨牵头——他们都很卖她的面子——人手齐了，做个乐队，马跃接生意，兼带大提琴。马跃签下的秦海草酒吧的驻唱，是个基本的工作保障；宝宝阿姨新近联系到沪东工人文化宫的下午场。每天有这样两单演出，赚头已经很好了。演出太多，人吃力的；没有什么意思，总要留点打麻将的时间呀。

他们还都有基本的职业素养，觉得，既然做，就要做好，还要安排时间排练，做出好的音乐。

女歌手呢？宝宝阿姨想到了另外一个马跃的老熟人，厂工会广播台的石榴。

与石榴的重逢，让马跃有隔世之感。他们在工厂的接触，并不多。石榴是干部。但马跃和石榴，是技校同学。在进这家工厂之前，就认识。两年的半工半读，工人不像工人，学生不像学生，既不好好做工，也没好好读书。但是，马跃就是在那个技校读书的辰光，自己的大提琴的学习，达到一个高峰。因为，技校开始有文艺小分队。

石榴喜欢唱歌。他们就成为这个技校小分队的骨干。他们都喜欢穿白衬衫，石榴还穿一种"一字领"款式的毛衣。白衬衫领头翻出来。外套是军装。马跃记得，男人穿白衬衫，尖角领，在领子与后脖颈接触处，总会有一圈黄的污迹，用板刷，也刷不掉。时间稍长，这领子一圈黄色的污迹处，便起毛和破损。他一直关注，这上衣的领子和袖口上的污迹，它们是怎样弄上去的。他到现在还是没有弄明白。大家也弄不明白。但那时候，大家想到了解决的办法，穿"假领头"。

石榴的后背经常会发痒。马跃当然不知晓。她后来也让薛晖挠过痒痒。

马跃和石榴还一起踏黄鱼车，经常要到厂里，去找宝宝阿姨，跟厂工会借道具服装，借锣鼓家什之类。借锣鼓家什，就多跟去了几个学生。回来，一路上，憋不住，大家就敲锣打鼓起来。马路上的人，莫名其妙，看着这几个年轻人，不晓得发生了什么开心的事情。

青春初期的听觉与视觉感受，让马跃脑海里充溢着这样的闹猛和杂色的记忆。

许多年以后，他在城市繁华的大街上行走，还是会联想到，他和石榴敲锣打鼓的情景。在将近十年的工厂生活里，石榴始终会听从马跃的招呼，到文艺宣传队来，敲锣打鼓"客串"女声独唱和报幕。

38. 长假

1995年3月25日,国务院重新发布修改关于职工工作时间的规定,将每周工作时间改为40小时。那年5月1日起,开始实行双休日工时制。新工时制,使劳动人民自由支配的闲暇时间增多,同时也促进了第三产业的发展。几年以后,1999年,"十一"开始了长假制度。

双休日和长假,带给城市生活质的变化。只要还在工作的人,就会对这样的假期保持敏感;这种敏感度,检验出一个人作为城市劳动者的成色。假期对城市劳动者存在意义。

当报纸上讨论节日加班一工算几工,年休与调休,诸如此类,牵涉到的就是劳动者的利益。有工作的人,就要有休息。现在的人,都会算,斤斤计较。薛晖就想到,很早,"文革"期间召开"四届人大",通过"新宪法",里面有一句"公民有劳动的权利,劳动者有休息的权利"。那时候大家好奇——宪法就是写这样的话啊。

长假是新鲜事体。一想到,不要日出而作,日落而息,书房里的阳光就会变得灿烂。城市劳动者漫步而归。这便是长假。薛晖想到——长假,没有工作的人,是用不着的。比如,下岗工人。

他们连工作也没有,也就没了假期。不关心长假,不需要假期。这个城市,以劳动人民为主体;他们需要劳动,或者与劳动有关。

许多年以前,薛晖在农村学农劳动。适逢"五一",法定假日,全世界劳动人民的节日,但农村的劳动人民,从来不过劳动节,照例扛起锄头铁搭,出工劳作。他们只认农历年卅、初一、十五,端午中秋……"五一",正值农村"双抢"大忙。"双抢"晓得么?农民伯伯教育城市青少年——劳动节就是要劳动。薛晖在那时候,开始体会到城乡差别。

这是关于城市生活的日常经验,日久而成为一种情感渊源——这样的日子,是要悉心而度的。他没有妻子孩子,但他有很多朋友,有自己要做的事体。没有人试图从长假绕过。从1999年开始确定的长假"黄金周",是一年里的三个驿站。它们分别出现在春、秋、冬三个季节,许多色彩也随之显现。

这就是他对一年里的几个不多的日子的温柔友爱,城市人完全一致的生活魅力,通过媒体的鼓噪而热情洋溢。就像那时候,城市人开始关注世界杯、奥运会一样。

薛晖作为一个市场消费类媒体从业人员,敏锐地感受到,城市在这个长假里,会有许多新的讲究,这也是实行长假以来的经验和预计。他就策划一个选题:这个城市还有多少人不关心长假——他们要么退休,要么下岗。而真正关心长假的,还应该留心期货股票市场,长假期间,市场不确定因素增多,风险明显增大,投资者要及时调整持仓结构。国际游资会利用中国内地节假日偷袭。长假里,国内期货市场不开市,但外盘照常交易。这对那些跨市套利的投资者来说,风险尤增。

通常在长假过后,会出现一个"人工流产"的高峰。这是很有道理的,与身心放松放纵又疏忽措施有关。而对于打算生育的夫妇,由于生活欠规律、大量吸烟饮酒、经常处于空气不流通的拥挤环境中,在长假期间,计划怀孕并非明智的选择。

女人在长假里,可以完成一次面部的小型整形手术。男人的酒量和吸烟量应该适度控制。"本本族"这几天最熬不住了,马路上多出许多小车,开得超慢,你急也没用,他们就是在提醒人——现在是长假。多了追尾和碰擦事故。

这里有多少乐趣或无趣。薛晖的思绪在别处,因为工作,所以休息。白相、困觉、喝酒、会友……都建立在一个日常工作状态外的非常状态。这便是意义。他不和退休人员讨论长假,也许,下岗工人也被排除在外;就像那时候,不要和农民讨论过劳动节、国庆节一样。长假只对劳动者有意义,这意义取决于还是劳动者,有劳动者的状态和心境。

1999年,第一个长假,秦海花分外忙碌。这给薛晖以启示——下岗工人依然会有许多事情要做。与秦海花相比,有许多时候,薛晖反而会显得懒散。这个长假里,他没有跟秦海花见面。他很想她。因为工作,他们才可以有很多机会见面。长假,似乎成为他们之间的一次小别。

长假尾声,放松的心情渐渐就要收紧,被一种即将"收骨头"的郁闷所包围。而薛晖,却感觉渐渐而来的工作的愉悦和跃跃欲试。他做城市新闻,很适时地来一些"长假过半"之类的话题,诸如外出旅行者打道回府,飞机航班车船客流又呈现出高峰。想到那些人在外车马劳顿,如今背着行囊归心似箭;蹲在家里的,好似安生。但想想自己,这几天连个懒觉都不曾捞着,混沌之间,就是头发乱了,胡子拉碴。就等这长假第七日,剃头修面,明早上班。

1999年,世纪末。漫长的一百年,要从头再来过。有一个长假,让生命去等候,等候下一个长假。

这个国庆长假,女儿秦海花一天都没有在家。秦发奋就晓得,女儿的事业在向前发展。他要做好支持。

老头子心底里,还是会经常去想那些"多快好省"、"大干快上"的日子。做生计活儿,加班加点,勤俭持家,以工厂为家,甚至比自己的家还重要。仿佛就是在昨天。他也是从青年工人开始,学徒,跟师傅,学着做相同的工作。只有相同的工作,才有人教会你。工厂生活在他心里形成一个信条:工人要抱团,大家一道做好工作,还要工作出色。工人的头,就可以抬得老高。昂首挺胸,工人阶级的样子。

至于家庭,他晓得的,工人家庭就是"双职工",上班。在家的是老人,或者还没有上学的孩子。老底子,时常有这样的场景——下班,一天工作做下来,出得工厂大门,不晓得外面落大雨,黄浦江涨潮,马路上发大水。家里的老人和孩子,提着套鞋雨伞,等候在工厂大门口,夹道欢迎做工养家的男人女人。人流里,在看见自己爷娘之前,总是先会看见弄堂里金根爷或阿毛娘、三号里的小阿姨之类,直到老远,看到自己的爷娘，就先喊起来："阿爸出来了！阿爸出来了！"

"姆妈呢？姆妈。"经常是草儿呼唤着，欢蹦乱跳；阿花不响，手里拎着洋伞套鞋。

现在，自己是没有劲道了。老太婆，也已经不在了。

每天，秦海花回到家里，秦发奋已经做好了夜饭。晓得女儿在外面忙，有许多事儿还没有头绪，女婿高天宝做的是力气活儿，回来也越来越晚。忙啊，有本事的男人，一手技术，吃香。老人就是喜欢夸自己的女婿。

总归要为小辈弄点荤菜；还是照当工人时的习惯，夜饭吃得好点。早点睡觉。

深秋，天夜得早。

这两天，父亲觉得秦海花是越来越少说话了，他以为她是太劳心。吃夜饭的辰光，老人先开口："今天，我去拿退休工资，领导又多给了我一些补助，说是局里的领导关照的。我不要。他们说我一个人了，你娘不在了，几个孩子都下岗。这些日子，我也想到外面寻点零碎活计做做，你那儿有什么电工的活计，我是可以凭着手艺做的。年底了，家里总归要添些东西。高韵也大了，明年开春，就要读书。在他身上，也要留点钱。"

"用不着的。"女儿低着头说，"过年，我会把家里收作一下，被头、床单洗洗，就行了。阿爸你怕冷，今年过冬，买套羽绒衣裤。"

"我老了，又不要好看。"父亲说，"你现在好坏又是个领导,不过,是要比先前担一份心事,样样都要靠自己。我来做,也好帮帮你。你说,我到你这儿做,是拿钱呢,还是白做。你总归是少不了电工活儿的。"

"叫天宝来做就可以了,阿爸你就相帮做做家里的事体。不过,天宝在我这儿,是拿不了很多钱的。"

"我也是这么想。"父亲有点兴奋,是因为女儿在跟他商量大事儿,很顶真,"当然,我们还可以过得下去,只要你的事业朝前发展。我们跟别人不一样,是跟这些工人和工厂有感情的。只要自己的眼睛里不盯着钞票,事情就要好做得多。这一点,草儿就是不如你。她的思想,越来越不好,就想钞票。"

"也不是的。阿爸,不要这样说草儿。她对我们家,还是有贡献的。就说房子吧,当初还是草儿,自己走出去,闯世界,让我在家里结婚的。每想到这个,我心里还是会过不去。"

海花这样一说,父亲也有点想自家的小女儿了。看海花的脸色,阴沉着。没想到,自家房子的事情,会落得阿花心情沉重。

前些时日,秦发奋住了大半辈子的"两万户"地块,传出户口"冻结"的意思。意味着,户口只出不进,要动迁了。这老房子,要拆。多个户口,动迁就多一个人头,就可以多分房子,或者货币补贴。那时候,父亲就想到小女儿。如果草儿还有个户口,那很好。

都是自家女儿,父亲和海花商量,如何对草儿说这个事体。秦海花觉得,这事早晚都是要挑开的,不如先跟草儿打个招呼，看看有什么补救办法。

不想，海花与海草一说起，秦海草专门回了一趟娘家，对秦发奋说："阿爸，你的心思，我懂的。我不缺这几个平方米的房子，也不缺这点钞票。你分房分钱，我就不来挤一脚了。你不是老说我脑子坏脱，只想钞票；我想钞票，不是这样想的。"

秦发奋想，这草儿，难道也进步了？

秦海草是实在看不上这点动迁房。这几年，她出手买房，先是"外销房"，然后商品房，手里的房产价值，几乎每月有个新高。比做任何生意的利润，都要好。

"是啊，有钞票也不一定不好哦。"父亲有点为自己开脱，"这些日子，天宝是不是也赚了不少？我怎么总不听见他跟你说说。"

女儿没有说话。

"天宝还没有回来。最近他越来越晚回来了。"父亲说。

"嗯嗯。"

"你不舒服么？"父亲注意地问，"我看你饭也吃得不多。"

"没有不舒服。"女儿说，"只是有点吃力。"

父亲到楼下，去关好房门，用铁链子锁好放在外面的自行车，铁链子铿锵的声音传过来。秦发奋看到女婿高天宝的自行车，明明已经停放在老地方。

秦海花帮父亲铺了床，看着父亲和衣倚靠在床头，像要等什么。那根电灯开关的拉线，还是系在床头。想到母亲吴彩球。

"阿爸你一个人冷清的话……"

"你不要管我。我心里是没有什么事情的。你自己早点去睡吧。"

吧嗒,拉线开关拉一下,关灯。今天夜里的月亮,实在是好,清清淡淡的月光像水一样,从窗户口一直洒到床横头。秦海花在楼梯口站了一会儿,听了听;父亲在咳嗽,好像不是很厉害。她轻手轻脚上了楼,推门进屋,看见高天宝已经在打鼾。她根本不晓得,自己男人是什么时候到家,睡在自己的床上。恍惚间,竟有陌生男人睡在自己身子上的感觉。

秦发奋躺在床上。吧嗒,又去拉亮电灯。睡不着,眼睛去望天花板。在秦海花结婚的时候,有一天夜里,他发现楼板在颤动,一阵一阵的,有节奏;这种节奏是他久违生疏的。有细小的灰末落下来。后来他到楼上,看到这是女儿新房搁床的地方,是个床脚。床底下,还落下一些毛发。每晚,楼板颤动,就有灰末落下来。秦发奋用旧报纸糊了天花板。不久,报纸便开了缝隙。

现在报纸糊过的地方,再也没有缝隙了。

天冷了,入冬。开春,会暖热起来。

39. 老婆

高天宝告诉秦海花,那次修自行车,碰上了小炉匠。秦海花记下小炉匠摆摊头的地方。

当然，高天宝不会把自己到单身宿舍和翻砂车间，去找马跃的事情告诉她。他只是回来后，多看了几眼自己女人的臀。马跃说，自家女人秦海花的臀，最好看。

小炉匠在路口摆修自行车摊头。闲时，就看马路上来来往往的车和人。所以，他晓得的许多事情，都是马路上看来的，或者听来的。他对马路上的自行车、助动车保持敏感，同时也觉察到，杨树浦路上，上下班的人流、车流，越来越稀少。先是三班的人流减少，下午早班下班、深夜夜班上班、中班下班的高峰，没有了。原来长日班的上下班高峰，自行车最多，后来也没有了。杨树浦路上，几乎已经形成不了什么"流"。28路电车，也不再拥挤不堪。

杨树浦路，越来越冷落。工厂一个接着一个，沉默下来。皆像睡着了，醒不过来。小炉匠睡不着，年纪大了，反而更加想女人。

生意还算好。因了他修自行车的本事，远近闻名，有回头客。现在做什么生意，都要靠回头客。特别是，助动车多起来，因为多了发动机，只要有机器，就需要保养、修理，就特别需要技术。他修理机器的本事，凸显出来。他经常会观察马路上，远远地，一部助动车开过来，那声音，听上去就不适意；往往那助动车，就冲着他，停下来。

那天，他就看到一部助动车，向着他的摊头开过来。好像有点急，开得有点快，在路口，一辆卡车小转弯，抢了慢车道；助动车急刹车，但还是失去平衡，轮胎打滑。开助动车的女人，穿高跟鞋的脚抵着路面，高跟鞋的跟，马上飞起来。

小炉匠晓得，生意真的来了，跑过去，脑子里却已经在盘算——要调前后刹车，是肯定的。女人倒在路边，哼哼唧唧，像是很疼，脚踝明显肿起来，是刚才为减速脚抵在地面，别扭的。小炉匠过来，扶住女人。"你是修助动车的小炉匠是吗？快点送我去医院。"小炉匠应声，还是俯身，去捏女人的脚脖子；女人嗷嗷叫起来。小炉匠赶紧撸了一把。女人感觉好点。

"我是专门到你这里来修助动车的。""你开过来，不是开得蛮好吗？""发动机积炭，人家讲，你可以清除积炭。""积炭你也懂啊？"

女人坐在地上。随便啥人，一屁股坐在马路上，外相再好，也总是一副惨状。小炉匠对女人好，陪着一起坐在了马路上，对话。女人说起不来，看样子是骨折。小炉匠发现，女人的裤子，磨破了，还撕裂了，大腿部位上，很长的一个口子，像旗袍开衩。女人的大腿雪白。女人的大腿上发生的许多事情，让小炉匠依稀回到往昔的细纱车间。

不远，就是杨浦区中医院。小炉匠叫人把助动车推到自己的修车摊，还有女人的高跟鞋。自己抱着女人去医院。摄片，脚踝骨折。还要检查，生怕伤了神经。医生以为男人是女人的老公，关照女人躺着，脚搁起来，让男人搔女人的脚底板，看女人的反应。女人的脚不动，再搔，还是没有反应。医生急了，以为真断了筋骨，会致瘫痪，立马要手术。女人的脚，马

第七章　297

上动起来。

刚才做什么了，怎么才动？我是说你的脚。女人说，你搔我脚底板，老适意的，就不动，好叫你多搔几下。小炉匠就到女人的脚后跟处，再去搔。女人的脚，一缩一缩的。小炉匠的手就搔着，搔着，慢慢往上面，抚摸过去。

这个女人，是隔壁上棉三十一厂下岗的。"三十一"，倒过来就是"一十三"——十三点。

小炉匠回家用补胎的胶水，粘好了女人的高跟鞋跟。第二天，拎过去；还烧了骨头汤。关照，以后踏脚踏车，开助动车，都不好穿高跟鞋，哪怕以后开轿车，也不好穿；穿高跟鞋踏离合器，踏油门刹车，要豁边。

骨头汤是你老婆烧的吗？女人问。我哪里来老婆。我从来没有老婆。

传说中的十三点女人，后来就做了小炉匠的老婆。

小炉匠真的喜欢自己的"一十三"女人。这么多年来，小炉匠单身，仿佛就是为等候这个"十三点"。

秦海花专门寻到小炉匠的摊头，来劝小炉匠到自己的成衣工场修电力缝纫机。小炉匠不肯，说不愿意离开老婆。

"我已经有老婆了。"

"你有老婆稀奇啊？我又不是来给你介绍女朋友的。有老婆，就不上班啦？"

秦海花发觉小炉匠的异样。小炉匠也看着秦海花，一面想自己的老婆。原来女人都是一个样子的,一样的胸脯,一样的臀,一样的……

"你不上班,拿什么养你老婆?"

"我有自己的摊头。"

秦海花别转身,远走。小炉匠还看她的背影,特别要看她的臀,长远没有看到了。还在想,其实女人都是一样的;忽然觉得,有点对不住自己的青春偶像。大不敬。慌忙追过去——我做。你再给我一间修助动车的店面。我有许多老顾客,他们需要我。

——先收作好你的摊头。收摊。明早来成衣工场报到。

40. 重逢

宝宝阿姨为小乐队找到了排练场地,是工厂已经废弃的翻砂车间,在厂足球场边上。这块地还没有被置换,翻砂车间没有人进去。从隔壁原来的木管间,拉来电线,接亮几只一百支光电灯泡。头顶上,是废弃的行车,垂下硕大的铁吊钩。

马跃将自己的小编乐队,命名为"小分队"。主要曲目是《北风吹》《希望的田野》,朱逢博的歌,李谷一的歌,邓丽君的歌,佐田雅志的歌,山口百惠的歌,日本电影《阿西们的街》《狐狸的故事》的音乐……

出人意料的是,第一次在秦海草的酒吧里开唱《北风吹》,

居然日本人熟悉，也许是松山芭蕾舞团演出过《白毛女》的缘故。

马跃选择《北风吹》的用意，是希望有一种和北风在一起的感觉。在他最初的青春和艺术生活里，北风像是一盏灯，照亮他；一片风景，被放大，激发他的想象。

如今，翻砂车间废弃的行车下，堆着铸铁和机件，黑糊糊的，他透过雪亮的一百支光电灯泡，在《北风吹》的音乐里，依次是窗花舞、扎红头绳……他看到北风坐在黄昏的老房子窗前，两腿交叠，伸着，手里在结绒线；夕阳照在她身上。她极其优雅。当他怀抱大提琴时，她就这样端坐在他面前，坐在翻砂车间里，坐在舞台上。再继续我们的工厂故事吧。迅疾而逝，随意而瞥，所有的一切，似乎都偶然却又奇迹般地闪烁奇异的美，仿佛应约，如期而至，却又杂乱无章地，出现在翻砂车间的行车底下。怎么会在这里，开始如新的生活，就像在那些龌龊之地，忽然有过的新奇和激越。女人总是在创造、装饰和美化我们的目之所见。男人摇晃着身子，从手里弄出来音乐，可以换钱，但也希望表达一些心中的东西。像马跃心中的北风。

马跃闭着眼睛，以便更好地沉浸于他灵魂的旋律中，在那些狂热于音乐的恍惚状态里，他可以换取到金钱，甚至当场有小费通过服务生的手递上来。一张纸币，会让他痛苦地醒过来的——他要真诚地表达自己的内心。

夜里，翻砂车间外面的足球场上，有男人在踢球，身上穿着运动衫，上面印着"上海工人"、"杨浦工人"、"十二棉"的字样，他们依然这样代表着上海工人和一个工厂。就像"小分队"，沿袭着工厂心灵内部的激情。失落感一旦过去，心灵又蜿蜒伸展开来，本能地尝试着复苏自己；由于音乐，就可以尝试一些旋律，从记忆里创造。心灵触摸到了工厂的记忆——一群鸽子从翻砂车间锯齿形的厂房顶上掠过。这些音乐的片段札记，他要送给北风。

忽然，几只一百支光的电灯全灭。电子合成器、电贝斯、电吉他都哑然。一只强光手电筒，照射过来一道光，像探照灯。"拉闸啦！讲好十二点钟结束的。"值班人员哇啦哇啦。有啥好吵的。你也是下岗工人。吵啥。

吉他手觉得饿，要去寻吃夜宵的摊头；键盘手和萨克斯想打通宵麻将；石榴过来合练了一阵，辰光不早了，想回去。男人都是夜神仙。马跃想北风，很想现在去她那里。过去他经常演出结束，去北风那里绷绒线。这一阵，忙乐队，好久没有帮她绷绒线了。但北风关照过，夜里不要去。

"小分队"各奔东西。马跃跟吉他手去五角场，吃大排档。1990年代的五角场，就是由商铺、书店、旧书摊、公交车终点站等等组合而成，甚至索性以地摊、大排档著名。每天入夜，直至次日凌晨，这里有全上海最兴旺的地摊和大排档，以五角场的五个街头转角为中心，扩散至方圆两三公里。

就近，还有成片发廊和洗脚店。马跃熟门熟路地，吃饱了，就去"红蓝白"。

如果夜饭没有着落，马跃多半会到"红蓝白"去。临近黄昏的时候，白天与黑夜交替的辰光，马跃从"红蓝白"半透明的玻璃门望出去，对过的老房子，沿街的，小开间的门面，一家是发廊，隔几间门面，也是发廊；里面一样透出粉色的灯光。还有女人，穿着睡衣睡裤，趿着拖鞋，踱出来，像煞是刚从被窝里出来，裹带着一股人体的暖意——那是老板娘。

老板娘都很闲，斜靠在破旧的木门框上，打量着路人，是在等踏三轮车送饮用水的，那招呼送水的模样儿，是盛气凌人的。想必是第一次用净水器，第一次有人来送水。夕阳的余晖洒在水桶上，泛着清清泠泠的水声。初秋时分，女人还是光脚，肤色里，多了夏日阳光留下的晒痕——一只凉鞋的款式。只有脚趾甲的油色，依然暗红得阴沉。女人浑身上下透出的气息，极像这个城乡接合部的粉尘，黯淡而破落。小吃店铺歪斜的排门板前，在做"油墩子"，味道虽不算好，那热的油锅，是一种温饱的感觉；还有烘山芋的香味，都很吸引那些穿着校服、肩扛大书包的小学生。

这边，"红蓝白"已经开始要做夜饭了。洗头店，上午基本不开张，洗头妹睡觉。临近中午，洗头妹起来，开始化妆，抹粉描眉涂唇；中饭自己对付，叫面，或者馄饨。只有夜饭，店里会有人轮流买菜做饭——一般是来例假的，歇工。宝宝阿姨开销。这也便是一般所说的"包吃包住"。

自从马跃第一次光顾"红蓝白"，就已经晓得——她们的小菜，有点咸。已经有红烧狮子头了，豆腐烧肉糜——做啥还要放酱油呢。外地妹子做菜总是要放很多酱油。马跃当场就提出。宝宝阿姨连忙关照，以后烧菜，少放酱油，少放盐。马跃还教她们，豆腐肉糜，先用油，煸一下肉糜，豆腐倒进去，再加点鲜蘑菇，一点盐和味精，就够了；就是一只汤汤水水本帮家常菜。

马跃也识相，不会吃白食。他经常会顺便带点时令水果进来，让洗头妹和"敲背"小姐尝鲜。所以，这个发廊，经常因为马跃的到来，而飘出一股水果的清香，随着季节的变化而异。早春的菠萝、芒果，夏天的西瓜，秋天的苹果、生梨和葡萄，冬天，甜橙和芦柑很多。

点心和夜宵也有，麻辣烫、生煎馒头之类。马跃忌讳烧卖。触心境。马跃对这种类似于家务琐事会有兴趣，要出主意；过去秦海草讲他，有点"娘娘腔"。不过，他是好心，也细腻，敲一只鸡蛋到碗里，蛋壳里的蛋清，还要用手指头刮清爽。"你们到上海来工作。"他不说打工，尊重外地人，"要学会上海人的口味，上海人的生活习性，学会讲上海话，这对你们是有好处的。做新上海人呀。将来，你们还要嫁到上海人家去的。"

马跃就把过去在工厂食堂里吃惯的菜，写在洗头妹记工的小黑板上，像过去工厂食堂的菜单——让她们学着做：黄芽菜炒肉丝——俗称"烂糊三鲜"，花菜肉片，大排骨青菜底，狮子头或者红烧肉也可以；番茄蛋花汤，冬瓜小排骨汤……宝宝阿姨还在边上补充。

他甚至连工厂食堂菜单上的常用错别字,也照搬过来。"菜",写成草字头下面一个"才";"蛋"为"旦"。这样的错别字,大家皆认得。看了适意。

"红蓝白"里的夜饭小菜,便越来越符合马跃的口味。洗头妹呢,习惯的,也跟着觉得好;有不适应的,觉得食而无味,没辣子;卷铺盖走人的,也有。

石榴也在工厂关闭之前,早早离开了工厂,跟薛晖离开工厂的时间差不多。她被一家区有线电视台要去,后来就一直在这家区级有线电视台里做主持,附带区里的一些重大活动的主持工作。那个区,原来是上海郊县,后来改为区,离开市中心实在有点远。石榴并不是十分的安分,有一段时间,区里的一些文艺活动,需要文艺院团演出,石榴还是会找宝宝阿姨,帮忙请一些戏曲演员。而那时候,宝宝阿姨几乎就是个"穴头",可以掌控多台戏曲演唱会,以及组织大牌戏曲演员"走穴",石榴就跟过宝宝阿姨,做过一些这样的晚会策划和演出,还跟过一些著名的歌手。偶尔,她可以登台,舞台经验有的,歌唱技巧么,她还通过大背头,拜过"上音"的声乐老师。几年下来,一个区级电视台的当家女主持的地位,还是稳固的,一个流行歌手的基本技能,也算过得去。

酒吧驻唱,对石榴来说,正好。

重逢。一次隔年的碰撞,隔了时空的触碰。有许多东西,将会填补这些年的空白和缝隙。马跃经历了与秦海草的重逢，与北风的重逢，与宝宝阿姨的重逢，与石榴的重逢；经历了那些"重逢"的故事，给他带来的一些"肉体关系"，或者是肉体关系之外的感受。他看到许多生活都是每天在重复，只是因为某种"重逢"，而被赋予了新的意思。

突如其来的"重逢"让他觉得，某些女人其实长得很矮小瘦弱，许多年过去了，她们原来成熟丰满的身形，没有了。原来他在这么多年里，用想象去不断充实了她们的身体，使她们日趋高大饱满。一旦他和她并肩走，她原来就在他的肩下。

他会想象，为一个人，比如北风，他会花上一天的时间，穿越地域的隔空，来到城市另外一个区域，就为了一次相聚；他连见面时的呼吸，都曾反复练习。

现在他心底最重要的，从来没有告诉过任何人。某些人，对，就是她——她一定想象不到，许多年以后，他又见到她的身影时，他是怎样的惊喜。这许多年来，他是怎样思念着她，多么希望能够见到她，同时，他又有些害怕重逢……

许多故事，讲述的是情人之间的重逢；还有许多故事，讲述的是仇人之间的重逢。然后就可以解开谜底。他们中的一人说，也许多年的等待，就为了这一刻的讲述。

他与石榴的重逢，既不是情人，也不是仇人。像一次温情表演。"我们演出的开场曲目，就是你的独唱《北风吹》，好吗？"马跃对石榴说。

他要回到《窗花舞》。就像为了要演唱一个曲目，先要回到这首曲目之前，再之前。最后从幕间曲、序曲开始。往回去。马跃要造就一种怀旧的乐队风格。他主要的演出场所，还是大众化的早场和下午场舞厅。石榴觉得自己可以唱。这时候，他们当然都会想起北风。现在北风怎么样了呢？哦，她就在家里结结绒线吧。独舞自然是跳不动了。那么秦海草呢？她嘛，开了酒吧。我们就是她的酒吧驻唱。你会日本歌曲吗？

佐田雅志，《歧路》。你知道么？石榴就唱给马跃听——

  从前的恋人，把我呼唤

  照惯例，话题总是失恋

  平素全然杳无音信

  每当和谁分别，总是把我呼唤

  然而总把我和谁，混为一谈

  你每个歧路上，都有我在

  随着彼此年龄的增长

  互相之间更加接近

  说来也怪，我感到

  咱们是否可以重新开始

石榴的女声里，变出点沙哑，会克着嗓音，压抑着，也有爆发力，很有点酒吧爵士风格。老灵的。可以配上爵士钢琴，甚至大提琴。马跃想着，忽然泪流满面。

41. 狂欢

连小炉匠都会跟自己犟头倔脑。这个时代真是变了。大家平起平坐。秦海花回到办公室，换下外出穿的衣裳。就像过去习惯到厂里就要换一下衣服，套上饭单。

女人除了有正式场合，要换上长裙丝袜，一般这天没有正式活动，她都是头戴白色软帽，再戴上印有自己工厂名的白色饭单——就像原来工厂里一样。这是多年纺织厂工作的习惯。所以，有许多时候，她外出正装，回到工厂，就要换下衣服。当然，也要换下丝袜。

戴着饭单，怎么能穿丝袜？

回家，脱下丝袜，她一点不知道，高天宝总是在留意看她丝袜，和出去时候穿得是不是一样。这成为男人的一个心病。总是不一样。脱过了。又脱过了。男人脑子，彻底坏了。

在家里，向来都是高天宝帮秦海花洗脚。先褪下丝袜。他看着女人的腿，脑子里却在想，别的男人，也许也是这样，褪下她的丝袜。他又想到他的"三号"的丝袜。他抚摸女人的腿。这是自己的女人。他只摸自家的女人，别的女人，不碰。他尽情地抚摸。别的男人呢，大概也要摸的。别的男人要，他更可以要。

"阿花。"他轻轻唤了她一声。

这天是个大晴天，大热。黄昏，天还是很亮堂。暑期，儿

第七章　307

子高韵被秦海草接去,跟她从日本回来的儿子做伴去了。他们是一对表兄弟。秦发奋参加老人养生旅游去了,明天回家。

他们就端坐在一盆洗脚水的两头。高天宝的手,在脚盆里,捏着秦海花的脚,一只只脚指头捏过来,再搓脚底心,抚摸脚背……他长期这样下来,有一套完整的程序。两只手,在女人的左右脚上,同时进行;他在这个时候,心相全在她的一双脚上。两个人,便隔着一只脚盆,说话,或不说话;心里都在计算,还有多少时间,一双脚可以洗好。再接下来,各自做自己的事情,想自己的心事。

这天,高天宝帮秦海花洗脚,洗得很慢。秦海花还是耐着性子,在等他洗好。好像男人在洗的,不是自己的脚。她对自己的男人,已经没有什么感觉了。他的一声"阿花",她也好久才反应过来。

"你是不是真的很吃力?"女人问。

"没有。"

"以后还是让我自己洗脚吧。"

"不要。我来。"男人答,"我就是很想你。想在你的脚上,多弄一点辰光。"

"哦。"女人心里一软,"那随便你好了。"

女人随口一说。高天宝就动了念头。"你不弄,别的男人就来弄了。"马跃的声音,像幽灵一般,在他耳畔回响,像是耳提面命。高天宝前挪了下身子,慢慢将手往女人的小腿上抚摸过去,随后匍匐着身子,将面孔埋进女人的两腿间。女人本来就是坐在床沿的。男人趴拉在自己的身下，像个小囡，像只小狗，隔着薄裤，在舔她。女人心头一软，身子骨也软下来。男人顺势，就把女人往床上推了一把。只一下，女人湿的脚，从脚盆里出来，直接就搁在床架子上了。

随便他了。女人想。脑子还是转了一下——脚都没擦；滴滴答答，还好是席子，可以擦。

男人将身子压上来。

"下面房间的门没有关。"女人说。"我已经关好了。"窗帘，已经拉好。在洗脚之前，男人总是会先将窗帘拉上一半，正好遮掩住床的一侧。一半的窗，还透出大亮的天光。秦海花思想间，男人已经脱光了，手脚在女人的身上开始忙乱。

他很顺畅地进入到女人的身体里。男人的意识里，是一次深入。尽管他趴在女人的身体上，两手搭着女人的肩，他还是不敢真正环抱起自己的女人。他顾忌着，自己刚刚帮女人洗脚的手，好像总是有点不很干净；他向来都很当心自己的女人；就全力用在下半身，去冲撞女人的身体。要她。自己的女人。他意识里，再一次感受到，别的男人，也曾经冲撞过这个女人的身子。但这一刻，是他进入了。

现在。是我。这样的念想，让他力大无比。他奋力挺进，极其亢奋，情绪高涨饱满。这是我的女人。我的。我要。她给我了。她是我的。我进去了。再进去。出来，进去。

男人像有着无穷无尽的力道，尽情挥发，恣意狂欢。他一感觉自己稍有懈怠，马上又去想——"你不弄，别的男人就来弄了。"另一个男人，弄过了。他只要这样一个念想，就像有一种助燃剂，马上点燃他的欲望之火；他沉浸于那股挥之不去的幻觉中。他的好奇心、疑虑、嫉恨，那些梦幻、欲望和屈辱、恐惧、愤懑……终于在这一刻，汇聚在一道，不断点燃、激活他的身体，倾力发动他的机能，让他的肌体坚强有力。他恣意挥霍动力，怀着对这个女人无限的爱意，和对别的男人的嫉恨，竭尽全力地，去冲撞自己女人的身体。

像永无止境了。

秦海花想好，今天就随他一次了，一面看着自己的男人——像一个在自己身体上做重体力劳动的工人。吭哧吭哧。男人浑身是汗，像水里捞出来一样，连头发都是湿的；下面，也是湿。秦海花心里有点疼——自己的男人，好像很吃力，在奋力，没有一句闲话；吭哧吭哧，只晓得用力。她稍微用自己的身体，给了一点迎合。男人就很有感受，面孔上扭曲起来，像煞难过。只会更加用力。她想再多给男人一点，但觉得他真的很吃力，怕伤了他身体，心里便有点疼。

她在他身下，被他拥着。她的两手，先是想搭在男人的背脊上，后来觉得，这样好像会加重他的负担，就摊开双臂。无意间，女人的右手，摸到床上的一把蒲扇。那把自家的蒲扇，用了长远辰光，趁手。母亲老早用针线镶的布条滚边，还在。她顺手抓过扇子，手臂肘就撑在了床上，手腕轻轻用力，为男人摇动着蒲扇。

天热，女人就这样，帮在自己身上奋力挺进、用足力气的男人，打扇。一阵清风。

女人用了点力气，男人用了点心思。他们就这样呼应起来。水乳交融。

太阳暗下去。窗帘半开着，风吹拂起来，还是透进来一点光。还有弄堂里隔壁人家，牛奶潽出来烧焦气味。她听到男人在喘息；她不曾停手，一直为他打扇。这点小风，像有了声音，颤巍巍的，宛如女人的声音。还不如男人喘息的那点肺活量。两股微弱的气流，交汇在一起，窃窃私语。听着听着，一家人的精血里，流淌着做工之人的细胞和因子，和着伤感和愉悦。一种疼和爱——要么是疼，但不爱；要么是爱，但不疼。他们的疼和爱，就变成了一根斩不断的绳索，把他们捆绑在一起。

男人终于可以平静下来。现在，他越发感到那一丝清风给自己带来的清凉，他几乎享受到皇帝佬儿一般的待遇；但他一点没有帝王般的感受，只是内心可以平静下来。女人在想，他真的很要，但很累。微弱的光，照亮女人的身体。她裸身，坐起来。某些夜里，她其实经常这样，裸露着身子，在床上一个人坐起来，内心有点伤感迷惘。也许刚刚做到了自己作为妻子应该做的事情，满足了男人的欲，但同时，她也敏锐地感受到，自己最心虚的地方——其实自己很分神，根本没有全心投入。她对他充满怜惜，其他没有什么可以留下。她很想把这些都忘记。只有这样，也许才可以从头开始。

42. 片段

早先,青春期的薛晖,觉得自己很想写东西,通常是这样的——忽然想到一些词语,写下来,片言只语的,就写不下去了。但就是这样,他以为自己算是喜欢文字的;这成为习惯。但因为懒,没有深入下去。那些日记,偶尔翻出来,像拣拾到的一些碎片,拣起来看,真的好——

夜班做出来,就可以休息了,有一点时间,需要给生活和自己留一点面子——写东西。秦海花要过生日了,她生出来的时候,我在做啥啊。挖鼻子,随地吐痰,随地大小便。那秦海花呢,估计也是差不多的,穿开裆裤。就这样记住她的生日啊……

顾刚、包福刚、曾经刚三个戆卵,曾经去日本留学,的确是"江边洋子",戆卵因为戆,走到了一起,千真万确啊……我们每个人每天都过得很开心一样,一点都不空虚呢,但到底充实了什么……

秦海草也去日本了,跟她老公马跃。工厂里的工人,到日本读书,也算是一条生路……

后面的省略号告诉他——其实当时都写不下去了。皆是瞎七搭八。最早,是想女人,秦海花。想人家穿开裆裤;一开始,便有点下里下作。三个名字里有"刚"的小学同学,到日本读书,那是1980年代末,巴拉巴拉东渡热。叫人家"江边洋子",看出自己年轻的辰光,流里流气,说话粗鲁,掩饰着内心的空虚。生活究竟充实了什么?真是一条生路吗?究竟哪一条路走得通?走到哪里去呢?这些问号,到现在,他也答不出来,别说年少时候。那几乎是永恒的命题,那时候就接触到了。千真万确的是,真的很给生活和自己面子,留下这样谜一样的史记。还有——

  街角,夏天的树阴底下,那个我要采访的下岗工人,正躺在躺椅上读书。很想晓得这个人在读什么。问他,他说是收废品时捡拾到的一本中学语文课本。想起自己读书的辰光。那个下岗工人现在做淘旧货兼收废品的工作。至少可以看出,他还喜欢读书。我还是语文老师呢。不会是我教过的课本?其实,我教没教过,不重要;开卷有益,一个人在没有工作的时候,还在想自己读书识字的日子,就很阳光。这个姿势,留存下来的意义,便在于此。

这个片段,算是比较完整的。躺着看书的姿势,让薛晖想起儿时"保护视力预防近视"里的"二要二不要",印在作业本的背后,其中有"不要躺着看书"的提示。这人不管,躺着很惬意。旁人看着也觉得惬意。视力问题于次,先要舒服。旁人偷笑与否，与我何干？一脸的严肃，像煞读书人。

书是好看的。姿势是适意的。饭吃饱了，活儿有的干，或没的干，真的那么重要？日子这样地过来，一个城市人，在城市生活里怡然自得。他愉快地目睹了下岗工人的细节组合，把往昔延缓与游荡的灵魂，汇入了书本和练习本的褶皱里；是人类与自然的内在和谐，巧夺天工般的利用。

秦海花将"布房间"集团的所有员工，都集结在"老人之家"的一块大草坪上，全是先前工厂的工友，彼此都有些熟识。秦海花向来是用下岗工人而拒绝外来民工的，这是她重新找回自信的重要依据，便是让工人重新集结，也是因为下岗工人要比外来民工熟悉城市，脑子更加容易适应城市生活的节奏，语言相通，彼此都有一种亲切感。下岗工人也会打扮自己，有素质，即使年龄大一点，但总体形象上，也不比外地人差。再是外地民工过年过节要回家，而这个时候，像"敬老院"这样的地方，是正要用人的时候，而下岗工人都是家在上海，可以加班加点，就像过去厂里上班，过年过节的，都有加班工资。另外有一点，秦海花也想到了，便是外来民工走南闯北，并不安心于一个地方，互相攀比，对工资较为计较，自然是不会有工厂工人当家做主的心态的，这是不好的。还有，政府对劳动政策上的调整倾斜，也越来越鼓励使用下岗工人。算下来，劳动成本划算。

就要试营业了。"敬老院"和健身娱乐中心的装修业已完成,但还有一大堆杂事儿,最叫女人们为难的,是清除建筑垃圾。这力气活儿,本该是男人做的。但秦海花要将这笔人工开支省下来,用在添置"敬老院"的空调机上。在大热天开张,热烘烘的,有了空调,感觉要上一个档次。

这是星期六,秦海花对局领导说,如果领导能够到我们工地上搞一次"星期六义务劳动",对她们是一个很大的支持,也是现时干部"反腐败"的一次深刻教育。局领导以为好,便将机关里的干部都派来了。

有许多脚手架跳板。还有几十只床绷,刚刚运来,还是棕绷;给老人睡的,不好用席梦思。都是重体力活儿。女人和一班坐写字间的干部,一步一步,晃晃悠悠地搬动着。没什么好叫苦的。这是她们下岗再就业的精神寄托,下半辈子的生活,便要在这个企业里过了,便要在自己的手里面开始了。干部们也晓得,这些下岗工人都不容易,总算是有了一只饭碗,帮她们做一点,流一点汗,也是应该的。

有一个比较像模像样的男劳力,身上的肌肉特别发达,是下岗女工国茂娣的老公,先前的击剑运动员,他已经被秦海花聘为即将开张的健身娱乐中心的击剑教练,今天是来帮忙的。健身房里开设击剑项目,是蛮有创意的,有点欧化的意味,还是古典的——没有多少人搞得懂重剑与佩剑的区别。但现在的人,越是不懂的东西,越是有兴趣,以为时髦,击剑正好是个项目。今后还可以有跆拳道、柔道、拳击什么的。

初夏的太阳,一下子就爬得老高,院子里热起来了,有点热火朝天的意思，新买的篾席，都摊开来，女人们绞着毛巾，擦得起劲。潮润润的席子，挂满了一个院子，还有落水的白被单、床罩，都晾开来。医护人员已经穿上了白大褂，在院子里跑来跑去，像过去一样，一个房间一个房间地大声指挥着做清洁消毒。这些厂医，大概也是好久没有穿白大褂了，急着要过过瘾。秦海花是有点子的，把一个厂整个医务室里下岗的医生都招回来了，还连带那些差点全要处理的医疗器械。原来这个工厂的医务室，是很像样的，有 X 光摄片，有理疗仪，有化验血检设备……这"敬老院"的规模和硬件设施，算像模像样的了。

秦海花脱了外套，着短袖衣衫，长裤的裤脚管卷了很高，就露出膝盖。上面的一截大腿，粉白，焐了一个冬春，一种不见阳光的白皙。臀，还是大，横着满出来，像一只熟透的瓜，鼓胀的球，丰润而饱满。

每年暮春，有几天暴热，女人的胳膊和腿，就会忽然暴露，就是这样的粉白。要经历一个夏天的曝晒，女人的肤色才会变得黝黑而自然，但会有一截晒痕，在大腿处留下一个印痕，记录女人外出短裤的长度；还有吊带衫的印痕。像烙下一个盛夏的印记。来年，再看见粉白，是又一个夏天的开始。就像生活。每年这个时辰，初夏季节，换季。收棉花胎，被单；擦席子，铺席子。

这女人擦着席子，赤脚站在席子上。不久，在她的身子下面，便摊开了一大片。她像是立在一张纸上，在画一幅很大的图画。风吹过来，带着新席子干草的清香气息。

局领导歇了一下手，在女人堆里寻秦海花，是要问问秦海花将来的打算。做了一件大事儿，信心是会大增的，是不是再来组建新的项目？局领导的"再就业"工程太庞大了，这个纺织行业将要挑的"重担"，已经不是先前好用利润来计算的。

秦海花站在领导的面前，领导开口问的却是："家里还好么？"

当然蛮好。秦海花指着父亲让她带来的饭菜，说："家里有老人照顾，老公也有事情要做。我是顾不了许多了。"

"你爷，他是老了。小囡还小。啥人叫你结婚得晚。当然，那时候，也是为了工作。"局领导太了解她了，想安慰她几句，又觉得多余，只是说，"这副担子你先担着，辛苦你了。做好了，我来谢你，当然，我也没什么好谢你的，顶多是把你提上来，做更加多的事情。"

秦海花嫣然一笑，摇头答道："我是舍不得离开这些工人的。你们什么都不要为我想，要提的话，还是提李名扬好了。他是出了大力的。就让我好好在这个'布房间'里，做几年，真正做得好，让工人记得，这是一条生路。"

局领导忽然觉得鼻子一酸，差点要落下眼泪，说："看到你，我就会想起你娘——球妈妈。我怎么也忘记不了她。"

隔壁翻砂车间，马跃和他的"小分队"在排练。东南风，吹过来一首歌曲的前奏：嗦啦嗦咪嗦，嗦啦嗦咪嗦，嗦啦嗦咪咪嗦——咪发咪咪咪——咪咪咪咪咪嗦哆——哆……

排练还不纯熟。有点不搭调;再来一遍。声音反复而至。一个画外音。

许多人熟悉这首歌。小乐队前奏过后,没有下文。总是在等待接下去有人唱歌。却没有。周而复始。这里在做生活的人,听得难熬。终于,在一个过门后,有人放开声音,接了歌声:"我们的家乡,在希望的田野上……"

大家省心了,索性一道唱起来。蛮有心相。

秋季,她们学会了裁缝、制衣、绣花、编结。入冬,健身房里,都是乒乒乓乓的铁件掼响的声音,是哑铃、杠铃;腰腹机的弹簧,绷紧,松开,哗啦啦。剑与剑在碰撞,铿锵有力。隔壁的游泳池,传来稀里哗啦的水声;还有拳击手套打击在沙袋上的噗噗声。

图书在版编目（CIP）数据

女红 / 程小莹著. -- 上海：上海文艺出版社，2025. -- ISBN 978-7-5321-9115-4

Ⅰ．I247.5

中国国家版本馆CIP数据核字第2024BT2071号

策划编辑：李伟长
责任编辑：李　霞
封面设计：白砚川

书　　名：	女　红
作　　者：	程小莹
出　　版：	上海世纪出版集团　上海文艺出版社
地　　址：	上海市闵行区号景路159弄A座2楼　201101
发　　行：	上海文艺出版社发行中心
	上海市闵行区号景路159弄A座2楼206室　201101　www.ewen.co
印　　刷：	上海盛通时代印刷有限公司
开　　本：	1092×850　1/32
印　　张：	10.125
插　　页：	5
字　　数：	201,000
印　　次：	2025年2月第1版　2025年2月第1次印刷
Ｉ Ｓ Ｂ Ｎ：	978-7-5321-9115-4/I.7165
定　　价：	69.00元

告　读　者：如发现本书有质量问题请与印刷厂质量科联系　T：021-37910000